齿轮之心系列

U0648361

齿轮之心

[英] 彼得·本兹（Peter Bunzl）著

徐莎 译

C1S
PUBLISHING & MEDIA
中南出版传媒

湖南文艺出版社
HUNAN LITERATURE AND ART PUBLISHING HOUSE

小博集
BOOKY KIDS

COGHEART
First published in the UK in 2016 by Usborne Publishing Ltd
Text © Peter Bunzl, 2016
Photo of Peter Bunzl © Thomas Butler
Cover and inside illustrations, including map by Becca Stadtlander © Usborne Publishing, 2016
Fir trees silhouettes © ok–sana / Thinkstock; Key © VasilyKovalek / Thinkstock; Brick wall © forrest9 / Thinkstock;
Wind–up Key © jgroup / Thinkstock; Clock © Vasilius / Shutterstock; Hand drawn border © Lena Pan / Shutterstock;
Exposed clockwork © Jelena Aloskina / Shutterstock; Metallic texture © mysondanube / Thinkstock; Plaque © Andrey_
Kuzmin / Thinkstock; Burned paper © bdspn / Thinkstock; Crumpled paper © muangsatun / Thinkstock; Newspaper ©
kraphix / Thinkstock; Old paper © StudioM1 / Thinkstock; Coffee ring stains © Kumer / Thinkstock

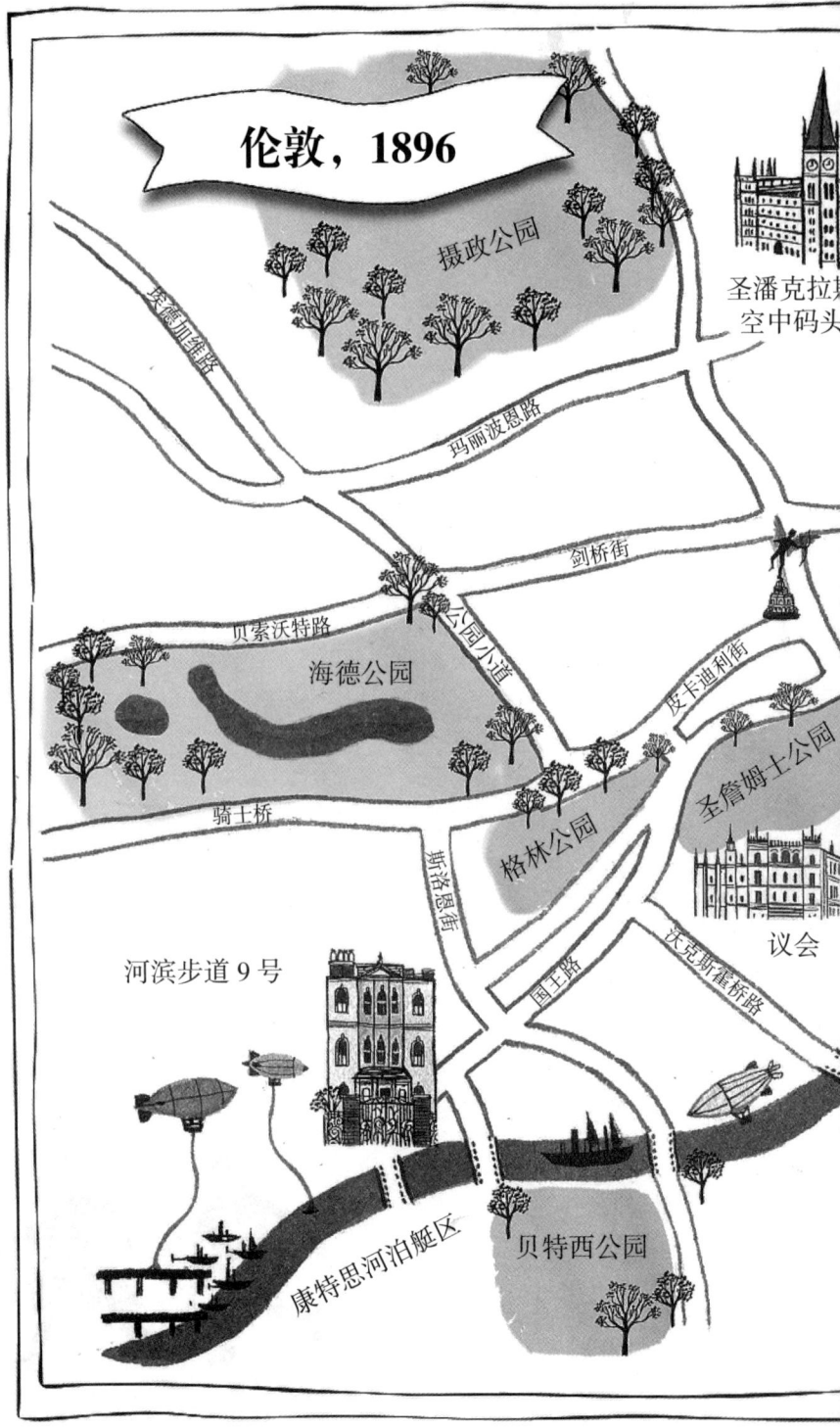

伦敦，1896

摄政公园

圣潘克拉斯
空中码头

玛丽波恩路

剑桥街

贝索沃特路

公园小道

皮卡迪利街

海德公园

骑士桥

格林公园

圣詹姆士公园

斯洛恩街

议会

河滨步道9号

国王路

沃克斯霍桥路

康特思河泊艇区

贝特西公园

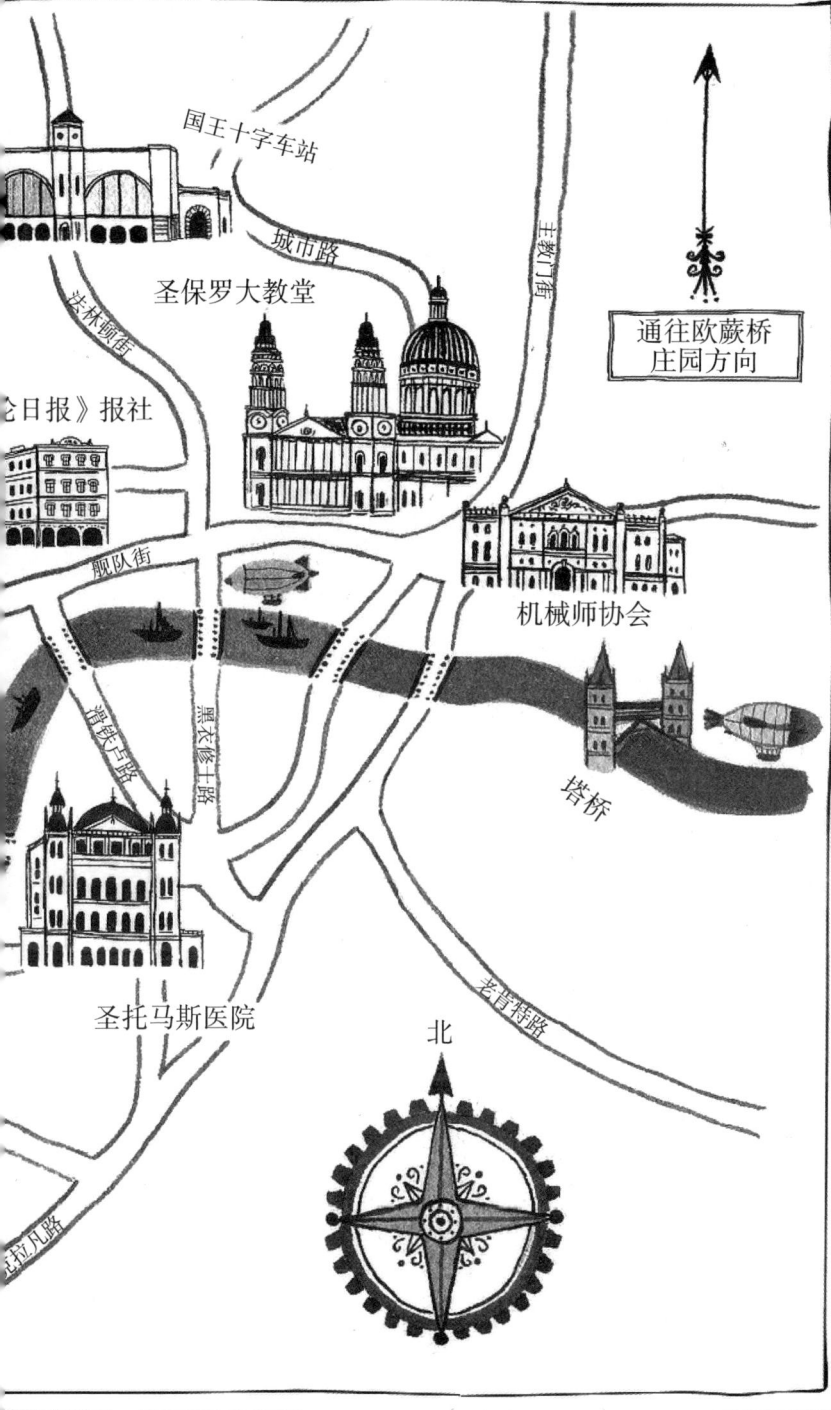

国王十字车站

城市路

圣保罗大教堂

法林顿街

《论日报》报社

舰队街

机械师协会

黑衣修士路

滑铁卢路

塔桥

通往欧蕨桥
庄园方向

圣托马斯医院

老肯特路

马拉瓦路

北

序幕

　　狐狸芒金把前爪搭在驾驶舱的舷窗上，向外张望。那艘银色飞艇还是紧跟不放，眼看就要追上他们了。随着螺旋桨呼呼飞转，银色飞艇的船身如利刃破空，不断逼近，芒金的机械心脏也不禁随之一颤。

　　他紧张地移开视线，看向主人。约翰的这艘飞艇，蜻蜓号，虽然速度很快，但几乎没有装备火力。而那艘银色飞艇上却载满了武器，船身还伸出无数明晃晃的、锋利的金属尖刺，仿佛一只全副武装的豪猪。

　　就在这时，蜻蜓号的船舵猛地一转，约翰把船舵拧了整整一百八十度，试图一个急转弯甩掉紧咬不放的追兵。飞艇剧烈地颠簸起来。

　　那艘银色飞艇顿了顿，旋即也跟着转了个弯，再次逼近了蜻蜓号。它的螺旋桨划破云层，在蜻蜓号的船尾投下片片阴影。在两艘飞艇穿出云层的瞬间，银色飞艇发射了武器。

一根飞叉划破天空，砰的一声扎进蜻蜓号的船体，刺穿了左舷。

砰！第二根飞叉刺进了船尾。

芒金惊叫一声，船舱里腾起一股气体燃烧发出的臭味，一排排仪表盘上的各色指针也嗖地弹进代表着危险的红色区域。引擎呜咽一声即将熄火，船外响起了嘎吱嘎吱的钢缆拖拽声。那艘银色飞艇借着飞叉，开始把蜻蜓号往他们那边拖了。

约翰锁住船舱，开启了自动驾驶。他一把推开驾驶舱的门，朝引擎室冲去。芒金紧紧跟在他后面。

虽然船舱剧烈地摇晃着，但是引擎室里所有的活塞和曲轴都还在全速运转。在地板中央一堆纵横交错的管子中间，躺着一只蛋形金属逃生舱。

约翰急忙打开逃生舱的舱门。"这不够容纳我们两个。"他说，"芒金，你快上去。"

小狐狸发出一声表示抗议的呜噜声。"不行。应该是你上去，约翰。人类优先。这是法律规定的。"

约翰摇摇头。"我不能丢下蜻蜓号。我得试试看能不能让它安全着陆——你可没有拇指，你没法掌舵！"他勉强笑了笑，从口袋里抽出一个破旧的信封，蹲下身来，把它塞进芒金脖子上的一个小皮口袋里。"这是给我的莉莉的。一定要交到她手上。"

“里面是什么？”

约翰笑了。“秘密。让她保护好这个秘密，不能告诉任何人，永远不能。你能记住吗？”

“没问题。”芒金低头拱了拱袋子，又嗅了两下。

“那就好，”约翰说，“你去欧蕨桥找莉莉。如果我能活着逃出去的话，我也会去找她的。”

“还有什么吩咐吗？”

“还有就是，告诉她我爱她。”约翰最后揉了揉机械狐狸的小耳朵，“去那里至少要一天，你的发条撑得住吗？”

芒金点点头。

“还是把发条钥匙带上吧。”约翰拿出一把老旧的钥匙，把钥匙链挂到了芒金的脖子上，和小皮口袋挂在一起。“不过真不知道到时候谁能帮你上发条。”

“谢谢你，约翰。”芒金走进逃生舱，盘起尾巴坐好。“发条保佑，但愿我们能很快再见。”

“但愿如此，我的老朋友。”约翰关上了逃生舱的门。咔嗒一声，舱底打开，逃生舱落了下去。

约翰从敞开的舱底目送逃生舱在天空中渐渐远去，女儿莉莉的模样再次浮现在他的脑海里。要是他能再见她一面就好了。把过去的一切真相都告诉她。他早就该这么做了，但一直没有足够的勇气。现在，只能让芒金代他去面对了。好在他把该说的都写在信上了。

又一根飞叉扎进了蜻蜓号，旋转的锯齿切开了钢制的船骨，在铁皮船身上留下了许多裂口。在一阵让人牙酸的切割声中，船身撕裂出一个可容人通过的切口，两条身影钻了进来。他们银色的眼睛在灯光下闪闪发光。其中，瘦些的那个人举起了一根手柄是骷髅做的棍子。约翰只觉得一阵剧痛，眼前一黑，便什么也不知道了……

第一章

　　莉莉皱皱她的雀斑鼻，拖着步子走在一队女孩的末尾。她手里的课本中夹着一本已经快被翻烂的廉价恐怖杂志《惊魂便士》，每走一步，她绿色的双眼就飞快扫一眼杂志页面，胸腔里那颗小心脏紧张得怦怦直跳。

　　她正在看《吸血鬼瓦涅大战空中海盗》里一个特别血腥的场景——在一所意大利寄宿学校废弃的阁楼上，吸血鬼瓦涅抓住了女主人公，正准备美美地吸干她的血。

　　莉莉拿铅笔在杂志里标出最恐怖的几段，方便她在有空时再读一遍。莉莉的头上顶着一本厚厚的书，每走一步，那书就跟着颤颤巍巍摇摇欲坠，但她还是专心致志，继续关注着吸血鬼瓦涅的故事。

　　"头抬起来！眼睛向前看！"玛可瑞肯夫人，她们的仪态老师，头顶一本《牛津完美仪态指南》，领着叽叽喳喳的女生们在礼堂里绕着圈练习，她扁平的脚板大踏步地落在明亮的木地板上，啪啪作响。莉莉私下叫她章鱼怪[1]——当然不能让她听见，被发现的话可就完蛋了。

章鱼怪夫人对身姿仪态有着谜一般的追求，而莉莉对此毫无兴趣。照她看来，书是用来读的，不是用来顶在头上练习平衡的。如果你想在头上顶点什么东西，人们为满足这种需求专门设计了一种东西，它的名字叫帽子。

莉莉飞快瞥了一眼班上的其他女生。柳克丽霞·布莱克韦尔小姐翘着鼻子走在队列最前面，她纹丝不乱的头发上稳稳顶着三大本《重要场合的实用礼仪》。

紧跟其后的是爱丽丝·哈维小姐，她把辫子盘成了一个巨大的甜甜圈，上面顶着七本《巴特维克礼仪改善指南》。这个发型惊悚却有效，难怪她顶的书从来不会掉。

第三个人是杰玛·拉德尔小姐。她头上的四本《淑女礼貌手册》摇摇欲坠。每走一步，她就停下来假装挠挠耳朵，实际上是趁机扶一下头顶岌岌可危的书本斜塔。

莉莉早就发现班上的其他同学从来不会在仪态课上看书，好像她们无法做到一边走路一边思考。莉莉甚至怀疑她们的脑子里有没有认真思考过任何真正的问题。如果弹簧腿杰克，或

---

1. 玛可瑞肯夫人的名字 McKracken，听起来很像 kraken——传说中挪威附近的北海巨妖，长相类似巨型章鱼，能轻易将大型船只绞成碎片。

者吸血鬼瓦涅，或者空中海盗，或者随便哪个在英国四处流窜的坏蛋，在黑暗的小巷里抓住她们中的谁，那她们肯定死定了。她们甚至都来不及使用那些练习的法语，也来不及问上一句"您想要茶还是咖啡？"，来不及礼貌地评价一下当下的天气，就会以最优雅的姿态死在石子路上。礼仪对于一具尸体又有什么用处呢？没用的。一丁点用处都没有。

"停。"章鱼怪夫人喊道，她身后的姑娘们一个接一个整整齐齐停住了脚步——除了莉莉，她没意识到自己的鞋带散开了，绊了一下，踩到了杰玛的脚，摔倒在地。

"哎呀！"杰玛往前一个趔趄，伸手抓住爱丽丝想稳住身子，却没能成功。她头顶上的四本《淑女礼貌手册》哗啦啦地掉了下来。

"当心！"爱丽丝一声惊呼，七本《巴特维克礼仪改善指南》也纷纷落地。

砰砰砰砰砰砰……砰！

柳克丽霞左右摇晃了两下，赶紧伸手去扶头顶的书，可是为时已晚。三本《重要场合的实用礼仪》滑下眉毛，书页飞舞，哗啦一声落得满地。

"你这个莽撞鬼，为什么练习不专心？"章鱼怪夫人大吼道，"你这次又有什么话说？"

莉莉从满地书海中迷迷瞪瞪抬起头来。她是在和我说话吗？"对不起？"莉莉试着回答道。

章鱼怪夫人咆哮起来："我是说，你！这！次！又！有！

什！么！话！说！唉，算了。"她干脆把头顶上的那本《牛津完美仪态指南》掷向莉莉。莉莉赶紧弯腰一闪，这本大部头堪堪从她耳边擦过。

"你刚才一直在看书，我的课上不许看书——"

"我以为——"

"没有什么以为。"章鱼怪夫人环抱双臂，脸都气紫了，那颜色倒是跟她身上的紫色衣服挺一致的。莫非这脸色其实是被她的紧身胸衣给勒出来的？

下课铃响了。其他女生都蹲下身来，捡起地板上的书一本本合上，放回章鱼怪夫人的桌上，然后沿着墙排成整齐的一列，等着老师宣布下课。

"你们可以走了。"章鱼怪夫人挥了挥手，女生们两两一对地往外走去，还小声议论着什么。莉莉赶紧掸了掸身上的灰尘，也站起来准备走。

"你不能走，格兰瑟姆小姐。我有话要和你说。"章鱼怪夫人啪嗒啪嗒地走了过来。"你为什么觉得你不仅可以上课不听讲，还能在课上看些乱七八糟的书？"她劈手夺过莉莉手上的课本，翻看着里面夹的恐怖杂志，还特别端详了一下其中一幅长着蝙蝠翅膀的血淋淋的尸体插图。

"你到底从哪儿弄来这么一本胡言乱语的东西的？"

"是我爸爸上次寄给我的，夫人，他知道我喜欢这些杂志。"

"真的吗？"章鱼怪夫人看起来不太相信。

莉莉继续说道："他觉得如果想要获得广泛的知识，人应该多阅读不同种类的书，只读礼仪手册是不够的。您说呢？"

章鱼怪夫人拿起杂志在手里掂量了一下答道："不，我不这么认为。另外，这类胡编乱造的东西是不允许带来学校的。没有任何教育意义。"

"但它能让我了解空中海盗和空战。"

"一位淑女为什么需要了解那些？"章鱼怪夫人深深地吸了一口气，"那些都是没用的胡扯。不好意思，格兰瑟姆小姐，我得没收你这本书了，如果你手里还有类似的书，那么最好也马上交给我。"

莉莉耸耸肩："一本都没有了。"

"胡说，你明明手里就抓着一本。"

"不好意思，您说什么书？"

"就是你正在藏的那本。"

章鱼怪夫人伸长脖子去看莉莉藏在背后的东西。莉莉把杂志从左手换到右手："我不明白您在说什么。"

"交出来。"章鱼怪夫人伸出了她的蒲扇巴掌。

"好吧。"莉莉悻悻地交出了《弹簧腿杰克与恶棍》。

"这就对了嘛。还是老实听话比较好，对吧？"章鱼怪夫人把两本书夹到她汗津津的胳膊下面。

"您说得对，夫人。"

"很好。"章鱼怪夫人把课本还给了莉莉。"记着，"她竖起一根手指威胁地晃了晃，"如果你还有别的这种东西，我肯定都会找出来的。现在，跑快点，后面的课要开始了，别迟到了。

另外，把你的裙子抻直，皱得简直像大象耳朵一样。"

"好的，夫人。再见，夫人。"莉莉用墨迹斑斑的手指头把裙子扯了扯，向章鱼怪夫人行了个屈膝礼。夫人转身走回办公桌，莉莉冲着她宽阔的背影吐了吐舌头，然后尽可能以淑女的仪态飞快地走出了门，沿着走廊跑去。

蠢立在英国最荒凉、最偏僻的角落里的这几栋老旧的红砖建筑，就是奥克塔维娅·斯克林肖小姐的女子精修学院。虽然校方总在各种社会出版物上高雅的盾形纹章底下吹嘘自己的美好声誉，但是实际上，它的声誉就像这些建筑物本身一样已经到了风烛残年，急待修复。

莉莉的爸爸之前给她请过许多家庭教师，但都没留住，后来他就把莉莉送来了这所学校。他选择这里的主要原因是：这地方非常偏僻，谁也不认识他们，也就不会问东问西。他甚至给她取了一个假名：格兰瑟姆——格代表格蕾丝（她妈妈的名字），兰瑟姆则来自哈特曼（他们的真姓）[1]。他从没解释过为什么他们要躲躲藏藏，或者他们到底是在躲什么。但是自从莉莉的妈妈死后，他就格外执着于隐藏莉莉的行踪，他们甚至为此

---

1. 格兰瑟姆的英文是 Grantham，其中 rantham 是 Hartman（哈特曼）中所有字母的重新排列。

从伦敦搬到了偏远乡村。莉莉怀疑他就是天生容易瞎紧张，不过他还是坚持让莉莉按照维多利亚时代年轻淑女的常规方式上学和生活。

莉莉一边轻手轻脚地走上最后几级楼梯，一边想：问题的关键在于，她根本不想做一个维多利亚时代的淑女，她更喜欢空中海盗们的生活。

这也是为什么她决定翘掉法语会话课，从章鱼怪那边出来就直奔宿舍。她想赶紧把剩下的一堆恐怖杂志都藏好，免得这些杂志被收走甚至被销毁——在这个学校，稍微有点意思的东西最后都是这个下场。

宿舍的门是锁着的，但是莉莉能打开。她从自己的红色发髻上抽出一根发卡，用牙咬直，捅进钥匙孔里。她轻轻扭动发卡尝试不同的方向，同时转动门把手。这个方法她已经用过很多次了，一开始是从《恶徒杰克：不凡的盗贼和逃脱专家》这本书里面学到的，虽然不是杰克本人亲自传授，但是如果有朝一日能遇见他的话，她会乐意和杰克交流一下开复杂锁的技术问题。不过，就像杰克在书里说的那样，最重要的是听里面的声音——

咔嗒！

锁开了。莉莉轻轻拉开门，踮着脚走进宿舍。靴子踩在地板上发出轻微的嘎吱声。暖气是开着的，房间很暖和，莉莉能听见楼下教室里其他女生正在朗读法语动词的声音。11月的太阳淡淡的，这会儿正悬在对面房屋的上空，几缕阳光穿过结霜的窗玻璃，落在她的脸上。

莉莉走到自己床边，从边桌抽屉里把所有的《惊魂便士》都找了出来，正准备往床垫下面塞的时候，突然听见了一声微弱的闷声抽泣。

她抬眼看向一排排的空床。看来宿舍里还有别人在呀。莉莉看见房间最后一排床的隔帘后，有个身影弓着背坐在床角上。她走过去，发现帘子后面是莫莉·塔尼希，这里的机械女仆，正坐在那儿暗自饮泣，她的金属肩膀在浆过的白色裙子里颤抖着。在她身后，通往仆人住处的楼梯门半敞着。

莫莉抬起头，抽泣着落下一滴油汪汪的眼泪。"对不起，小姐。我没听到你回来了。我该走了。"

"噢，没事，"莉莉说，"我这会儿本该在教室的。"她从袖子里掏出一条脏手帕递给莫莉。莫莉接过去用力擤了擤鼻子，那声音就像拉响了一声汽笛。

"谢谢。"莫莉小声道谢，把手帕还给了莉莉。

"请别客气。"莉莉把湿漉漉满是机油的手帕又塞回袖子里。"但是你为什么这么伤心呀？"

莫莉从身后的一堆床单里拿出了一条亮粉色的床单。"我把这些床单和校服一起放进了洗衣机，结果都被染了色。要是斯克林肖小姐发现了，她会杀了我的，她会把我送到卖齿轮结构的商人那儿去，或者一怒之下把我拆成零件，然后把我像可怜的老埃尔茜那样熔化掉。"莫莉哭得伤心欲绝。

莉莉拍拍她的背说："莫莉，别哭了。我们会想出办法的。

也许我可以帮你给学校董事会写封信？"

莫莉惊得一哽，抽泣着说："噢，小姐，不行，可千万不能让他们知道这件事。求求你了。"

"呃，那好吧。"莉莉仔细打量着那排铁床架，思索着说："我有办法了，要不然我们把这些染了色的床单铺在床底，再把旧的白床单搭在上面怎么样？"

莫莉抽了抽鼻子："这样真的能行吗？"

"我觉得可以试试。"莉莉答道，"来吧！"她抖开一张粉红色的床单，把离她最近的一张床的床单扯了下来。莫莉看了看，也站起来帮忙。

没花多长时间，她们就一起把大部分的床单换完了，把毯子盖上后，几乎看不出床底的床单染了色。当两人整理到宿舍楼顶层的最后一张床时，门口传来的声音让她们同时转过身来。

爱丽丝·哈维和柳克丽霞·布莱克韦尔站在门口，她们冷笑了几声。

"哈维小姐，快看哪，"柳克丽霞说，"莉莉在给帮工干活。"

"你们来这儿干什么？"莉莉问。

"拉若夫人让我们来叫你去上课。"爱丽丝答道，"我们学到《法语礼貌会话的艺术》的第二十二章了。"

"我不会去的，"莉莉告诉她，"我不想去。再说了，如果哪天拉若夫人的屁股被咬了，她是绝对不会记得礼貌会话的。"她余光瞥见旁边的莫莉低下头忍住了一声笑。

"我的天哪！"柳克丽霞从莫莉手中扯过最后那几张床单，

扔在地板上。"看看你都干了什么，你这个蠢机器，全都被你染成粉红色了！"

"对不起，小姐。"莫莉低声道歉。

莉莉一下握紧了拳头。"你们就不能放过她吗？"她边说边走上前挡在莫莉和另外两个女生之间。

"这跟你有什么关系？"爱丽丝问。

"她是我的朋友。"

"她？她？"柳克丽霞双臂抱胸，轻蔑一笑，说："莉莉，它可不是人，机械是没有生命的。"

"而且，"爱丽丝急忙站到柳克丽霞身边，"所有人都知道机械和人类是不可能成为朋友的。机械没有感情。"

莉莉叹了口气。和这样一群白痴说话真让人心累。"别傻了，"莉莉对她俩说，"机械当然有感情，他们和你我并没有什么不同。"

柳克丽霞对她嘘了一声："哦，莉莉呀莉莉，你错得真是离谱。让我来给你看看真相吧。"她突然伸手，狠狠打了莫莉的头。

莫莉的眼睛里怒气一闪，但她什么都没说。

"看见了吧？"柳克丽霞说，"它连躲都不会躲。"

莫莉嘎吱嘎吱地揉了揉自己的头。她弯下腰捡起地上的床单，走到仆人房间的门前，说："小姐们，请不要因为我而争吵了。我很抱歉，现在我得走了，我还有工作要做。"

"那就快滚吧，傻机器。"柳克丽霞向莫莉啐了一口，"在你被人扔去垃圾堆之前，快跑吧！"她得意地对爱丽丝笑了笑。

莉莉从没这么强烈地想要揍谁——她几乎气得无法控制自己，但她还是忍住了，因为她答应过爸爸要守规矩，要守规矩就不能惹麻烦。她咬紧牙关，看着莫莉匆匆走出房间，愤怒在她的胸中不断膨胀，一触即发。

柳克丽霞得意一笑，爱丽丝也跟着笑了。

莉莉不想忍下去了——这不叫惹麻烦，这叫为正义挺身而出，因为机械人也应该和人一样得到尊重。

"听着，你们这两个只会假笑的笨蛋，"莉莉说，"如果你们以后再这样对莫莉说话，我就……我就……"

"你就怎样？"爱丽丝冷笑一声，"就你还想威胁我？"

莉莉咬着嘴唇，仔细考虑了一下爱丽丝的话。爱丽丝露齿一笑，道："瞧，你就是个自以为是的小东西！实际上，你什么也做不了。难道你以为你喜欢机械，你就有资格对我们指手画脚了吗？可惜你不能。现在马上道歉，我们还可以当什么都没发生过。"

莉莉摇了摇头说："你不向莫莉道歉的话，我也不会向你道歉的。"

"这可是你自找的。"爱丽丝扑向莉莉，想揪住她的头发。莉莉闪身躲开了，但爱丽丝又抓住莉莉的衣领去扯她的发髻。莉莉想推开爱丽丝，但柳克丽霞也加入战团——她拽住了莉莉的另一只胳膊，死不松手。

爱丽丝用长指甲用力去抓莉莉的头皮，还划伤了她的耳朵。事已至此，莉莉别无办法，只好反击了。她握紧拳头朝爱丽丝的脸挥去。

砰！莉莉击中了她。

"我说了我很抱歉，"莉莉辩解说。章鱼怪夫人正揪着她的衣服后领，拽着她穿过走廊，"而且，是她先打我的。"

"胡说，"章鱼怪夫人咆哮说，"谁都看得出来是谁打了谁，她的脸现在就像一块被砸烂的甜菜根。"

"可她的脸色平时就偏紫啊。"

"你可真能撒谎啊，小东西。"

她们经过正门时，莉莉瞥了一眼花岗岩门楣上刻着的那条校训：Vincit Omnia Veritas——真理战胜一切。

可是今天它什么都战胜不了，莉莉心想。章鱼怪夫人一路把莉莉拖下石阶，往院子里推。

院子里，女孩们穿着厚厚的冬装，戴着羊毛帽子和围巾，有的手挽手在散步，有的则端端正正像小鸟一样坐在长凳上，背挺得像熨衣板一样笔直。她们看到章鱼怪夫人把莉莉推进院子另一侧的一条窄巷，纷纷用戴着手套的手遮住嘴窃窃私语起来。

学校里的每个人都知道那条小巷通向何处——走过那排摇摇欲坠的棚屋和一个木板都快垮了的室外厕所，再走过顶上插满碎玻璃瓶渣的高墙，就可以看见杵在最远的那个角落里的煤仓，它的入口一片漆黑，就像魔鬼张开了大嘴。

有谣言说，以前这一带最可怕的危险分子死后就埋在那个煤仓里，等里面堆的煤都用光了，他们的白骨就会重见天日。

"求求你了，玛可瑞肯夫人。"莉莉大声喊道，"别把我关进去，我怕黑。"

"住嘴。黑暗从来不会伤害任何人。"章鱼怪夫人打开煤仓门上的锁，把莉莉推了进去。"如果你以后的言行举止仍然表现得像个扫烟囱的粗人，那你就得习惯过他们那样的生活。记着，以后不要跟长辈顶嘴，他们比你年长，比你聪明。在你记住礼貌的重要性之前，你就在这儿多待一会儿吧。"

章鱼怪夫人甩上门，她怒气冲冲的脸随着最后一道亮光一起消失了，莉莉听见挂锁被合上，章鱼怪夫人沉重的脚步慢慢穿过院子，渐渐远去。

莉莉一个人被留在寒冷漆黑的煤仓里，心里害怕极了。她摸了摸周围，碰到了一些冰冷的煤块。她在远处的墙边找到了一张破破烂烂的凳子，坐了上去。凳子有条腿坏了，莉莉坐在上面，感觉前前后后晃得厉害。莉莉试着把脚放到凳子下面的横木上，发现横木也断了，她只能把脚踩到座位上，抱住膝盖。温暖的膝盖紧紧贴在胸口，让她感到些许安慰。

有个什么东西从她脚踝边爬过，她赶紧用靴子的尖端把它赶走。微弱而细碎的声响在煤仓里清晰可闻，莉莉尽量不去想可能出现的那些惊悚的东西，蜈蚣、蜘蛛、老鼠……但是，等她的双眼习惯了黑暗，她看到了更恐怖的画面——一只被肢解的手臂从煤堆下面露了出来。

　　芒金已经跑了很久很久，为了不被人发现，他在树丛间飞快地穿梭。必须尽可能地远离救生舱的坠落地点。他还得在发条耗尽之前找到莉莉，给她送去约翰最后的消息。

　　此时，太阳早已落山，浓浓的灰雾弥漫在空气中，在芒金的皮毛上凝成冰凉的露水。当他掠过灌木丛时，湿漉漉的树叶发出一阵抖动。树林上方的高空中，银色飞艇上几台巨大的引擎齐声轰鸣，探照灯在森林中四下扫过，搜寻着他的踪迹。

　　他来到一棵老橡树前，在它那爬满常春藤的树冠下停了下来。他的黑眼睛在雾霭中闪动，观察着周围。前面的小路满地都是折断的树枝，还有一些带着尖刺的灌木，那些毛刺每次都会扎进他尾巴上的毛里。他厌恶地抽动了一下鼻子。也许他应该掉头，走另一条路……但是直觉告诉他，那些人已经跟上来了，所以他只能继续小心翼翼地往前走去。

地面泥泞不堪，当芒金跑起来时，泥浆在他的爪子之间噗噗作响，有些泥点还溅到了他脖子上挂着的袋子上。他留下的爪印很容易被人追踪——这简直就是给追兵标出了路线——他暗自诅咒这湿漉漉的地面，诅咒可恶的天气，诅咒后面的追兵、飞艇以及所有这些糟心事。他是一只非常精密的机械动物，可不是为了在这种野地逃生而设计的。他现在这副在树林里逃命的样子，简直就像那些拾荒的穷光蛋！这真是一种侮辱！

前方长满尖刺的灌木越来越多，简直无处不在。

芒金在一处灌木丛里找到个缺口，挤了进去。

茂密的植被下是一条地道，向外延伸了几十厘米，通往一条狭窄的小径，出口处的地面上有些粪便。芒金停下来嗅了嗅——是狐狸用过的老路，但显然这条路已经荒废好久了。

芒金沿着小路往前跑去，周围的矮树丛又变得茂密起来。一长溜荆棘结结实实挡住了他的去路，他好歹挤了过去，可腿上扎进了不少可恨的倒刺。真受不了！

芒金警惕地环视着四周，继续向前。现在他身处树林深处，从这儿已经看不见飞艇的探照灯了，引擎的轰鸣声也变小了。很远的地方有只猫头鹰警觉地叫了一声。

那几个人的呼喝声和可恶的狗吠声突然逼近了，就在芒金不远处来来回回。他们的提灯出现在附近的树丛中，每经过一棵树，灯光就随之一暗，然后又迅速亮起来，一闪一闪的，像巨大的萤火虫一样盘旋不去。

芒金回头迅速看了一眼，数了一下灯的数量，一共三盏。但人数应该不止三个——至少还有一个人负责牵着狗，还有负责武器的。他们从飞艇上下来的时候可是乌泱泱的一大群呢。

芒金绕过一条积满雨水的深沟，接着又得绕过一个大池塘。隔着池塘远远望去，隐隐看到一座已经破败的大型水车磨坊。

芒金真希望自己能直接跳进水里游过去，但他知道机械动物是不能沾水的。约翰警告过他：半升水就足以让他的内部结构全部生锈。

约翰——他现在可能已经不在了，也许已经在蜻蜓号的铁皮船舱里烧成了灰烬，或者遭遇了更可怕的结局。想到这里，芒金肚子里的齿轮都难受得打起战来。

他已经绕到池塘的对岸，在走过一块长满青苔的大石头时，一不小心被树根绊倒，向前滚去，跌进了一堆潮湿的树叶里。

他不能再走神了。以后有的是时间来想约翰。

他爬起来，抖掉身上的树叶，又检查了一下脖子上的袋子——它还在那儿，谢天谢地，发条保佑。

狗叫声又近了一点，是机械狗的叫声，比他的声音要低沉很多。

寒冷的空气里，石头堆后面传来那群人粗哑的说话声。

"我觉得他往这边走了，这边的蕨类有被踩过的痕迹。"

"这里也有，水边也有一些脚印。"

"继续找，他就在附近了。"

芒金忽然瞥见了什么东西，那是一团黑影，有着银色的眼睛，正在树间朝着他的方向张望。他紧张地四处张望，想找个地方躲起来。他现在所处的这个坑周围只有稀稀拉拉几根秃树干，躲不住的，他必须继续向前走。

他放低身子，蹑手蹑脚在空地上匍匐前进，还要小心不要踩到那些可能会咔嚓一声压断的树枝。

他能闻到那群人的气味正在慢慢靠近，还能听到他们正爬上石堆。那只浑身丁零当啷响个不停的机械狗正在大声怒吼，拼命想要向前冲，但被项圈皮带扯住了。幸亏今晚的雾很大，要不然他们肯定会放开狗让它追过来。

"这边。"

"我好像听见他的动静了。"

"他应该刚刚经过这里。"

芒金离开湖边，迅速躲到一排树后。他在飞快地冲过两丛灌木之间的缝隙时，冒险回头看了一眼。

那只机械狗一定看到了芒金白色的脖子一闪而过，因此拼命扯着皮带，朝芒金这边冲，把它的主人直往前拖。

芒金加快了脚步，现在他在那群人前方差不多十米吧，他隔着雾气大致估计了一下。他需要拉开距离。

芒金越过小溪，跳来跳去地穿过一排冷杉树——让那些愚蠢的人类在这里兜会儿圈子吧。前方树木之间的间距变得更宽了，树与树之间飘荡着一团团灰雾，树木也稀疏了许多。最远处的几棵冷杉树矗立在密密麻麻的欧洲蕨中，一道篱笆之外就是田野了。

芒金闪出树林，在长得已经相当高的蕨类植物中蹚出一条路后，终于抵达篱笆的缺口处。他夹紧尾巴，俯身从一根横木下钻了过去，踏入了空荡荡的田野。

这边更冷一些，地面都冻住了，这意味着芒金的爪子不会再留下足迹。这一片完全没有可供遮挡的东西，他必须高度警惕，好在浓雾多少能为他遮掩一二。

芒金小心地向前走着。透过一团团灰雾，他能辨认出远处石墙的轮廓，地上好像还有隐约的车辙印。

身后再次传来那群人的声音，不过这片田地并不像芒金一开始以为的那么大，他完全有机会在他们赶到这里之前跑到对面，于是，他便沿着空地的对角线，飞快向前跑去。

但他刚刚跑到一半，一道白光横空劈下，位于正上方的飞艇的探照灯正照着他。飞艇的引擎吹散了浓雾，他们瞬间发现了芒金。他鲜亮的皮毛在灰突突的田野里格外醒目。

砰的一声枪响。

芒金回头看去。

"别跑！"那个有着银色双眼的身影走出树林，端起一支蒸汽步枪。

芒金僵住了，正面盯着他的敌人，他的心在胸腔里怦怦乱跳。时间好像凝滞了。

他眼睛眨也不眨地死死盯着那张深色面容上的双眼，试图看出那人的心思。

那个男人长出了一口气，芒金挪动双脚往后退，慢慢拉开距离。他真的会开枪吗？

那人眯起眼睛看着瞄准镜，对准了芒金，手指扣住了扳机。芒金转身就跑，只希望这雾再浓点，说不定能救他一命……

砰！

一枚子弹击中了芒金的肩膀。

芒金一头栽倒。他的身体向前滚去，骨碌碌滚过结冰的地面，在一块凹地停了下来。飞艇的探照灯在不远处疯狂地扫射，结霜的草地上反射出一圈圈的光晕。他有点眩晕，眼前似乎还留着那个有着镜子眼睛的男人的残像。芒金晃晃头，残像消失了。

追兵们的影子在空旷的田野上拉得很长，提灯发出的光在他们身前上下浮动，朝芒金的方向追来。

"他倒了！"

"我觉得你打中了。"

"我没看到他，他去哪儿了？"

芒金慌了，他挣扎着站起来，一瘸一拐地朝墙边走。那只机械狗挣脱了皮带，狂叫着向他奔来，跟在后面跑的几个人端起枪乱射一通。那个有着镜子眼睛的男人落在后面，正在给步枪装子弹，而其他几个没有武器的人则朝着飞艇挥舞提灯。

芒金终于走到墙边，拼命翻了过去，滚落在后面的小路上，松散的石头也跟着散落一地。他再次挣扎着站起来，快步向前跑去。

肩膀火烧火燎地痛，他低头用鼻子蹭了蹭，摸索着子弹穿出的伤口，却没有摸到。那子弹一定还在他身体里的某个地方，就像卡在爪子里的石头。芒金听到远处传来了喊声——那些人还没放弃。不过，至少脖子上的袋子还在，他不会让它落入那群人手中的。

小路在前面一分为二，芒金随机选择了左边。他放慢了脚步，拖着伤脚往前走，沿路张望着，想找个可以藏身的小屋或谷仓，可是一无所获。他的发条快到头了，很快他就动不了了——如果倒在开阔地带，他就一定会被他们抓去的。

他又绕过一个转角，眼前突然出现了一间小屋。往远处望去，前方还有更多的房屋。那是欧蕨桥村——他快到家了。如果他能安全穿过村子的话……

芒金最后一次检查了那只小口袋，约翰的那封信还好好地躺在袋子里，他松了一口气。他答应过要把这封信送到莉莉手上，里面藏有约翰的秘密。爸爸想对女儿说的最后一句话，无论如何也要送到。尤其现在主人约翰不在了，芒金一定要完成他最后的心愿。

第三章

闹钟还没响，罗伯特·汤森就醒了，躺在黑暗中听着外面的动静。他是被吵醒的——被外面的声音，遥远但清晰的"砰"的一声。他看了一下床头柜上时钟的指针。

早上五点四十。

砰！砰！砰！

又来了。到底出了什么事？

罗伯特跳下床，踩着冰冷的地板走到窗前。他拉开窗帘，用睡衣袖子擦掉玻璃上凝结的水雾，向外张望。

村子里空空荡荡，他又扫了一眼附近的田地，寻找声音的来源。

远处一排树的后面，一束光穿透薄雾，扫过田野——那是飞艇上的弧光灯。看起来这艘飞艇个头不小，另外，现在这个时间点也太早了一点。

罗伯特记得每个航班的时间表。他不用干活的时候，就喜欢跑去附近的空港。那个空港的服务范围包括整个欧蕨桥村和周边地区。他喜欢看飞艇沿着航线降落，喜欢看那些戴着护目镜和皮制头盔的飞行员拿着工具箱走下来，还有那些身着时髦旅行服的乘客在舷梯上排着队上下。他对自己发誓，总有一天，他也要坐一次飞艇。要是他能快点克服恐高症就好了。

这艘飞艇给人的感觉有点不一样。从它的大小和飞行路径来看，罗伯特觉得这肯定不是常规航班。当雾气散开，飞艇的其余部分展露出来时，罗伯特更加确信了自己的想法。他没看见飞艇的名字或标记，但这艘飞艇看起来像是军用款。它银色的反光球囊似乎吸收了月光一般，船身的一个舱门开口处架着飞叉枪，船头布满了金属尖刺。

忽然，飞艇关掉了探照灯，掉转方向，爬升到更高的云层里去了。附近的一块田野里砰砰砰响起了一连串枪声。罗伯特看到三盏闪烁的提灯先是从树林里冒出来，接着又飘下山坡。那群人在山谷里会合之后，沿着小路朝村子走去。

确实有事发生了。他想知道到底发生了什么。他一把抓过挂在床尾的裤子，立刻跳进去穿好，并在睡衣外面飞快地扣上了背带。

他手忙脚乱地穿上外套，最后看了一眼窗外。幸亏他看了一眼，否则他就不会发现那只狐狸了。

那只狐狸沿着小路歪歪倒倒地向前走着，时不时紧张地回头看一眼。他停下来的时候，身体有点不稳。他的目光落在罗伯特窗下的那一排排商店上。罗伯特有种奇异的感觉，感觉那只狐狸在看他爸爸商店的招牌，但这应该不可能吧？

那只狐狸自顾自点了点头，继续一瘸一拐地往前走。他走过了教堂和那块围起来的墓地，跌跌撞撞地进了品彻小路——那是条灌木丛生的小道，在空港给工人们修的小屋后面。

罗伯特等着狐狸蹒跚的身影出现在小巷尽头的那块空地上，但他没有出来。他肯定在小路边找了个地方藏起来了，也许就在某间小屋的后院里。罗伯特决定去把他找出来。

罗伯特胡乱套上鞋袜，拿起床边的蜡烛，拉开门轻轻走出去，他放轻脚步，不想吵醒隔壁的爸爸。

他走下楼梯，掀起一块帘布，进了店里。

熟悉的家具抛光剂的蜂蜡味和时钟轻巧的嘀嗒声让他驻足。每只钟的形状和声响都深深刻在他心里，它们就像他的老朋友一样亲切。有时候夜里睡不着，他就下来看看钟，听听它们的嘀嗒声，但是今晚不一样。他伸手捂住门上的铃，拉开门，走到了街上。

空气中灰雾弥漫，清晨安静得简直让人窒息。远处，一只狗的叫声在田野里回荡。仿佛这个世界上活着的人只剩下了他。

罗伯特先来到那只狐狸停下来抬头看的地方。他在一丛茅草间冰冷的地面上捡起了一只小小的齿轮。

这个齿轮和爸爸平时让他修理的马车的车载钟里面的齿轮很像，只不过他手上的这个已经弯曲变形了，上面的机油余温尚存，黏稠得像干涸的血迹。罗伯特知道，这个齿轮意味着那只狐狸身体内部有发条装置——他是个机械动物。

罗伯特把齿轮在裤子上擦干净，放进口袋里，然后开始沿着那只机械狐狸走过的路线走向村里。

他走过了教堂，正要从空港修的那些村舍后面拐进品彻小路的时候，后面的巷子里传来一阵脚步声。

罗伯特转过身看见一只拴着皮带的大狗，这只狗的品种有点特别，看起来像是德国牧羊犬，但它的体型大得多。走近后，他才看到这只狗满身铆钉。原来是只机械狗。四个穿着长大衣的人跟在后面，他们手里提着蒸汽步枪和提灯——就像罗伯特之前从窗户里看到的那些人一样。

罗伯特退到一边，准备让这群人先过去，但他们却围住了他，先让机械狗上来闻了闻。狗闻到罗伯特裤腿上浓郁的机油味道，低吼了一声。

"闭嘴！"其中一个男人对机械狗吼道。

"你有没有看见什么东西从这经过？"另一个人问罗伯特。

"有没有发现哪里有什么异样？"第三个人补充说。

第四个人什么也没说，只是凶神恶煞般地盯着罗伯特看。

罗伯特不想回答。他们看起来就不像好人。

一个大个子走到罗伯特跟前，他留着姜黄色的络腮胡子，背着一支蒸汽步枪，笨重的身体像是用石头堆出来的。他看起来很像警察，但是没戴警用头盔，竖起的衣领里，他胖胖的脸颊像鼓胀的血肠一样红彤彤的。

让罗伯特倒吸一口凉气的，是那对银色的镜面眼睛，它们被直接缝在了那个男人的眼窝里。他面颊上的伤疤纵横交错，一直延伸到帽子里面。

"你是谁？"那个男人发问道。他青筋暴露的鼻子往下点了点，罗伯特的脸映在他的镜面眼睛里。

罗伯特一时紧张得说不出话来。他深吸了一口气："先生，我住在这儿。"他终于艰难地说出了口。

"我的同事问你有没有发现什么异样。"络腮胡男人抓了抓自己的眼窝，差点就挠到他的镜面做的右眼了。

"异样？比如什么？"罗伯特声音小得像是被人掐住了喉咙。

"比如一只狐狸。"络腮胡男人抿了抿他的厚嘴唇，好像打算再多说两句，但犹豫了一下还是决定不说了。"算了。"他粗大的手指戳了戳罗伯特说，"你回家去吧。"

"我刚刚看见你们的狐狸往那边跑了。"罗伯特的话冲口而出，伸手指着离开村子的那条路。

"你确定吗？"从络腮胡男人的镜面眼睛完全看不出他的情绪，他也似乎并不相信罗伯特的话。他低头看了看那条拴着皮带的狗，狗挣扎着想往小巷里跑。

"是的，我确定。"罗伯特答道，"我从窗户里看到它了。"

"哪边的窗户？"

"那边的窗户。"罗伯特挥手指向村子另一头的那排商店，尽量说得宽泛一点，免得这些人又找过来。

络腮胡男人点了点头："谢谢你，小家伙。我们去那边看看，你也该回家去。这种早上天寒地冻，小孩不应该出门晃，外面很危险的。"他转身就走，其他人还有那条狗都跟在他后面。

罗伯特慢吞吞地往家走，悄悄关注着那群人，确定他们走的是他指的那条路。那群人匆匆穿过村庄，等走到道路左侧最后一栋房子时，他们疑惑地停了下来。那只机械狗似乎闻不到狐狸的气味了，只能漫无目的地到处嗅，试图再次捕捉到线索。

中间有一会儿，那群人好像想返回来再找，但那只狗却将他们一直往前拽。当他们走过村子的最后一道篱笆时，有辆黑色的蒸汽车出现在树林边上，车的烟囱里还喷着烟。络腮胡男人指着那辆车，吩咐了几句话，然后他们兵分两路——四个人带着机械狗沿着大路继续向前走，那个络腮胡男人则返回镇上。

罗伯特决定溜之大吉，等那个络腮胡走了以后，他再去找那只狐狸吧。另外，开店前的准备工作他还没做，最好赶快回去。

等他终于回到钟表店时，清晨的阳光已经洒在门前，驱散了最后一丝薄雾，使得橱窗里的钟闪闪发光。

罗伯特家经营这家汤森钟表店已有五代之久，它朴实的店面和中规中矩的招牌，让人难以想象里面竟藏着这么一座钟表的宫殿。马车上的车载钟、大摆钟、布谷鸟钟和晴雨表占据了店内的每一寸墙壁，后面还放着一台古老的落地式大摆钟，那金钟摆还是罗伯特祖父用过的呢。钟表店前面正中央是一个镶板的柜台，上面放着一只沉甸甸的银钱柜，罗伯特大部分时间都待在这个柜台后面。

每当有阳光洒下，就像今天早上这样，时钟上的玻璃便会在墙上折射出各式各样的光。而无论天气是阴是晴，各个钟表的嘀嗒声从不间断。它们音色各异，汇成店内一支独特的打击乐合奏曲。

罗伯特的爸爸，撒迪厄斯·汤森，在工作的时候，会随着钟表的合奏曲晃动身体。他个子小小的，五官清秀，由于他总戴着一副用来校表的厚厚的放大镜，所以他那双湿润的蓝眼睛在镜片后面显得格外地大。

人们会来店里找撒迪厄斯修理各种千奇百怪的东西。不仅是修钟表，还有许多别的东西，比如晴雨表、计时器和音乐鼻烟盒，有时也有简单的机械装置。撒迪厄斯会把这些一一拆开，然后试着修复它们。

如果送修的东西让撒迪厄斯觉得很有意思，他通常只收成本价。作为一位熟练的机械师和雕刻师，他在缩微模型修复方面非常专业。他总是对人说，钟表内部的艺术性可以媲美精致的雕塑或绘画。撒迪厄斯的顾客都喜欢他，因为他真的很用心。全国各地慕名而来找他修理东西的人很多，但是付的钱都不多，远远不够补偿他花费的心血和精力。

罗伯特的爸爸真的很有天赋，罗伯特甚至希望爸爸能关了这里的店，搬去一个能用辛勤劳动换来更合理的回报的地方。如果他们能去空港负责修理引擎，或修复机械动物之类的，那罗伯特可要开心坏了。但撒迪厄斯更喜欢汤森钟表店的宁静生活。

就现状看来，罗伯特估计自己只能一直做个钟表师学徒了，这实在可悲，因为他对这一行完全没天分。

他冒冒失失，笨手笨脚，他自己都觉得没救了。他已经十三岁了，无论多么努力，他都没能培养出缩微机械修理所必需的那份细致耐心，而且，在跟顾客打交道这方面也不怎么样。

其实以前不是这样的。他从小就是个充满学习热情的孩子，手脚麻利，动作也快，每天都想学习新东西，但这几年，他发现自己长大之后反而变得笨拙了，经常把工具放错地方，或者一不小心把某些重要的齿轮掉到地板缝里去什么的。

就在今天早上，经历了神秘人和狐狸的事情之后，才过了一个小时，他就已经弄坏了一个贵重的车载钟。因为他一直分神在想飞艇和机械动物的事情，一不小心把发条多上了几圈，等他发现的时候，钟里的齿轮已经卡到轴承里去了。

"我都跟你说了多少遍了？"撒迪厄斯问（按罗伯特的统计来说，这是第一百一十三次），"转七圈半，上一次发条要转七圈半。"罗伯特的爸爸平时很少大声说话，但这一次他提高了嗓门。"现在我得把它拆下来彻底检修了。唉，买新零件的钱可能都要超过我收的工钱了。"

"对不起，"罗伯特低声说，"我数错了。"

撒迪厄斯摘下眼镜，捏了捏鼻梁说："罗伯特，钟表不像其他东西，它很脆弱，你要学着再细心一点。"

罗伯特叹了口气，撒迪厄斯捏捏他的肩膀说："没关系，我会把你培养成一位优秀的钟表师的。不过，你今天还是先去柜台那边帮一会儿忙，等你感觉好点了再回来吧。"

罗伯特老实遵命，但说是一会儿，结果变成了没完没了的两个小时，实际上最后都快三个小时了。在这漫长的时间里，那只狐狸、那艘飞艇，还有那个用镜子当眼球的络腮胡男人，就像走马灯一样在他的脑海里轮番出现。

等到下班，罗伯特终于有了一段自由时间。他穿上厚外套，戴好帽子和围巾，准备穿过村庄。

他沿着碎石路走过围墙围着的墓地和教堂，绕过空港修的那排小屋，再次来到了品彻小路。

罗伯特没多想就径直走进了那条长满灌木的小路，路边那排小屋的后窗一片漆黑。他沿着高高的后墙看去，想一只受伤的狐狸可能会选择哪里做藏身之所呢。刚刚看到一半，他发现了一扇半掩着的门。

门里有个旧木头棚子，棚顶翘起来搭在后墙上。这个地方看起来让一只受惊的狐狸藏身正合适不过了。罗伯特进了门，穿过院子，从一堆生锈的农具中间挤过去，来到木棚门前。

木棚门上的锁已经被弄坏了，而且一看就知道刚刚弄坏没多久，搭扣就靠两颗摇摇欲坠的螺丝钉挂着，门把手的木板上还有新鲜的牙印。罗伯特打开门，小心地捂住嘴以免吸入灰尘，然后轻手轻脚地走了进去。

木棚里，零零碎碎的木头靠在油漆早已剥落的墙上，一摞摞的报纸堆在一排书架上，地上到处散落着包装盒。木棚正中间是一张旧桌子，桌子上堆着一堆玻璃瓶，上面已经结满了厚厚的蜘蛛网，像吊床一样挂在漆黑的屋顶上。

罗伯特四处寻找着那只狐狸，然后忽然看到他那条伤痕累累的尾巴从一堆盒子后面露了出来。

罗伯特绕过一个扁平的旧箱子才看清这只狐狸的全貌。他正蜷在一张满是水渍的褪色的床垫上，浑身脏兮兮的，双眼无神，毛皮看起来历经磨难，秃了好几块。他脖子上挂着一个袋子和一把机械动物的专用发条钥匙。罗伯特蹑手蹑脚地朝他走去，但他一动也不动，全身僵直。他的发条用完了。

　　煤仓里寒冷透骨，莉莉使劲搓着胳膊上的鸡皮疙瘩。她的眼睛渐渐适应了环境，现在能看得清楚一些了。其实这地方并不是漆黑一片，天花板通风口上的网格里还漏进来一点昏暗的光线。

　　煤堆里冒出来的那根手臂反射出微光。它并不像莉莉一开始以为的那样是只人手，实际上是一根老旧的机械臂。这只手臂肯定属于某个被杀害的可怜的仆人。真是太可怕了！

　　这只能说明一件事：不管她觉得自己的生活有多糟糕，机械人的生活还要糟得多。莉莉盯着身旁水泥墙上的一连串灰扑扑的手印，这都是过去的囚犯们——那些大坏蛋留下的证据！

　　莉莉永远无法融入这所可恨的学校，只要她做事活泼一点，就会因此受到惩罚。好吧，打爱丽丝那拳确实有点过分了——那伙女生肯定会找她麻烦的，但是她并不担心，她只需再熬几个星期，这学期就结束了，爸爸很快就会来接她回家。

时间慢慢过去，天色变暗了。莉莉好像听到有脚步声过来了，门缝里漏下细碎的黄光。她听到锁里钥匙转动的声音，抬头看去。

门嘎吱一声打开了，但门口站着的不是她以为的章鱼怪夫人，而是杰玛·拉德尔——她最讨厌的同学之一——她手里举着一根蜡烛。

莉莉用手挡住眼睛，盯着故意咯咯笑出声的杰玛。

"哎呀，莉莉，你怎么脏成这样？简直成了抹布。"

"惩罚结束了吗？"莉莉问。她又冷又郁闷，没有心情陪她斗嘴。

"这我可不知道，"杰玛说，"我只知道斯克林肖小姐让你现在去她办公室，我是来带你去见她的。"

"她想干什么？"

杰玛幸灾乐祸地笑了。"天哪，我怎么会知道。你想让我回去问问她吗？"不等莉莉回答，她已经转过身，慢吞吞地沿着狭窄的巷子朝校舍走去。莉莉弯腰钻出门来，满脑子都在想这个让人不安的新消息。前面杰玛手里的蜡烛一路飘着猪油燃烧散发的烟气。

她们走上入口的台阶，进入学校的主廊。杰玛吹灭了蜡烛，这里的壁挂式煤气灯已经够亮了。

莉莉从灯下经过时，看到自己满手煤灰。她四下看看，想找一幅窗帘或什么便宜的棉布软垫之类的来擦擦手，不过没有找到，而且前面的杰玛走得很快。莉莉只好在自己的裙摆上蹭了蹭，希望斯克林肖小姐不要太仔细地检查她的仪表，平时这位目光锐利的校长对这方面十分挑剔。

"我们到了。"杰玛把莉莉领到斯克林肖小姐办公室外的一张长凳上，"你先在这儿等着，一会儿她会叫你进去的。"她一本正经地说。莉莉还没来得及说什么，她已经幸灾乐祸地笑着走开了。

莉莉刚要坐下，突然发现她的鞋底在走廊的地毯上踩出了几个黑脚印，她赶紧用脚尖把灰尘蹭匀，然后端正坐好，等着校长叫她。

十五分钟过去了，办公室里还是一点动静都没有。为什么这么久？她们是在商量什么可怕的新惩罚吗？莉莉突然有了一个恐怖的猜测：也许她们在策划先将她谋杀了，然后把她的器官卖给那些盗尸人——就像她在《惊魂便士》里面读到过的那些故事！又或者，她们想出了什么比死亡更恐怖的计划？可能自己终于要被退学了。

她慢慢靠近房门，把耳朵贴在镶板上，想听听里面在说些什么。橡木板太厚了，房间里的声音闷闷的，听不清。

"不得不说，这真是太不幸了，"斯克林肖小姐说，"但实际上我很愿意让她换个地方——这一阵对她的教育都很难推进。"

"她从一开始就很难管教。"章鱼怪夫人说。

然后，莉莉听到了另一个女人的声音——一种很难描述的抑扬顿挫的怪异口音。"她一直是个不太守规矩的孩子，"那个声音说，"有些人可能会说，鉴于她过去的经历，这也是可以理解的。她一直东躲西藏，被迫生活在谎言中——你也知道她用的是假名，这虽然是哈特曼教授的授意，不过我也不太确定，总是有各种借口，n'est-ce pas（不是这样吗）？她肯定会越来越糟的，maintenant（现在），事情又变成这样。所以，我觉得最好带她离开学校，等到事情都解决了再说。"

什么事情？发生了什么？这个知道她真名的人是谁？莉莉使劲把耳朵贴在木板上，但声音却变得更小了。

莉莉必须听清她们到底在说什么，要是手头有个玻璃杯之类的东西可以放在镶板上就好了。她退后一步，环顾四周，发现边桌上有个装满了干花的花瓶。这个应该可以。

她把干花倒在桌上，正准备把瓶底扣到门上时，办公室的门突然开了，章鱼怪夫人走了出来。

章鱼怪夫人那双鼓胀的眼睛立刻看到了莉莉手里的东西，但是这次她却没有责骂她，只是接过花瓶，对她露出一个半秒不到的微笑表示同情，送她进了校长的办公室，还顺手关上了门。

斯克林肖小姐正坐在红木书桌的后面读一封信。她的头发是一贯的钟罩形状，身着一件黑裙，衣领深蓝色带花边。斯克林肖小姐紧张地瞥了莉莉一眼，又飞快地移开了视线，"格兰瑟姆小姐——也许我该叫你哈特曼小姐，辛苦你来这儿一趟，请坐这里。"

莉莉穿过宽敞的房间，走向桌子对面的两把高背椅，其中一把椅子上坐着一位身着黑色宽松连衣裙的女人。那人干瘦的双手紧握着放在膝盖上，虽然椅子挡住了她的脸，但她那刺鼻油腻的香水味已经在房间里弥漫开来，莉莉一进门就知道她是谁了。

"铜绿夫人，您怎么来了？"

她爸爸的管家，铜绿夫人，倾身向前，在遮住面庞的黑色面纱下对莉莉不自然地笑了笑，说："Bonjour, cherie.（你好，亲爱的。）"

"铜绿夫人带来了一些你爸爸的消息。"斯克林肖小姐说。

莉莉瞬间意识到，那肯定是坏消息，铜绿夫人身上大面积的黑色塔夫绸，还有这些刻意的关心，就像在伦敦妈妈去世后的那几个月。不会是又有人去世了吧？不会吧？千万不要是爸爸！莉莉感觉喉咙里的胆汁直往上冒，指甲都掐进了掌心的肉里。

"发生了什么？"莉莉问。

铜绿夫人悲伤地摇了摇头说："Ma petite（我的小宝贝），我很抱歉要告诉你这个消息——你爸爸失踪了。昨天他的飞艇在回家的路上坠毁了。"

"你要不要先坐下来？"斯克林肖小姐建议道。但莉莉没有理会她，而是大口大口地吸着气。

"C'est terrible（这太可怕了）。"铜绿夫人用唱歌一样的声音还在继续说。

"警方已经调查了现场，但没找到尸体，只找到了飞艇的残骸。他就这么 disparu（消失了），我们现在只能推测他……死了。"

"哦，不……"莉莉伸手去抓椅子，但椅子似乎向另一边滑去了，斯克林肖小姐和铜绿夫人关切的脸也一下子模糊了，地板向她迎了上来。

死一般的寂静。

一个方形木匣子。

行将融化的雪反射出一道光。

玻璃破碎的声音。

浓烈辛辣的气味，还混合着一点香水味。

莉莉睁开了眼睛，模糊的视线渐渐清晰起来，这里是斯克林肖小姐的办公室，她想自己刚才肯定是晕倒了。

她躺在地毯上，铜绿夫人跪在她身边，手里拿着一管嗅盐。莉莉咳嗽一声坐了起来，揉了揉被熏得刺痛的眼睛。

"Bien, cherie,（太好了，亲爱的，）你醒了。"铜绿夫人说，"幸亏我带了这个。"她拿出一条蕾丝手帕擦了擦手，把药瓶塞进了手提袋里。

"可是为什么会是您？"莉莉晕乎乎地问，接着刚刚进行到一半的谈话，"为什么您要来这里呢？"

"这个我们可以在路上继续谈。"

"路上？我们要去哪儿？"

"当然是回家，回到我们在欧蕨桥的家。"铜绿夫人吸了吸鼻子说道。她站起来，掸了掸衣服的前襟。

"但是本应该是爸爸来接我的，"莉莉说，"还有芒金。"又一阵天旋地转袭来，她完全不能思考了，"爸爸答应了我的，要带我坐……蜻蜓号。"莉莉的泪水夺眶而出，她从袖口扯出那条油腻的手帕，擦了擦脸说："等到期末，他们就来了……他说会亲自带我飞回家。"

"Mais non.（但是，不是这样的。）"铜绿夫人说，"显然那些都不可能了。我们这就乘坐公共飞艇回去，aujourd'hui（今天），所以现在得赶紧出发，赶晚些的飞艇。你得和我一起在家等着，直到收到你爸爸的消息，或者直到你爸爸的尸体在失事地点被发现。"

"很好，那就这样吧。"斯克林肖小姐从办公桌上拿起铃，按了一下。很快门就开了，章鱼怪夫人出现在门口。

"玛可瑞肯夫人，"校长说，"你能让宿管员帮莉莉收拾一下行李吗？我想她的旅行箱应该是在三楼的储藏室里。"

铜绿夫人站起来，整理了一下被压皱的袖子，说："斯克林肖小姐，ce n'est pas necessaire（不必了），莉莉家里还有很多衣服，是吧，莉莉？她只需带上箱子和她身上穿的衣服就行。"她瞥了一眼莉莉满是煤灰的凌乱的衣服，"不过，先换件干净的黑衣服也挺好，cherie（亲爱的），你说呢？"

　　当她们一起走出房间时，莉莉感觉自己的脑子已经乱成一团，不过她还是听见铜绿夫人在对章鱼怪夫人说，如果运送莉莉的东西太费钱的话，她们大可以把那些东西分给其他姑娘。

　　"夫人，我不确定她们想不想要。"章鱼怪夫人回答。

　　"那就送去救济院吧，"铜绿夫人低声说，"烧了也行。"

　　此刻的莉莉才突然意识到，失去了爸爸，她未来的生活可能会变得很悲惨。

　　空港拱顶上的玻璃反射着几艘正在降落的飞艇的着陆灯发出的灯光。这座建筑像一副庞大的钢铁胸腔，曼彻斯特城在它脚下铺陈开去。结了霜的广场地面上，一排排的蒸汽马车，间或夹杂着一辆马拉车，排着队把乘客和货物运送到主入口的圆柱门廊下。

　　大楼一侧挂着一块飞艇形状的广告牌，上面画着皇家飞艇公司舰队的制服，还配了一行标语：现代飞艇——云端之上的旅行。

　　莉莉她们从蒸汽马车上下来的时候，铜绿夫人在结霜的鹅卵石路上差点滑倒。她抓住了莉莉的胳膊，指甲一下子深深扎进莉莉的羊毛校服外套里。莉莉抓着她的小箱子，在刺骨的寒风里哆哆嗦嗦地等着铜绿夫人把她的黑绸裙收拾平整。终于，铜绿夫人收拾停当，再次牵起莉莉的手，把她带进了空港大楼。

她们穿过大理石前厅，走过一排排在等晚班飞艇的旅客们。里面人声鼎沸，莉莉感觉自己又快要晕倒了。这个地方承载了太多回忆，她曾多少次和爸爸来到这里，送他远行。

莉莉看向大厅中央的黄铜钟楼，仰起脸去看它那几乎抵到天花板的尖顶。秋季开学的时候，爸爸就在这儿和她告别，把她留在了玛可瑞肯夫人和其他姑娘的身边，莉莉也是在这儿亲了爸爸最后一次。莉莉的目光越过了钟楼的尖顶，看到了一幅装饰华丽的齐柏林飞艇壁画，上面印着维多利亚女王的饰章。飞艇被大小天使和小小的云朵包围着，在开裂的蓝色石膏上呈现出飞速前进的姿态。四幅椭圆形的镀金女王画像，则在拱顶四角彩绘的广阔天空中面面相对。"爸爸现在就在那里吗？"莉莉想，"和其他所有失踪的飞行员一起，消失在头顶那片未知的蓝色领域里了吗？"

她忍住眼泪，抽出那条油津津的手帕擤了擤鼻子。

铜绿夫人把包紧紧抱在胸前，正在看头顶那块写满航班号的告示板，"C'est ici-quai numero un.（就在这儿——1号站台。）"

"我真的不知道我能不能行，"莉莉说，"我是说，今天就来坐飞艇。"她两腿都在打战，感觉手里的箱子好沉。她深吸一口气，努力站稳。

"没问题的。"铜绿夫人回答说，"现在公共通勤飞艇是最安全的交通工具了，跟私人飞艇不一样。"她抿紧了嘴唇——好像意识到这么说确实有点过分了。"Allez（走吧）！"她扯着莉莉的胳膊，拉着她大步走向门口。

站台上已经有一些人在排队等待登艇。在这艘飞艇后面，莉莉看见另外还有一艘胖胖的飞艇在等行李。

"欢迎搭乘豆娘号，一架 LZ1 型飞艇。"

一位矮墩墩的机械乘务员从那艘飞艇的门口一路蹦了下来。他身着蓝色制服，上面别着皇家飞艇公司的金色徽章。

莉莉一看就乐了。他密密的胡子十分搞笑，是用一把毛茸茸的旧衣刷做成的，固定在他那擦得闪闪发光的鼻子下面。他沿着舷梯下来的时候，腿上的活塞齐齐作响，长长的铁胳膊在空中上下挥舞。他来到站台上，把重些的行李都拢到一起，然后一边胳膊底下夹了两个，送到飞艇上整整齐齐码好，好像它们只是几个轻飘飘的纸盒。然后，他开始收船票，还和每个乘客都聊上两句，热情得好像大家都是他多年未见的至交好友一样。

终于轮到莉莉和铜绿夫人验票了，他嘎吱一声弯腰鞠了一躬，还对夫人脱帽致意，所以莉莉一下就看见他闪闪发亮的黄铜光头了。"女士们，我可以看看你们的票吗？"

"一等舱。"铜绿夫人把票递了过去。

他看着上面的签名念道："莉莉·格兰瑟姆小姐。"

莉莉点点头，看向他手里的票，突然注意到他前臂上有一块闪亮的黄铜铭牌。

哈特曼和银鱼有限公司

提供优质机械人和机械动物

"哎！你的制造者是我——"

铜绿夫人拧了一下莉莉的胳膊，拧得很用力。

"是约翰·哈特曼，一位著名的发明家。"机械乘务员骄傲地说，然后又问："你们是亲戚吗？"

"不是。"铜绿夫人抢在莉莉开口前冷冷地回答，"也许你该继续验票了。"

他轻轻点了一下头。"好的，夫人。只有手提行李吗？我带你们到座位上去吧。"

他接过莉莉的行李箱，对她眨了眨眼睛——也许只是他的眨眼程序出错了？

"请这边走。注意脚下。"机械乘务员带着她们沿着舷梯向豆娘号走去。莉莉回头看了空港最后一眼。

这一眼让她看到，有个持着漆皮手杖的男人站到了登艇的队伍里。他身材瘦削，穿着黑色羊毛西装，头戴高礼帽，还戴了一副银色的圆形反光镜。他给人一种奇异的熟悉感。莉莉思索着，感觉那个人好像跟爸爸的某些地方有些相似——但是她一时还说不好具体相似在哪里。她一路想着他那张坑坑洼洼的脸，想知道他叫什么名字，但是莉莉很快走进了飞艇里，看不见那个人了。

到了舱室，铜绿夫人找了个靠窗的位置坐下，莉莉则等着乘务员帮她放行李。一切妥当之后，机械人对她抬了抬帽子，莉莉上前和他握手致谢，然后他关上了舱门，离开了。

铜绿夫人靠在椅子上啧啧叹道："我真不明白你为什么要和他们握手，手上会沾到机油的，甚至还可能沾上更恶心的东西。"

"这是礼貌。"莉莉说，"他们也希望能和人一样得到平等对待。"

"Mon Dieu（我的神啊），你从哪儿学的这一套理论？肯定不是从刚刚那个学校学的吧。"铜绿夫人打开她的包，拿出绣活，那是一幅波提切利画的天使像。在密闭的舱室里，她身上的香水味简直让人无法忍受。莉莉伸手去开舱窗。

铜绿夫人伸手拦住："Arretez-vous（停下）。"

"为什么不能开窗？"

"我受不了螺旋桨的声音，而且起飞之后冷风直灌，更不用说外面那些可怕的烟味，一开窗就都进来了。"

莉莉不由起了戒心。为什么今天铜绿夫人的要求这么多？还有，刚才她为什么非要莉莉否认她认识爸爸——在现在这种情况下，否认这些还有什么用呢？

"刚刚为什么要骗乘务员说我跟约翰·哈特曼毫无关系

呢？"她问道。

"你爸爸从来不愿意让别人知道你的身份。"

"现在隐瞒这个还有什么意义吗？"

"难道你想要所有人都知道我们的事情吗？特别是那些机械人，他们需要知道那么多吗？更何况现在你爸爸也不在了。"

莉莉摇摇头，心中一痛。"我只是觉得，别人问我的问题，你不应该替我回答。"她说。

"实际上，我有权利这么做。"铜绿夫人答道，"我是你的监护人，maintenant（此时此刻）。虽然只是暂时的，但是在我们得到最后通知之前，我觉得我们还是按规矩来。所以现在请你坐回座位上保持安静。这趟飞行的时间很长的。"

尽管莉莉更希望由一张更愉快的脸来说这些话，但她还是乖乖照做了。

她尽量无视管家夫人的存在，看着窗外的景色。豆娘号的引擎启动了，两辆大型蒸汽车把飞艇拖到了跑道中间一个巨大的 X 记号上，正好在起飞指示牌的下方，系泊的绳子也被解开了。在外侧那些巨型气泵的助力下，飞艇从大楼中心上升，向前飞去。

莉莉从舱室的舷窗往外看，看到飞艇飘过了撑起玻璃屋顶的那些金属支架，还路过了一群栖息在高处的鸽子，鸽子们对飞艇看都没看一眼。

上一次她和爸爸一起坐飞艇来这里，还是秋季刚开学的时候。那时是傍晚，天光还很亮，不像现在这样黑压压的，让人感觉好沉重。

　　这次的飞行没有了爸爸的陪伴，每一次飞艇转弯的时候，莉莉都觉得很紧张。公共通勤飞艇升入了没有星星的漆黑的夜空。她不禁想，爸爸和芒金当时到底遇到了什么事情。可是，有铜绿夫人这么一个冷酷无情的监护人时刻盯着她，她又怎么能找到机会去调查真相呢？莉莉突然感觉非常孤独，对未来的生活开始有点恐惧了……

第五章

飞艇还没飞多久，有人敲了敲过道窗户。莉莉放下手里的惊悚杂志，抬头看了一眼。

居然是站台上那位戴眼镜的瘦削的男人，他胳膊下夹着一份《齿轮日报》。他拉开了舱门往里看，莉莉不禁吓得倒吸一口凉气，因为这个男人脸上居然不是她以为的眼镜，而是两片镜面，直接缝在了他赤红的眼窝里。这人没有眼球！男人看了看他黑色手套里捏着的车票，又对了对座位上方铜铸的数字，他的镜面眼睛忠实地映出眼前的一切。"对不起，夫人，小姐，我拿到的座位号也在这间。我可以进来吗？"

莉莉摇了摇头，但铜绿夫人已经回答道："当然可以。"

"真是非常感谢。"那位瘦削的男人找了张空椅子坐下，手杖靠在墙上。莉莉注意到手杖的手柄是个银色骷髅。他脱下帽子和手套，放到腿上。"不好意思，真是打扰两位了。"

"别客气，不用介意的。"铜绿夫人继续做着自己的绣活，心不在焉地缝着小天使的一只眼睛。

瘦削的男人拿出报纸，抚平压皱的地方，并伸长手臂把整张报纸完全展开，读了起来。

莉莉忍不住要去看他的脸。他可能是出过意外，因为镜片周围的眼眶边缘看起来像是泛红的伤口，脸颊上也有参差不齐的疤痕。她觉得这人肯定是个改造人——半人半机械。她以前从未见过改造人，实际上，她以前一直都不确定这世上是不是真有改造人。尽管这人的样子实在让人嫌恶，但她仍然对他抱有一丝同情。拥有这么特异的外表，肯定让这人的生活十分艰难。

她感觉自己看得有点太明显了，赶紧把注意力转移到报纸上。那是一份晚报。莉莉瞥了一眼首页，倒吸一口气。头条文章就是关于她失踪的爸爸的。她看了前面两段。

莉莉喉头哽咽，不忍卒读。所以那都是真的了，白纸黑字都写在这儿了。她瞥了一眼那个男人。他正仰面靠在头枕上，但他究竟是在看她，还是在睡觉？这对镜面就没有合眼的时候，实在让人难以分辨。

她咳了一声，但那人毫无反应。也许他真的睡着了？他没有在读报，报纸早已从手里垂了下去。莉莉朝着他吐了吐舌头，那人却瞬间露齿一笑，就像闻到血气的鲨鱼。

"我又要道歉了。"他把《齿轮日报》合上折好，放到一边，

⚙ 齿轮日报 ⚙

失踪的哈特曼教授恐已遇难

1896 年，11 月 6 日，伦敦，晚间刊 　　　　　　　　　　　　　售价：一便士

👉 约翰·哈特曼，现代机械人的发明者之一，之前一直隐藏行踪，于昨日驾驶私人飞艇蜻蜓号飞回欧蕨桥空港途中失踪。据悉，蜻蜓号已在空中爆炸损毁。有关方面已于坠毁范围内展开搜寻，以期获得更多信息。

⚙

哈特曼教授精于机械设计，和其好友兼同事银鱼教授共同拥有国内最大的机械人制造公司。在七年前一场蒸汽马车事故中，哈特曼教授的夫人身故，其本人被没收股份，并从公众视野消失。他遗有一女莉莉，十三岁，尚不知去向。本报记者安娜·奎因已尝试联络其亲友

"长路漫漫，跟一个陌生人面面相对肯定不好受。"

莉莉微微颔首，他仿佛就此受到了鼓励，继续说了下去。

"明明还有那么多空位，却把我们安排在一起，肯定是那帮机器搞错了。"

铜绿夫人把绣活放在一旁。"您也是由那个机械乘务员带过来的吗？我觉得这些原始的机械人以及它们的合成情绪非常讨厌，不是吗？它们处理文件总是出错，还经常回嘴，加上还需要经常上发条……我经常感慨这些玩意居然还没被淘汰。"

"太对了，夫人。您真是一针见血。"瘦削的男人微笑着说。"或者我也许应该说，您一语道破了问题的核心。"

铜绿夫人咯咯笑了起来，那笑声尖利得就像在切玻璃。不过莉莉完全没有听出这两个人的话有什么笑点。她突然意识到，这人几次都称呼管家为夫人，而不是女士。她暗自纳闷，他怎么知道铜绿夫人这方面的偏好？

瘦削的男人向前倾身，银色的镜面眼睛闪着光。"请允许我做一下自我介绍，我叫章朗。"

铜绿夫人向他点了点头。"您好，章朗先生，我是铜绿夫人，这是哈特曼小姐，我负责照料她。"

"啊，跟这篇报道上的人一个姓？"章朗先生敲着报纸上的文章问道。

铜绿夫人沉着脸点头默认。

莉莉咬紧了牙关——管家不是刚刚才说不要让别人知道她的身份吗？

"你看起来很不安呀，年轻的女士，"章朗先生说，"这也难怪。"

"我没事。"莉莉说。

"我这儿有样东西也许能让你高兴起来。"章朗先生从口袋里摸出一个纸袋，递给莉莉。她看了一眼，袋子内侧粘着黏糊糊的带条纹的糖果，看样子在他口袋里至少放了好几个星期了。

"不用了，谢谢你，先生。"

"拿着吧，这是薄荷硬糖。"他硬要把纸袋塞给她，但她摇头不肯拿。"怎么了？你不喜欢这种的？要不是我脾气好，我可能都要生气了。也许你认为我或许应该多吃胡萝卜？毕竟胡萝卜对眼睛有好处。"他大笑起来，用手指敲了敲自己的镜面眼睛。

莉莉感到后背一凉。"不，"她说，"不是那样的，我只是……"莉莉看着那人脸上叵测的表情，甚至不知道如何才能礼貌地回答对方，好在铜绿夫人及时开口替她说话了。

"不好意思，先生，哈特曼小姐就读的斯克林肖女子精修学院规定，不可以接受陌生人的糖果。"

"是的，对不起，先生。"莉莉赶紧附和。

章朗先生皱了皱眉头，银色的眼睛眯了起来，他瘦削的手抓起纸袋。"我应该不算陌生人了，哈特曼小姐，我们刚刚还互相做了自我介绍呢。我得说，我相信学院制定的规则并不适用于我们现在的情况。一个人在长途旅行时，怎么能没有糖果呢？我感觉薄荷硬糖对缓解坐飞艇时的不适很有帮助。"

莉莉终于屈服了，拿了一颗。章朗先生露出了胜利的笑容。

糖的味道还不错，但不一会儿，莉莉便感觉眼皮发沉，强烈的困意袭来。

她歪着头靠在结了霜的窗户上，飞艇的引擎震得窗户轰隆作响。她看见自己呼出的气息让玻璃变得雾蒙蒙的。就快睡着的时候，她听到铜绿夫人说："不知道为什么这些飞艇总是那么吵，完全不如以前的老式马拉车或者热气球精致呀。"

"一开始的变化总是显得特别可怕，"章朗先生回答道，"但人们很快就会习惯了。说起来，我有种强烈的预感，霍滕丝夫人，在接下来的几个月里，您的生活将会发生许多变化，至于是变好还是变坏，则取决于您如何处理了。我会密切关注您的行事方式的。"

莉莉试图理解他这番话究竟是什么意思，可恍惚之中只感觉这些词语滑不溜手，捉摸不透。它们像一群银鱼一样从她身边游开，把她带进了迷雾一样的梦乡。

当她醒来的时候，飞艇正准备停靠在一个本地空港。章朗先生不在舱室里。她突然意识到，章朗先生和铜绿夫人似乎太熟了一点，他那些话好像有种淡淡的威胁之意。

"之前坐在对面的那个人呢？"莉莉说着，打了个哈欠。

"他几分钟前走了，准备下艇，"铜绿夫人说，"他待会儿有急事，想排在前面先下。"

"但是他怎么会知道你的名字呢？"

"你说什么？"铜绿夫人好像有点慌乱。她把针别在绣件的边上，莉莉注意到她在小天使的眼睛里填满了银色的线圈。

"我听到他直接喊你霍滕丝夫人，"莉莉说道，"而且之前你还没自我介绍，他就很确定地称呼你为夫人了。"

"说的什么呀，"铜绿夫人干笑一声，"你是梦里听到的吧。"她收拢线轴，塞进包里，靠着绣件放好。"你睡太久了，莉莉。

头发都弄乱了，在降落之前，你可能得整理一下。"

莉莉还想继续追问下去，但飞艇已经开始向着陆点下降了，欧蕨桥空港熟悉的旧牌子出现在眼前，照亮了舱室。

她连忙穿好大衣，戴上围巾。几分钟后，飞艇就停到了小小的本地站台上。她们顶着寒风走下跳板，沿着木头台阶向地面走去。

爸爸的机械司机，弹簧船长，正站在那里等着她们，旁边停着他们的蒸汽马车。莉莉一看见他的罗圈腿和弯腰的姿势，就认出了他。铜绿夫人给弹簧船长上了发条，他立刻蹒跚着走上前，给莉莉来了个咯吱作响的热情拥抱。"发条保佑，"他喊道，"见到你真是太高兴了，莉莉！"然后，他呼哧呼哧地迈动木腿，丁零当啷地把她的箱子装进车厢，又扶着铜绿夫人坐上车。

莉莉跟在他们后面爬上了车。她回头看了一眼其他出站的乘客，寒风中大家都裹得严严实实的。她想在人群中找到章朗先生，但没找到。他似乎已经消失在黑夜里。

回家的路开了快半个小时，但莉莉一直醒着，她一直在想那个银眼的怪人，想着他和铜绿夫人可能的关联。

弹簧船长把蒸汽马车停在欧蕨桥庄园的车道上，莉莉和铜绿夫人沿着结霜的小路，向门口走去。莉莉透过花园里黑色的枯树，望向爸爸书房的窗户，那些枯树的枝丫就像天空裂开的缝隙。在爸爸工作时，那个窗户的灯会一直亮到深夜。

她怀着一丝希望，灯会不会突然亮了呢？可是没有奇迹发生，那扇窗户一直黑着。

冰冷的寒风掠过，吹起了最后几片落叶。悲伤如潮涌至，莉莉不由喉头一哽。她掸去身上的灰尘和刺骨的寒意，跟着铜绿夫人和弹簧船长走上幽暗的门廊。

铜绿夫人拿出一串钥匙，打开前门，把莉莉领了进去。她朝船长点点头，示意他把箱子拖到前厅里爸爸放旧休闲鞋的架子旁。看到这些旧物，莉莉心里又是一颤。墙上的钩子上挂着爸爸的日常穿的外套，下面凌乱地丢着压出褶子的皮鞋和散乱的鞋带——几乎像是他刚刚进门脱在那里似的。但这是不可能的，如果爸爸和芒金是开蜻蜓号出的门，那么他会穿飞行夹克和靴子。现在这些只是他随意留下的东西。他的遗物。

她意识到爸爸真的不在了，心上那个伤口仿佛撕得更大了，一想就痛。她吸了一口气，穿过前面的玻璃门，走进大厅。她本来还有点期待再次见到一个温暖舒适的家，但房子里居然比外面更寒冷、更幽暗。

机械厨师锈夫人在楼梯口等着她们。她肯定已经在那儿站了一整天了，发条已经耗尽，现在一动不动，卡在期待的姿势上，一只手还扶着楼梯扶手。

莉莉朝她走去。除了芒金，在爸爸发明的机械里，她最喜欢的就是锈夫人。但是那张旧金属脸比莉莉离家的时候憔悴多了，锈迹斑斑的额头上满是忧虑的皱纹，鼻子上脱落的小块油漆点也增加了许多。

铜绿夫人示意弹簧船长可以走了，他便摇摇晃晃穿过铺着瓷砖的大厅，消失在昏暗的仆人走廊里。铜绿夫人上前看了看锈夫人。"Mon Dieu（我的神啊），"她啧啧作声，"这些旧型号机械真的不行，又停了。"她大步走到锈夫人的身后，再次掏出她那串钥匙，找出锈夫人专用的那把发条钥匙，插进了机械人的脖子里，恶狠狠地转动起来。莉莉听到锈夫人铁皮身体里的弹簧开始慢慢咯咯吱吱地活动起来。

铜绿夫人上满了发条，退后一步，等了会儿。

锈夫人的眼睛一下子睁开了，表情还有点没明白过来的样子。机械人刚被唤醒时的表情都是这样，但很快锈夫人眨了眨眼，一下子看见了莉莉，她高兴地喊了起来。

"我的齿轮和计时器啊！我亲爱的小老虎莉莉回来了！"锈夫人快活地将莉莉高高抱起。"真的好想你啊，我的小可爱。"

"我也想您，锈夫人。"莉莉吻了吻锈夫人那凹陷的金属脸颊，上面还涂了胭脂色的油漆，闻起来有股薰衣草油淡淡的香气。

锈夫人把她放下来，好好打量了一番，正色长叹一口气："唉，莉莉，"她说，"你爸爸的事情真让人难过，可怜的约翰。最关键的是，没有了他，我都不知道我们以后该怎么办。"

再次听到爸爸的名字，莉莉心潮起伏。"我也不知道。"她情绪低落地答道，然后凑过去吻了吻锈夫人的鼻子。

铜绿夫人轻轻咳嗽了一声。"今天家里情况怎么样，锈夫人？我相信你在发条耗尽之前把一切都安排好了。"

"是的，夫人。对不起，夫人。我没想到在你们回来之前发条就耗尽了，不过您这趟真是去了挺久的。"

"Malheureusement（可惜的是），飞艇误点了，"铜绿夫人说，"天气太糟糕。乌云密布。"

"真不容易。"锈夫人抬起她那软皮革做的手，揉了揉莉莉的头发。"我已经按照您的要求把小姐的房间收拾好了，本来要是多几个帮手，会更快一些的。"锈夫人埋怨地瞪了铜绿夫人一眼，但铜绿夫人正好转身去对莉莉说话，并没有注意到。"锈夫人可以帮你一起收拾行李，"铜绿夫人说，"但是，动静别太大。现在是我当家，你会发现家里的规矩会有些不一样。我不会接受你爸爸平时容忍你的那些粗野行为，尤其不能接受那些行为发生在一位年轻淑女的身上。"铜绿夫人仰起鼻子，高傲地看了莉莉一眼。"明天吃过早饭就来会客室找我，到时候我们再细说。"

莉莉温顺地点点头。今天一整天她的情绪大起大落，已经不知道该怎么回答。

"Bon（很好）。"铜绿夫人说，"那我就先去休息了，今天一路上真是太累了。"

她拿起桌上的油灯，大步走上楼去，客厅里只留下一支孤零零的蜡烛照着莉莉她们俩。

锈夫人拿起蜡烛，也带着莉莉上楼。她们走到一楼楼梯口的时候，莉莉正好听见铜绿夫人关上了主卧的门，门缝里亮起了灯光。

"但是那间是爸爸的房间呀。"她叫道。

"我的烟囱和链轮哪！"锈夫人低声说，"现在不是了。她今天早晨一听到主人失事的消息，就把他的东西都搬到后面用人房去了，她去接你之前就已经搬进主卧了。她还让螺帽先生把你妈妈的旧梳妆台都收拾出来给她用了。"

莉莉浑身都难受起来。虽然妈妈已经走了七年，但是爸爸才走了一天，铜绿夫人已经俨然把自己当作了庄园里的主人。

锈夫人打开了莉莉房间的门。至少这里，看起来一切都还保留着原样，莉莉松了一口气。她的书仍然堆在书架上，厚厚的笔记和画一摞摞钉在墙上，黄色的墙纸都被挡住了不少。

莉莉没有心情一件件收拾箱子里的东西，便将东西一股脑倒进了衣柜里。锈夫人忙着往火炉里添引火柴，她的胳膊像自行车链条一样咔嗒作响。"这星期你爸爸不在的时候，铜绿夫人一直不让我生火，"她说，"可是现在你回来了，我们很快就会把家里安排妥当的。你别担心，我马上就能把你房里弄得舒舒服服。"锈夫人把最后一根木头在引火柴上架好。"哦，你可能需要盖厚一点。最近晚上变冷了。"

"好的。"莉莉从柜子里拿出一条毯子，在床上抖了抖，房间里顿时灰雾腾腾。

"我的发条和……"锈夫人像吹喇叭一样打了个大喷嚏，"……凸轮哪！"

"您还好吗？"莉莉说。

"谢谢你，我的小老虎。"锈夫人从口袋里找出半块旧麻布，擤了擤鼻子。"就是气泵有点轻微的毛病了。我能给你提个建议吗？不是非说不可的事情，尽量不要跟夫人说。上个星期你爸爸一出门，她就把他的办公室细细搜了一遍。"

"她怎么敢！她到底在找什么？"

锈夫人无奈地举起双手。"我的曲轴和化油器啊，我倒是希望我知道！她心眼太多了，简直满脑子的齿轮都在疯狂转动。今天早上我们收到消息时，她立即摆出主人架势，想顺理成章地接管整个庄园！"锈夫人把蜡烛凑到引火柴上，用围裙扇着火焰。莉莉坐在床上看着她。

"我的小部件和刮水器呀，"火终于点着了，锈夫人嘟囔着说，"你别介意我唠叨，爱操心的老太太都这样。你明早下楼来的时候，我可以给你做你最爱的果酱小饼，然后我们可以好好聊个够。"

"谢谢您，锈夫人，很抱歉我们今天回来得这么晚。希望您能睡个好觉。"

"你也是，我的小老虎。晚安。"锈夫人把蜡烛留在床边，轻轻地走出了房间。莉莉把毯子拉上来盖在腿上，听见锈夫人沿着走廊走远了，她的关节一路嘎吱作响。

过了一会儿，莉莉换上睡衣，摸了摸胸前那道长长的白色疤痕，这是那次事故中被一片风挡玻璃碎片割伤的疤痕，随着时间的流逝已经慢慢变淡了，如同对妈妈的记忆一样，但她有时仍能感觉到伤口下面一阵抽搐。现在，随着爸爸的离去，那些她曾经竭力想要忘记的东西再次涌上心头，在她身体里撕扯。

她拂开这些念头，沉思着锈夫人走之前说的话。铜绿夫人究竟想要爸爸的什么东西？她又能用它做些什么？这些新冒出来的事情没有哪一样是容易的，而她又饿又累，根本无法思考。早饭后，她还什么都没吃过。想到今天下午她还在学校，便觉得不可思议。她现在感觉刚刚过去的一切都很遥远了。

她看向床边的钟，一点半。指针下面，嵌着象牙的小绵羊跳过了栅栏。这是爸爸为她设计的，现在她开始数钟面上的动物，努力无视奔腾的思绪。她闭上了眼睛，但是睡得不太安稳，她总是梦到那个银眼男人和他的骷髅头手杖。

第六章

罗伯特推开爸爸工作室的门，把受伤的机械狐狸放在中间的工作台上。一排排铜制工具和钟面被煤气灯照得闪闪发光，在墙上映出摇曳的影子。

罗伯特检查了机械狐狸的伤势。在机械狐狸的麻布外皮下面，腿骨和金属肩胛骨连接处的股骨头和连接螺栓的六角螺母都断了，其余部分则熔成了一大坨。罗伯特正准备动手试试看，突然感觉有人进来了，他赶紧回头看去。

他爸爸站在门口，双臂抱胸，诧异地看着他。"孩子，那是什么？"撒迪厄斯问道。

"是只机械狐狸。"罗伯特站到一边，好让爸爸看清楚点。"我发现他藏在巷子里。有人一路追着他跑进村里来，我估计就是那些人开枪打中了他。"罗伯特没有继续往下说，因为他也不知道还能说什么。这些话听起来很荒唐，为什么有人会射杀一只机械狐狸？

"让我来看看。"撒迪厄斯上前检查这只机械狐狸。他戴上眼镜，仔细端详着撕裂的麻布外皮下那些暴露在外的破碎齿轮。"这种机械我只见过一次，"他喃喃说道，"从这些细小精致的零件来看，我估计，组装出这种机械的高人就是欧蕨桥庄园的哈特曼教授。"

"你是说那个神神秘秘的家伙？"罗伯特惊讶地问道，"那个自称格兰瑟姆的人？"

"就是他。"撒迪厄斯说，"哈特曼是他的真名——而我是村里唯一知道这个秘密的人。"他瞥了机械狐狸一眼。"他当时在往哪边跑？"

"东边。"罗伯特说。

"那肯定就是了。"撒迪厄斯揉了揉太阳穴。"这是什么？"他突然发现了一样东西，一个小皮口袋，藏在机械狐狸脖子下被压扁的毛发里。

撒迪厄斯打开小口袋，拿出一个带着弹孔的信封。信封上褪色的字母拼成了一个名字：莉莉。"果然没错。"他说，"这一定是给教授的女儿的。"

"他有个女儿？"罗伯特说。

撒迪厄斯点了点头。"我想她现在应该在寄宿学校，当然我也从没见过她。当她住在家里的时候，教授通常也不会让她出来。"

"为什么?"

撒迪厄斯把信封和小口袋放到台子的一边。"哦,我也不知道,也许是有点过度保护吧。她很小的时候就没了母亲——那是他们搬到欧蕨桥之前的事情了,然后小姑娘又有很长一段时间病得很重。也许这些事情让他特别紧张自己的女儿。"

罗伯特能理解这种情况。他明白没有妈妈的生活是什么样子的。尽管他隐约感觉到,爸爸的意思是,莉莉的妈妈已经死了,而不是像他自己的妈妈一样去了别的地方。他不记得自己是从什么时候起决定再也不打听他妈妈的事——大概是因为当时爸爸拒绝给他一个明确的回答。似乎每个家庭都有自己的秘密,好的或坏的。

他看了看机械狐狸,又看了看爸爸手里那份给莉莉的信。"你说,我们可以打开看看吗?"

撒迪厄斯摇摇头。"罗伯特,谁都不应该打开别人的信件。但也许我们可以把这封信送去给莉莉?"

"我们也把这只狐狸修好吧,好吗?"罗伯特说,"要是我们不救他的话,他可能就再也醒不过来了。"

撒迪厄斯思索了一会儿。"你刚才说有人在追杀他?现在约翰的飞艇失踪了,很可能已经……坠毁了?我不知道我们到底应不应该管这件事?……感觉很危险。"

罗伯特在他爸爸身边的凳子上坐下来。"他需要修复,而你以前总是说,如果有东西需要修复……"

"'我们都应该不惜代价去修复他。'对,儿子你说得没错。"撒迪厄斯疲惫地看了他一眼，"外面每天都有可怕的事情在发生，是吧？各种针对机械和人类的暴力。有时候，选择随波逐流或者尽量不要卷入事端会容易一点。不过呢，如果没有恶，我们也没有机会行善，而无论最终能不能战胜邪恶，人们至少应该坚持他们的善行。"撒迪厄斯顿了顿，若有所思地用螺丝刀敲着工作台。"克服恐惧对谁来说都不是件容易的事，罗伯特。必须有一颗勇敢的心，才能在真正的战斗中获胜。"

撒迪厄斯凝视着那只机械狐狸。"好吧，你觉得我们能修好他吗？他还有救吗？让我们看一下……"他拉开工作台上的一个抽屉，拿出一卷皮革并将它展开，皮革里面露出了整齐排列的各种工具：一排排修钟表专用的螺丝刀、针和镊子，每个都插在单独的皮革口袋里。他又从另一个抽屉里取出了各种装着细小的螺丝和齿轮的玻璃罐，一字排开摆放在那卷皮革的后面。最后，撒迪厄斯从墙上的挂钩上取下放大镜戴好，眨了眨那双大大的蓝眼睛，将一只镊子伸进机械狐狸腿上的弹孔里，将浸满机油的麻布皮毛小心拨开，检查内部机械的情况。

罗伯特踮起脚尖，努力越过爸爸的肩膀看里面的伤势。只见，在肩胛骨的后面，子弹击碎了里面紧凑排列的发条结构，凸轮和弹簧都被打穿了，弹头还深深地卡在一块变形的金属板里。

撒迪厄斯说："这修起来可是个大工程啊。"

"但是爸爸你可以修好他是吧？"罗伯特问。

撒迪厄斯点点头。"是的，不过会花不少时间，而且我还需要你帮些忙。去把所有装铜凸轮和钟表弹簧的罐子都拿来。如果不够的话，再拿几个旧钟表过来，我们可以从里面取些零件。"

"马上就来。"罗伯特立刻在工作室里四处搜集可用的零件。撒迪厄斯则拿起螺丝刀，开始修理这只机械狐狸。

他们花了好几个小时来修复狐狸肩上被子弹打坏的部分。罗伯特帮忙把损坏的齿轮从里面拆出来，并一个一个做好记录。如果撒迪厄斯需要某些替换零件，而手边现成的零件堆里又没有，罗伯特就跑去储藏室，从架子上那些瓶瓶罐罐里找一个出来。

如果是不太常见的零件，他就得去翻工作台的抽屉。有一次，撒迪厄斯需要用到某种特别的棘轮，就叫罗伯特把店里所有时钟背面的零件都检查了一遍，直到找到为止。但大部分时候，罗伯特就坐在旁边给爸爸帮忙。

像这样坐在一起做事的时候，正是难得的亲子交流的机会。尽管罗伯特还是会担心自己又笨手笨脚地把事情搞砸了，但他一定会抓住这种宝贵的机会，因为他知道，这种时候最适合对爸爸提出些复杂的问题。

"这真的太奇怪了，"罗伯特若有所思地说，"为什么机械生物永远不会伤害人类，而人类却可以伤害机械生物呢？"

撒迪厄斯听了这个问题，皱着眉头看了看儿子，他的那双大眼睛在放大镜后面眨了眨。"罗伯特，这是机械生物的第一条准则：机械生物不得杀死或危害人类。"

"但是它们自己怎么知道呢？"

"这就是机械生物的一部分，规则内嵌在它们的阀门和电路里。"

"但是，我们可以杀死它们，剥夺它们的生命。"罗伯特小心翼翼地给机械狐狸换了腿里的一个零件。"如果发条再也不能转动，机械生物会怎么样？"

"我觉得那就意味着它们已经死了，"撒迪厄斯说，"如果它们有生死概念的话。"

"或者可以说它们从此就消失了。"罗伯特说。他手里拿着一个油乎乎的齿轮转来转去，齿轮锋利的边缘很扎手。"但是那之后呢？它们会去天堂吗？你觉得机械生物有灵魂吗？"

撒迪厄斯一边更换机械狐狸肩胛骨上的弹簧，一边思索着。"我不知道，"他说，"一般的说法是没有。"撒迪厄斯顿了顿又说："我以前没跟你说过，也许我应该早点告诉你的，七年前，哈特曼教授刚刚搬到这里的时候，我有一阵子定期去欧蕨桥庄园帮他调钟。后来，他得知我也修理钟表，就偶尔找我帮忙一起修理他的那些机械生物。不过，我倒是没见过这个。"

罗伯特一下子瞪大了双眼，他从来不知道爸爸以前就接触过真正的机械生物。看来这是爸爸的另一桩秘密。

"约翰所有的机械生物都做得很精巧，"撒迪厄斯继续说道，"他的机械生物运作起来，似乎有些地方很不一样，好像更有……活力。"

"到底什么不一样呢？"

"他的这些机械人和别人做的常规模型都不一样。它们有各自的癖好，有自己的想法。如果这还不算有灵魂，我就不知道还有什么算了。"

"但是为什么我们周围没有这样的机械生物呢？"罗伯特又追问道。手里的齿轮捏得太紧，齿尖都扎到手掌心里了。

"也许那些都是约翰特别制作的。"撒迪厄斯说，"当然，我们见到的那些批量生产的机械生物都是没有个性的。约翰制造的那些需要技巧。我感觉他之所以会让我帮忙修理他的那些机械，应该是因为他觉得我们的某些理念是一致的——他从来不愿意把他的机械生物送出去修，他说这样就会毁了它们的个性。"撒迪厄斯修完机械狐狸的腿之后休息了一下，从口袋里的一个小袋子里拿出新鲜的烟草，装满烟斗，然后点燃，猛吸了几口。

"那么，他的那些机械生物都长什么样呀？"罗伯特问。他简直无法想象谁能拥有如此美好的生活：无数机械仆人围着你，你甚至还能有一只机械宠物，比如这只狐狸。

撒迪厄斯吐出一个烟圈。"在欧蕨桥，他有位机械厨师，名叫锈夫人，她工作时常常会唱歌，唱她自己编的歌。估计有人会说，如果锈夫人能创造出如此美妙的东西，那么她无疑是有灵魂的。但是，有一次她出了毛病，当约翰和我一起拆开她来修理的时候，我完全看不出她那种活泼的生命力来自哪个部件。"

"可是，"罗伯特说，"如果你打开一个人的身体，我也不认为你能发现灵魂存在的证据，或者能在身体里找出什么独特个性的来源。"

撒迪厄斯耸耸肩。"这些事我也不懂，没什么可以给你讲的。但我确信的是，感情、直觉、爱和同情，这些才是构成灵魂的东西，而不是血、骨头或机器零件。"他长了老茧的手轻轻抚弄着儿子的头发。"灵魂跟心灵相关，罗伯特，而心灵是神秘的，即使最伟大的科学家也无法完全了解。"

罗伯特点点头，但他也不太确定自己是不是真的明白了。他看着爸爸把烟斗放到一边，再次拿起螺丝刀，继续埋头研究机械狐狸体内的齿轮。这确实是一个非常精妙的装置。罗伯特还记得狐狸沿着街道走来的样子，就像他体内有一只真正的狐狸的灵魂。也许他爸爸说得对。事实上就是，虽然大家都不愿意承认，但是人类和机械生物之间的差异并没有那么大。

凌晨三点，撒迪厄斯终于放下工具，宣布修复完毕。他拿起针和线，把机械狐狸松散的麻布外皮缝好，把腿上的机械完全包裹起来。罗伯特把几条毡毯铺在工作台上，两人合力把机械狐狸侧身平放在毯子里。

放好之后，撒迪厄斯把狐狸脖子上的专用发条钥匙取了下来，插入钥匙孔里，转了十整圈，然后父子俩退后一步，等着看狐狸会不会醒过来……

机械狐狸颤抖了一下。罗伯特屏住了呼吸，他能听到狐狸身体里面的弹簧和齿轮在运转，嘀嗒作响着，但是机械狐狸没有动，也没有睁开眼睛。

"也许，"撒迪厄斯说，"新部件还需要时间磨合一下。"

"也许明天我们可以再给他上一次发条。"罗伯特补充道。

撒迪厄斯把手放在他的肩膀上。"记着，你得先把你该做的事情做完，他总归还是在这里。如果能醒来，他就会醒来；如果醒不了，他就醒不了。今晚我们已经竭尽所能了，有时候我们只能尽人事而已。"

他们拿起灯，离开了房间。两个人都累坏了，完全忘了那封信还被压在工作台上的一堆工具下面。

第七章

回家后的第二天早上，莉莉醒来发现外面正在下雪，雪花落得又密又急。她穿上厚外套，出门走走。车道上停着两辆陌生的蒸汽车：一辆是劳斯莱斯幻影，车里坐着一位机械司机，车号牌上写着"银鱼"，另一辆则是小型车，车上竖着的黑色烟囱跟帽子差不多大。这两辆车看起来都跟爸爸毫无关联。

远处的树林中有两个站着的人影，她立刻就认出那是爸爸制造的机械人：螺帽先生和嘀嗒小姐。他们一动不动，宛如雕像一般，手里拿着耙子，身边还有辆手推车，白雪渐渐快把他们全身都盖住了。这种天气他们在外面干什么？现在发条也耗尽了，这样下去肯定会生锈的吧？莉莉赶快跑到后门，去厨房找锈夫人。

屋子里的铁炉灶让房间暖烘烘的，满屋子都是刚出炉的烤饼干的香味，这位机械大厨正轻声哼着小曲，用搅拌器手臂丁零当啷地搅拌碗里的鸡蛋。锈夫人其他可供替换的手臂都整整齐齐挂在台面上方的一排钩子上，有刮刀、筛子、平底锅、汤匙和片鱼刀，功用各不相同，每支手臂都已经用得锃光瓦亮。

"为什么螺帽先生和嘀嗒小姐站在花园里没人上发条啊？"

"你今天起的真早啊。"锈夫人并没有回答莉莉的问题。

"我昨晚睡得不好，所以干脆起来散散步。"莉莉戴着手套的双手合掌拍了几下驱散寒气。"快告诉我嘛。"

锈夫人看起来很伤心。"夫人昨天让他们去扫叶子，他们做了一半就没有发条了，可是夫人不肯给他们上发条。她说她不想整天伺候这些无用的机器干活，她只给我上了发条，好让我做饭，还有弹簧船长，因为需要他去车站接送。在那之前，弹簧船长一直被她锁在地窖里。"

莉莉满眼泪水。"我们不能帮他们上发条吗？"她问道。

"恐怕不行，亲爱的。"锈夫人摇了摇头，"自从你爸爸出事之后，夫人就拿走了所有的发条钥匙。"

"这才过了一天，他会回来的，这一切也会好起来的。对吧？"

"也许得靠我们自己了。"锈夫人长叹一口气，"我明白，有时候生活会让你很痛苦，我的小老虎。但是，一定要记住，如果你无法改变今天发生的事情，那就必须等待时机，让自己变得足够强大，等待再次较量的时机。"锈夫人把手中盛蛋的碗放到一边，拿出一盘子饼干。"给，吃点杏仁薄片吧，我特地给你做的，吃了胃里会暖和一点。"

"谢谢。"莉莉隔着手套拿起一片，咬了一大口。饼干味道很不错，但是……哎哟，有点烫！她咝咝吸气，烫得直甩手。

"我的蒸汽和钢铁呀！"锈夫人惊叫道，"我忘了饼干还很烫——我总是忘记你们的手是不防烫的！不过没事的，亲爱的，痛苦都会随着时间淡去的。而且恕我冒昧，这句话同样也适用于你现在的心情。"她把饼干放在一旁。"剩下的这些，还是留到早餐之后再吃吧。"

"是啊，"莉莉说，"先放一边吧。"她躺在火炉旁的椅子上，脚踩在炉围上烘靴子。她努力不去想家里这些机械人以后的命运，或者芒金和爸爸的命运——虽然这很难做到，但是这间屋子有种让她安心的魔力，好像可以让她暂时躲开世上那些可怕的事情。也许是因为锈夫人在这里？她总是那么温暖宽厚，理解莉莉的所有情绪。不像铜绿夫人，如果非要猜她们两个中谁才是有感情的那个，莉莉知道自己会选谁。

锈夫人从台子上拿过抹刀手臂，咔嗒一声把搅拌器换了下来。突然，她大喊一声："我的秒表和陀螺啊！我给忘得干干净净了，铜绿夫人要你吃完早餐立刻去会客室见她。"

莉莉倒吸一口气，好像就是因为她刚刚在心里说了铜绿夫人的坏话，所以才会被叫去。"我想知道她到底想干什么？"她问道。

锈夫人神色不安地耸耸肩。"我把所有的发条都用上，也没想出头绪来。她请了个什么律师，还有另外一个不知道干什么的人。我觉得这种做法真的很恶心。你爸爸才失踪不到一天。可她的动静，简直让人觉得他们已经确认你爸爸已经死了而不是……"她突然住嘴,"我的蒸汽机和烟囱啊,对不起……我不是那个意思……"

"没关系,锈夫人。"莉莉揪了揪手指头,深吸一口气,忍住又一阵冒上心头的刺痛。"跟我说说到底发生了什么事吧?"

机械老太太从炉子上拎起水壶,往茶壶里倒了一点水,热了热壶。"我也糊里糊涂的。"她叹了口气,舀了一勺茶叶进去,然后给壶加满水。

"自从铜绿夫人接管庄园以来,她就揪住每个人问东问西,大概是觉得你爸爸有些贵重物品藏在房子某处吧。"锈夫人把几块面饼放在炉子上,用手上的抹刀一一压平。"昨天早上她甚至挨个审问了弹簧船长、螺帽先生和嘀嗒小姐。其实我完全可以直接告诉她,他们什么都不知道。他们确实什么也不知道,所以她很生气,才不肯给他们上发条的。"

"那你的意思是,你知道一些什么秘密吗?"莉莉说。

"我的凸轮弹簧和冷霜哪!我也不知道该怎么说才好。"锈夫人飞快地看了莉莉一眼,把那些饼切成小块,再给每块底部涂上黄油。"你爸爸从事的工作有很多,但我不觉得其中有哪一样能重要到让他为此失踪的程度。"她把一盘烤好的饼放在莉莉面前。"快吃吧,我的小老虎。你不想空着肚子去见楼上那个人的。"

莉莉打开一罐橙皮果酱,舀出一勺涂在热乎乎的饼上。锈夫人的爱和怜惜让她感到自己非常幸运,尤其是和家里其他人的遭遇对比起来。如果爸爸还在这里,他肯定会立刻制止这些事情，但是爸爸不在这里，而且，似乎他的那些秘密恰是所有混乱的源头。

半小时后，当莉莉走进会客室的时候，铜绿夫人已经在那儿了，任特和森德公司的律师森德先生也在。除了他们之外，会客室里还坐着一位像木桶一样敦实的男人，他坐在椅子边缘，帽子放在膝头。他那张漂亮的方脸看起来比上次见到的时候瘦了一些，也添了几道皱纹。他一见到莉莉便立刻眼睛一亮。"莉莉！"那人喊道，"你来啦。"

"银鱼教授！"莉莉开心地笑了。

"是我，我来看你啦。"她的教父站起来，给了她一个大大的熊抱。"你长高了好多。我买给你的那些铁皮玩具都还在吗？"

她摇了摇头。"恐怕它们都坏了。"

"怎么会坏呢？"

"我把它们拆开了，想看看它们里面是怎么运转的。"

银鱼教授笑了起来。"这方面你跟我真是一模一样，有颗好奇的心。"他退后一步，肌肉抽搐了一下，莉莉听到他胸口传来嘀嗒声。"说到心，"教授说，"最近我的心脏很糟糕，莉莉。"

他小心翼翼地解开上衣的纽扣，露出衬衫上固定着的一个鼓鼓的金属装置。装置上伸出几根管子插在他的胸腔里。

"没事的，"他看到莉莉惊恐的表情，忙安慰她说，"这个非常安全，只是个发条装置，改装心脏，没别的。可以保证我的心脏不会彻底停止跳动。"银鱼教授抓了抓头上的白发。"当然，跟那些机械生物一样，这个装置也要经常上发条。这意味着，我在很多方面算是个残疾人了，很多地方我都没法像以前那样了。不过，我还是尽力而为。现在你需要我，莉莉，所以我来看你了。"

"爸爸从没告诉过我你病得这么厉害，"莉莉说，"我还以为你只是去了别的地方呢。"

银鱼教授的脸沉了下来。"是啊，我病得很厉害，这几年我一直很想念你的爸爸，想念所有人。但是我不得不待在一个更暖和点的地方，为了我的健康，为了这个——"他拍拍胸口的精密装置，"我真希望我之前就在这里陪你，陪你一起经历过去发生的这些事情……你妈妈去世了……现在约翰也失踪了……我还听说你被学校开除了。"他的声音越来越小。

莉莉深吸了一口气。她很庆幸他停了下来，他说的那些话和那个可怕的装置让她感觉更糟了。

银鱼教授似乎察觉到了她的不适。"不好意思。"他说着扣上了衣服扣子，装置发出的响亮的嘀嗒声不那么明显了。他深吸了一口气坐回椅子上，肌肉又抽搐了一下。

铜绿夫人之前一直在和森德先生悄声说话，这会儿她咳嗽了一声："Bien（好吧），"她说，"如果可以的话，我们现在开始谈正事吧。"

"好。"银鱼教授点点头，"莉莉，你先坐下吧。"

莉莉坐到房间中央爸爸那张皮质的旧扶手椅上，看着森德先生在她对面的沙发上落座，他从放在腿上的文件夹里拿出一沓文件，整理了一下，放到他面前的桌子上。

"哈特曼小姐，自从你爸爸昨天失踪后，文件中的一些协议已经生效了……他之前留了一封信给我们……关于如果他发生了什么不幸……如何安排你未来的生活……我现在就把这封信读给你们听。"

森德拿出一副夹鼻眼镜，用一块有斑点的手帕擦来擦去。莉莉做好了准备，等他念出这封可怕的信，但半晌只听到银鱼教授的心脏机器嘀嗒作响，还有铜绿夫人急促的呼吸声。终于，森德先生把眼镜架到了他的鹰钩鼻上，开口念了起来。

"我，约翰·哈特曼……身体健康，精神健全，在此写下我对我女儿，莉莉·格蕾丝·哈特曼，未来的安顿方式的意愿……"

他冷冰冰的话语在会客室里回荡，听起来一点也不像爸爸的话。莉莉满眼含泪地看了看教授，又看了铜绿夫人一眼。铜绿夫人正站在飘窗边，她那鹰一般的侧影在窗框线条的衬托下就像一具黑色的浮雕。铜绿夫人转过身来，不耐烦地对律师说："这些我们都知道，直接读最重要的那部分。"

"也许这位年轻小姐想要……"

"我说了，直接跳到最重要的部分。"

"好吧。"森德先生尴尬地咳了一声，"具体条款如下……在莉莉十八岁之前，所有专利、设备和财产均应为其安排托管，直到莉莉年满十八岁生日当天，所有专利、设备和财产的所有权全部归莉莉所有……哈特曼先生指定，在莉莉年满十八岁之前，由铜绿夫人担任监护人……然后，呃，专利的受托人为我本人……及莉莉的教父。"他对银鱼教授点点头。

"那锈夫人呢？"莉莉问，"我还以为爸爸会指定她做我的监护人呢。"

"莉莉说得对，"银鱼教授说，"那么为约翰工作的其他机械人呢——弹簧船长、嘀嗒小姐和螺帽先生——他一定也为他们准备了一些东西吧？"

森德先生翻着那短短几段文字读来读去，嘴唇翕动，最后他还把文件翻了过来，好像指望在背面的空白处再找到点什么似的。"恐怕没有，先生，小姐……"他眼镜后的两眼紧张地瞟向铜绿夫人。"这个……呃……文件中似乎没有跟机械生物相关的内容。"

银鱼教授在椅子上倾身向前。"你不觉得奇怪吗，先生？"

"我不觉得。"森德回答。

"嗯，"银鱼教授说，"我觉得奇怪。"

"我也觉得奇怪，"莉莉说，"爸爸亲手创造了这些机械生物，他爱他们，就像爱我和妈妈一样。实际上，他们是我们家的一部分，尤其是锈夫人。在妈妈走了之后，都是她在照顾我。我觉得爸爸至少会考虑到她的。"

"哈特曼小姐，当死亡的威胁折磨着人们的心灵时，人们并不总是像平时那样行事。"律师说。

莉莉的心在胸腔里剧烈跳动。"那么你确定我爸爸已经死了？"

"并不是。"森德先生噎了一下，"我只不过是假设……我的意思是，直到他被人找到……或者直到被正式宣告，呃……也就是说……"他紧张地翻着手中那几张文件，"无论如何，哈特曼小姐，如果你对法律事务有所了解的话——"

"而作为 une enfant（一个孩子），"夫人插嘴道，"我们知道你并不了解。"

"是的，确实如此，"森德先生接着说，"如果你了解的话，你就会知道，机械生物并不享有我们人类所拥有的同等权利……"他再次求助似的看向铜绿夫人，"比如，机械生物不能拥有任何东西，也不可拥有蒸汽机车、飞艇，当然也不能对小孩负责。一个负责任的成年人能够承担的事情，它们是不能做的，因为它们缺乏智慧，缺乏自我，诸如此类……"

"这也是为什么你爸爸选择了我作为你的监护人。"铜绿夫人补充道。

"这是真的吗？"莉莉问教授。

"恐怕是这样，"他说，"我确实没有从法律角度考虑过这方面的事情。"

"Bien（好了），够了。"铜绿夫人把手放在莉莉椅子的靠背上。"让森德先生说完，他还有很多事情要忙。森德先生，把我们讨论的另一件事告诉莉莉……"

"好的，夫人，但是这件事情非常微妙，我能不能先和各位成年人讨论一下？"

莉莉恳求地看了教授一眼。"我认为，"教授说，"如果涉及莉莉的权利，她应该在场，我们必须尊重——"

"D'accord（我同意）。"管家夫人打断了他的话，"你可以当着孩子的面说，森德先生。我想教授是对的，我们之间不应该有秘密。"铜绿夫人紧紧抓住莉莉的肩膀，捏得莉莉好痛。

"如你所愿。"森德先生抚平头上那簇油腻腻的头发，想要拖延时间。"女士们，银鱼教授，哈特曼教授致力于的……那些项目，这些年来，积累了相当多的债务，总额已经超过了他所有专利和财产的价值。"

"你到底想说什么？"银鱼教授问。

"我的意思是，这笔钱不够支付莉莉的生活费，甚至不够她继续在这所房子里住下去。"

"现在你看到了吧？"铜绿夫人对莉莉说，"就像我担心的那样。"

银鱼教授摇了摇头。"我不明白。这一切听起来太不可能了。那样的话，约翰肯定会卖掉一些专利吧？如果情况真的这么糟糕，他一定会竭尽所能，至少保障莉莉的生活。"

"也许他没有你想象中的那么谨慎，先生。"森德先生从鼻子上取下眼镜，再次用手帕大力擦拭起来。

"那你对我们有什么建议？"铜绿夫人问道。

森德先生在莉莉和铜绿夫人之间扫了一眼，目光停在铜绿夫人身上。"哈特曼小姐，我给你们的建议是……建议你的监护人……卖掉一切有价值的东西……机械生物、所有的设备，甚至这栋房子。"

"你们不能这样做，"莉莉说，"他们都是属于爸爸的，属于我们家的。"

"但是我们别无选择。"铜绿夫人冷冷地对她说。

莉莉简直不敢相信。总是有选择的，不是吗？人们不是常这么说吗？要是她能说服他们就好了……

但这时她只看到了教授无可奈何的表情，还有律师严肃的面孔。她转过身来，看见铜绿夫人嘴角得意的笑容一闪而过。她这才恍然大悟，原来她的命运已经全然落在这个可怕的女人手中。

之后，趁着铜绿夫人送森德先生出门，莉莉把银鱼教授拉到一旁，哀求道："请不要把我一个人留在她身边。"

银鱼教授面色沉重。"对不起，莉莉。我无能为力，这是你爸爸的意愿，而现阶段，我认为不应该违背他的意愿，尽管我感觉铜绿夫人并不太让人放心。"

莉莉摇了摇头。"她完全不值得信赖。"她说，"锈夫人告诉了我不少事情，比如昨天她如何故意让机械人耗尽发条，而且，铜绿夫人趁着爸爸不在，把他的文件翻了个底朝天。"

"真的吗？"银鱼教授看上去十分震惊，"嗯，这些听起来可不像她该做的事。"

"是啊。"莉莉说着，从衣帽架上取下了教授的外套，帮他一起费力地穿上，最后还给他扣上了前扣，盖住那颗庞大的机械心脏。

银鱼教授戴上大礼帽，轻拍几下帽檐，让帽子戴得更稳。"如果你愿意，"他最后说，"我可以安排把约翰的东西存放到机械师协会里。我相信他本人也会愿意的，毕竟这将有助于其他人研究新机械。当然，还得你乐意才行。莉莉，你意下如何呢？"

"我很乐意的。"莉莉说。他们已经走到了前门，她盯着铜绿夫人那绷得笔直的后背。她正站在车道上，向律师挥手，目送他那辆灰色的小蒸汽车哼哧哼哧驶离庄园。

"很好。"教授揉揉莉莉的头发，走进屋外的冷空气里。"我希望你能再为我做一件事，帮我盯着你的监护人，向我汇报她的动静。"他从口袋里拿出一张卡片，放进莉莉的手中，将她的手合拢。

银鱼教授向您致意

我们工艺一流

制作优质机械人和机械动物

伦敦市切尔西区河滨步道 9 号

"这是我在伦敦的新地址，你可以随时写信或发电报给我，告诉我你过得如何。如果有其他任何事情，或者你有什么需要……"他尴尬地咳了一声，"很抱歉我这么久没有联系过你们，莉莉。我最近才回到英国，一听到这个可怕的消息，我感觉必须立刻来看看你。"

"我很高兴你来了。"她又抱了抱教授，"我真希望你和爸爸当初没有失去联系。"

"嗯，事出有因，他最后待在伦敦的那一阵，我们出现了矛盾。"

"关于什么的？"

"啊，主要是生意上的事情。而且由于我的身体原因，我也错过了你妈妈的葬礼，在这件事上，估计他永远也不会原谅我了。"这时他看到铜绿夫人正沿着前廊的台阶走上来，便匆匆说道，"但是我们现在没时间谈这个了。下次你来伦敦时，一定要去看我呀。我到时再跟你细说。"他双臂护住胸口的机械心脏。"唉，恐怕我现在得走了，一方面为了我的健康，另一方面，我还有不少事情要忙。希望他们能找到你爸爸，莉莉。如果你需要帮助，或者你和她之间有什么矛盾，"他朝铜绿夫人的方向点头示意了一下，"你一定要立即与我联系。"

"谢谢，我会的。我一定把它放好。"莉莉把名片放进自己的口袋里。

"一定要放好。"教授弯下腰，亲了一下莉莉的额头，然后大步走了出去。他经过铜绿夫人身边时，甚至没有抬一下帽子。

　　"这是怎么回事？"铜绿夫人问道。但是莉莉并没有理会她，而是一路跑到门廊的边缘，看着她的教父坐进他那辆劳斯莱斯幻影蒸汽车里。她最后的希望也离她而去了。教授坐好之后，回头向莉莉挥挥手算是告别，然后便示意机械司机开车。车子驶出车道，在厚厚的白雪上留下长长的车辙。

第八章

那天下午，村庄里一切都静悄悄的。雪下了一整天，街道上积起了厚厚的雪堆。今天，汤森钟表店里，罗伯特只接待了一位顾客：奇弗斯夫人，她是村里的一位老妇人，经常发生选择性耳聋。今天，她裹着冬天的粗羊毛外套，在齐膝深的雪粉里一步一步往前挪，送来了她的机械金丝雀和专用发条钥匙。金丝雀不动也不叫了。罗伯特检查了一下，跟奇弗斯夫人解释说大概要两三天才能修好，因为天气原因，现在的零部件都不能按时收到了。老太太不高兴地鼓着嘴，满是褶子的脸像纸袋子似的皱了起来。

然后，撒迪厄斯在店里忙的时候，罗伯特就忙着算账。要把那一排排数字都算清楚，需要他集中全部注意力。全神贯注的时候，时间就过得飞快，在他还没意识到的时候，11月的天光已经暗了下来。

店里一长溜钟表齐声敲出四点的时候，他合上了账本，伸手拿起柜台边上的那盏油灯，揭下玻璃灯罩，划亮一根火柴凑到灯芯上点着，然后把灯罩盖好，随即屋子里亮起琥珀色的光，林立的钟表之间投出长长短短的阴影。

罗伯特突然发现，一个瘦削的怪人好像剪影一样站在门口，那人的眼睛藏在大礼帽的边缘下看不清。肯定是刚刚的整点报时声盖住了他进来的声音，罗伯特完全没听见门口的铃声，而且他很肯定几分钟之前门口还没有人。

那个瘦削的男人把他的漆面手杖插进伞架里，松开手时，手杖上银色的骷髅手柄露了出来。

店门外，早上见过的那个大块头络腮胡男人蹒跚走来。罗伯特见他在门口停下，裹着羊毛外套，壮实的后背靠在刻着花纹的玻璃上，然后点上一支粗大的雪茄，盯着路上。

瘦削的男人倾身向前，端详了一下门口展示柜里的钟表。他清清嗓子，脱下手套，用手套拍打着长外套前面快要融化的雪粒子。"晚上好，汤森先生，你这家店可真不错啊。"

"我们对此也很自豪，先生。"

"应该的。"那人抬了抬头顶的礼帽，露出了面孔。"我的名字叫章朗。"罗伯特倒抽了一口气，因为这人的眼睛跟那个络腮胡男人一样，也是镜子做的。

章朗先生笑起来。"怎么了，孩子？你从来没见过改造人？"

"呃……没有，我是说……只见过外面您的那位同事。"罗伯特摇了摇头。他不由自主地抬起手碰了一下自己的脸颊。"到底……这个是怎么来的？"

"你很好奇呀，是吧？"章朗先生没有眼皮的眼睛不会眨，两片银色的镜面上映出了整个房间的景象，眨也不眨。"我和他出任务的时候失去了眼睛，后来有人帮我们修复了。"

"噢。"罗伯特感觉自己脖子后面的汗毛都竖了起来。

章朗先生邪气一笑。"如果你是觉得我们看起来太惨，你应该看看我们当时的对手，他更惨。"

"啊……他怎么了？"

"这么说吧，他失去的是脑袋。"

罗伯特一下子哽住了，章朗先生哈哈大笑起来。

"当然，如果能派机械人去打仗，就根本不用我们亲自上场了，但是它们实在蠢得没法用。"

罗伯特听了这种直白的瞎话，简直气血上涌——连他都知道机械人不可能伤害人类，这跟他们的智商完全没有关系。

"接下来的话，我得和你们店的钟表师说了。"章朗先生说。

罗伯特意识到自己张大了嘴，赶紧闭上。"不好意思，我爸爸现在很忙。你们是有什么特别的需求吗？"他有种可怕的直觉，他很有可能知道这人在找什么东西。

"所以店主是你爸爸？"章朗先生的镜面眼睛闪了闪，"你肯定知道我们在找什么，对吧？"他挥着手里的黑色手套往外面的络腮胡男人那边指了指，"昨天早上你已经见过了我的同事，梅俊先生，好像还给他提供了一些关于某只机械小动物的信息，只不过你提供的信息最后被证明是错的。所以我们现在想知道，你能否提供些别的有用的信息？"

"你们是警察吗？"

"可不是嘛，小子。"章朗先生闪烁其词地笑了笑，不过他的眼睛看起来冷冰冰的。"我们是秘密警察，很隐秘的那种。梅俊先生觉得如果能好好盘问一下，你应该可以提供更多帮助。"

罗伯特艰难地咽了咽口水："估计我帮不了你们什么忙，我已经把看到的全都告诉你那位同事了。"

"也许你都说了，但是也许你还有些没说。"章朗先生嘴角微微勾起一抹冷笑，"我们总得试试先施加一点压力，才好确定呀。"他从柜台上拿起奇弗斯夫人的机械金丝雀，细长的手指轻轻敲打着小鸟的脸。

"梅俊先生对付那些拒不配合调查的人，方式非常直接。他有的是办法让他们开口。"章朗先生把金丝雀的脸抵在展示柜的尖角上。

机械金丝雀咔嚓一声出现了裂缝。

章朗先生手上继续施力，金丝雀的脸裂成了碎片，估计再也无法修复。他把这只残破的小东西放回罗伯特面前的柜台上。

"好了，我现在得走了，汤森店长。我们肯定会很快再次见面的。"章朗先生从伞架里抽出他的手杖，拉开了门时，镜面眼睛反射出白光。

他走出门去，门口的铃铛欢快地响了起来。

罗伯特长出一口气，那人在的时候，罗伯特感觉自己连呼吸都变得困难。他拾起损坏的机械金丝雀，看着门外那两个人咔嚓咔嚓踩着积雪消失在黑暗的街道尽头。

撒迪厄斯看到那只被损坏的机械金丝雀时大为恼火。他就保护顾客财产的问题，再次长篇大论地教训了罗伯特一通。罗伯特低声解释说是他不小心摔坏的。他不想让爸爸过分担忧，而且，他也担心如果实话实说，爸爸可能不会等那只狐狸恢复而将它直接丢掉。

整个下午他都假装一切如常的样子。而且，章朗和梅俊两个人可能还在监视这里。他静静地做着手上的工作，清理，打扫，但是他脑子里一直在想那只机械狐狸——那些人会为了得到它而发出暴力威胁，它肯定价值不菲。

等他终于做完所有的琐事时，已经完全按捺不住自己好奇的冲动。他提着灯走进工作室，去看那只机械动物到底有没有苏醒。

他还在原地——躺在工作台中间的毯子里一动不动。罗伯特用发条钥匙又给他上了一次发条，等了一会儿，还是什么动静都没有。

他凑近看了看狐狸脖子上的钥匙孔，立刻发现了问题所在：里面的机械部件有些轻微错位。他从爸爸那堆工具里找出一只螺丝刀，伸进钥匙孔里用力抵了一下，只听里面响起咔嗒一声，机械部件卡到位了。然后他再次拿起发条钥匙，重新上了一遍发条，等待狐狸醒来。

轻轻一声过后，狐狸体内响起了一连串咔嗒咔嗒齿轮咬合声。然后，这只机械动物胸腔一震，脊椎轻颤，身体慢慢抖动起来，发出了轻轻的嘀嗒声。

那嘀嗒声很快变得更大也更均匀了。

嘀嗒……

嘀嗒……

嘀嗒……

嘀嗒……

嘀嗒……

嘀嗒……

随着咔嚓一声，狐狸醒了，整个身体瞬间摆出警戒的姿态。罗伯特往后退了两步，眼看着狐狸脸上的毛都竖了起来。他眨了眨眼睛，抖了抖身体，活动了两下。

他迅速扫视了整个房间，看见罗伯特的时候，一下子弓起背，发出威胁的低吼声——非常低沉的机械声，震得他腿都有点抖。

罗伯特赶紧对他微微一笑，但是狐狸的眼睛眨也不眨地瞪着他。接着，他发出一声痛呼，气呼呼地咬住那条被修理过的腿。

"好啦，是有点疼吧。"罗伯特说，"过一阵会好起来的。大概几天之后，你就习惯新零件了。"

机械狐狸低吼起来，恶狠狠地对他龇出满嘴白牙。"当然很疼！你这个粗鲁的肉脑袋。疼得就像被钢齿的棘轮刮过一样！"他黑玻璃珠般的眼睛好像能把罗伯特看穿似的。"你是谁？"他不客气地问道，"你想干什么？在哪儿找到我的？"

"别怕。"罗伯特对他说，"我只是想帮你。"他伸出空空的手掌给他看，向他靠近了一点。

狐狸的吼声更低沉了。

"嘘。"罗伯特伸手想去摸他。

狐狸快如闪电，一口咬向他的手指。

罗伯特慌忙后退，结果被一只破箱子绊倒，一屁股坐在了地板上，头还撞到了工作台的桌腿。他摘下帽子去揉脑袋。一人一狐都沉默了。他怯怯地看着狐狸。"你的那些尖牙会要了我的命，你知道的吧。"

"我可警告过你，小猴子。听着，你要是还不交代你是谁，我就真的咬了。"

"我以为你是不能伤害人类的。"

"没准我可以为你破个例。"

"你吹牛。"

"要不要试试看？"

罗伯特理了理上衣。"不用了，谢谢。"他说，"我不想再多惹事了。我叫罗伯特，罗伯特·汤森。"

"所以这里就是那家钟表师的店？"狐狸问道，"而你就是……钟表师？"他难以置信地瞪着罗伯特，"不会吧，你看起来也太瘦小了。"

"我是他的学徒。"

"噢，这样啊。我估计也是。毕竟，你还是个幼崽，一个看起来脏兮兮的幼崽。"

"你说谁脏兮兮？"罗伯特说，"你看起来像是被人从篱笆墙里拔出来的。"

"我是有任务在身。"狐狸反驳说，"但是遇到了几个不安好心的家伙。话说那几个追着我过来的肉脑袋，是不是还在这附近嗅来嗅去？"

"我不知道。"罗伯特说，"昨天上午我遇到了几个可疑人物——有个有着银色眼睛和姜黄色络腮胡的大个子，还带了几个同伴。你真得谢谢我。他们的狗都闻出你的味道了，但是被我指到相反方向去了。接着今天有一个人到店里来找我，也是一个有着镜面眼睛的男人，很瘦，脸上有疤痕，他自己说他叫章朗。那人很恐怖。"他停下来喘了口气，"他们到底为什么找你？"

"你话太多了，不是吗？"狐狸说，"一开口就停不下来，还不停地问问题。"

"也不总是这样。"罗伯特嘟囔道。

狐狸没理会他，陷入沉思，许久才又开口说："你不会把我的事情告诉别人吧？"

"不会的。"

"那我应该先向你道个歉。我脾气通常还是挺好的，但是受伤之后有点暴躁。顺便自我介绍一下，我叫芒金。"

"很高兴认识你，芒金。"罗伯特说。

"我也是。"芒金轻轻点了点头，罗伯特觉得狐狸的本意是想鞠躬，不料牵动了伤口。"很多人都不相信机械动物有痛觉。"他说，"但是你是有痛觉的，对吧？"罗伯特问道。

"比人类的痛觉更敏锐，"狐狸对着自己的伤口龇牙咧嘴地说，"现在痛得简直像是有电锯在锯我的腿，这真是全新体验。"

"我爸爸和我一起帮你修了一下。不过还需要些时间适应，你才能完全好起来。"

"谢谢你们。但是这么一来，我真的进退两难。你看，我这儿有封急信要送，一分一秒都耽误不得。"狐狸用鼻子拱了拱脖子上的毛，突然猛地一抬头，"等等——我的天！那封信呢？"

"哎呀，"罗伯特喃喃说道，"我给忘了。"他翻遍了工作台，终于在各种工具和螺丝刀下面找到了那个信封和小口袋。"我可以给你挂回脖子上。但是，我要是你的话，至少在几天内，我哪儿也不去。要不然我先帮你把信收着？"

芒金想了一会儿。"不，不行。"他烦躁地说，"我答应了要亲自送去的。但是也许你可以去欧蕨桥庄园，把莉莉叫到这里来？你现在就去，这事十万火急。"

罗伯特耸耸肩。"我不知道能不能去。从这里过去，还要走很长一段路呢。现在天已经黑了。今晚还是不要冒险出去了吧，万一那几个人还在附近盯着呢？如果你需要的话，我明天可以替你跑一趟，但是得等我先忙完店里的事情。"

芒金吸了吸鼻子。"应该也行。"他说，"我只希望一切不会太迟。"然后他又想起了什么，"噢，也许你还可以帮我给莉莉捎个口信，你就告诉她：秘密在保险柜里 [1]，呃，要不然是，秘密很安全 [2]。"

"呃，到底怎么说？"罗伯特问道。

芒金的耳朵耷拉了下来，脸上露出忧心忡忡的样子。"唉，发生了这么多事情，我现在记不清了。"

---

1. 原文为"The secret's in the safe"，safe 有保险柜之意。
2. 原文为"The secret's safe"，此处 safe 意为安全的。

第九章

黄昏的时候，莉莉沿着昏暗的楼梯往楼上走。铜绿夫人又找她了。她不想去，所以一路磨蹭着，在每个房间的门口都停下来一次，把每扇上锁的门都摸了一遍。

这间是藏书室，连门外都堆着书，因为里面的书架已经全被堆满了。这间是爸爸的书房，门边还有叫人铃，门上还有个小窗口可以让他看见外面的人。下一间是他的工作室——宽大的金属门上写着"请勿打扰"四个字，上面还画着一个闪电的符号。最后一间是他的卧室，一个主卧套间。自从他失踪之后，铜绿夫人一秒钟都没耽误，立刻占领了这里。

莉莉敲敲门，没等里面回话，就走了进去。

绿色的丝绒窗帘半遮着窗户，挡住了外面的寒气。床边的小桌上，一盏小煤气灯闪着柔和的光。铜绿夫人正端端正正地坐在妈妈的梳妆台前，往脸上涂乳液。室内每个花瓶里都插上了满满的干花。带着灰尘味道的花香，混着铜绿夫人的香水气味，让莉莉隐隐感到有点恶心。

她走到窗边，看着外面的夜色。在花园的那些枯树下面，嘀嗒小姐和螺帽先生的身影几乎被不断坠落的雪花从头到脚盖住了。就像失踪的爸爸一样，他的机械人也在一个个消失不见。很快，人们就看不见他们的样子了，白色的冰雪会把他们藏起来，像一个个不为人知的秘密。要是能找到他们的钥匙就好了，那样就可以帮到他们。"您为什么要让机械人耗尽发条站在外面呢？"莉莉问道。

铜绿夫人从镜子里抬眼看了看她，面霜几乎糊住了她的整张面孔。"这是厨房里那个生锈的惹祸精告诉你的吗，ma cherie（我亲爱的）？"

"我自己看到了。"

"噢，当然啦。"

铜绿夫人从下巴的一颗痣上拔下一根毛，痛得一缩，然后从本属于妈妈的化妆盒里挖了一团膏涂在痣上。莉莉一阵难受。爸爸一直留着妈妈的这些东西作为念想，自从妈妈死后，还从来没有被人动过。"你把他们的东西全都翻出来了。"莉莉喃喃道。

铜绿夫人瘦骨嶙峋的手指往下巴上涂着玫瑰水。"不管锈夫人跟你说了些什么，莉莉，我希望你记住一件事：所有的机械人都是撒谎精。随便哪个机械人，如果他们的话和人类说的不一致，永远不要相信机械人的那一版。"

莉莉的眼里涌出了泪水。她踢了踢地毯说道："但是锈夫人不是什么随便哪个机械人。她一直陪着我。她能理解我，而且妈妈去世之后一直都是锈夫人在照顾我。她以后也会一直照顾我，跟家里所有机械人一起陪着我，等着爸爸回来。"

"你爸爸不会再回来了。Maintenant（现在），是我主持这个家。"

"你说得不对。"莉莉用力摇头。她心里越来越坚定地认为，爸爸一定还在某个地方活着。"他会回来的，我能感觉到。你全身上下能找出来的感情，还不如锈夫人一根金属手指里的感情多。你休想让我怀疑她而相信你。"

"你说完了吗？ Asseyez-vous（请坐），坐到我身边来。"铜绿夫人拍了拍她身边的丝绒座椅。

莉莉吸了吸鼻子，用袖子擤了一下。"我站在这儿挺好，谢谢。"她双手抱胸。

"随便你。"铜绿夫人拿起一块面巾，开始擦拭脸上残余的白色面霜，"但是我希望你不要试图质疑我的决定。知道吗？是我建议你爸爸把你送去斯克林肖小姐的学校的。我以为那儿会教你一点规矩。不过，老实说，我没看出什么效果。"她最后用面巾擦了擦眉毛上蹭到的一点眼影。莉莉注意到铜绿夫人的眉毛拔得有些不对称，两边眉毛的角度针锋相对，使得她脸上好像同时呈现着两种表情。"你至少应该尝试着约束自己的行为，你爸爸会感到欣慰的。"铜绿夫人站了起来，指着镜子前面的座位说："现在，s'il vous plait（请）容我给你整理一下。"

莉莉在窗边犹豫了一会儿，还是走了过去，依言坐下。

"我这几天一直在考虑我们的处境。"铜绿夫人从妆台上拿起妈妈以前用过的银把发梳，开始梳理莉莉的头发。莉莉忍着痛，咬紧了牙关，等着铜绿夫人把打结的地方梳通。

"你已经不是有钱人家的小姐了，"铜绿夫人说，"实际上，我们手头的钱已经所剩无几。如果我们还要住在这里，就不得不卖掉锈夫人和其他几个机械人。"

"请不要这样，"莉莉抽泣起来，"你不能这么做。"

"他们也没什么用，都快坏了。有一次，锈夫人本该给我加奶油，结果把机油倒在了我的汤碗里。任何人都会觉得她是想给我下毒。"铜绿夫人从玻璃盘里拿出几个发卡开始固定莉莉的头发。"一旦机械人身上开始出现这种症状，就需要不断买零件升级了，而 malheureusement（不幸的是），莉莉，我们连零件都买不起。"

莉莉摇摇头，把她的手甩开。"我不管那些，"她说，"锈夫人要留在这里。所有的机械人都不能卖。"

"Desolee（很抱歉），但是我们别无选择。"铜绿夫人又插了一根发卡下去，都抵着莉莉的头皮了。"除非你知道家里还有什么别的值钱的东西？有什么你爸爸的发明是我们可以卖掉的？比如永动机？"铜绿夫人锐利的眼睛盯着镜子里的莉莉，恶狠狠地揪了揪一绺不听话的头发。

"我都不知道你在说什么。"莉莉说，"我也不知道永动机是什么。"这女人的问题层出不穷，感觉她简直想把莉莉的心都拆开来看看。莉莉拼命眨眼睛，想把眼泪忍回去，可是泪水还是滚落下来。

"不要这样，ma cherie（亲爱的），"铜绿夫人哄着她说，"如果我们想要留住锈夫人和这栋房子，我们就得像成年人一样面对这些问题。好啦。C'est fini（完成）。"她插上了最后一根发卡，退后一步看着自己的作品。"C'est magnifique（漂亮极了），你觉得呢？"

莉莉看了看镜子里自己头顶上盘得高高的头发，看起来真像班上女生喜欢的那种可怕的怪发型。"糟糕透了，"她说，"就跟现在所有这些乱七八糟的事情一样。"

那天晚上，莉莉做了个梦。梦里天空晴朗，海面上反射着闪闪的星光。应该是在夏天，她在海滩上一直往前跑，想要追上前面的爸爸和妈妈。她不小心跌了一跤，妈妈停下来拉起她的小手，帮她站了起来，然后他们三人一起往前走去。

爸爸带着他的手杖，时不时用它指向各种地标和景物：一排排的铁船，还有一直伸到海里、像大蜘蛛一样高高矗立在海面上的平台，那是在开采天然气和石油，提供给一些莉莉不太了解的公司使用。

他们三个人沿着海湾的潮水线一路走着，莉莉在水浅的地方跑上跑下，让凉凉的海水拍打着她的脚背，一个大浪打来，她赶紧跳着躲开。

妈妈找到了一样东西，沙子里的一块石头。她捡了起来。

"这个送给你吧。"她说着递给了莉莉。

莉莉接过石头，研究了半天。这东西挺重的，贴着手掌的那一面有些起伏不平。

"这是什么呀？"莉莉问道。

妈妈伸过手来把她手里的石头翻了个面。只见，石头中间是一块明亮的金色化石，好像一只螺旋花纹的蜗牛壳。"菊石。"她说。

"怎么会出现在这里呢？"

爸爸凑了过来，从妈妈肩上看了看。"几百万年前，它死去的时候，"爸爸说，"正好沉入泥里被埋了起来，然后各种矿物质慢慢渗透进去，取代了原有的有机物，它就慢慢石化了。金色源自里面含有的黄铁矿成分，不知道的人会把它当成金子呢。"

莉莉看着手里的化石："它已经在石头里藏了几百万年，现在才被发现呀。"

"是啊，"妈妈说，"秘密都被藏在心里。"

妈妈轻轻抚上莉莉的脸庞。

突然之间，梦里的场景变成三个人坐在马车上，沿着伦敦昏暗的碎石路往家里走。外面下着雪，整个城市的声音好像都被雪盖住了。莉莉立刻意识到这是哪一天：这就是事故发生的那一天。

她坐在蒸汽马车的后排座位上，坐在妈妈和爸爸中间。金属烟囱呼哧呼哧地喷着蒸汽，木头车轮嘎吱作响，车厢外面的机械司机坐在驾驶室里控制着车的方向。

他们刚刚出门吃过晚饭。妈妈穿着那条有着美丽的翻领的红色塔夫绸裙子，黑色的长发松松垂在肩上，温暖的手放在莉莉腿上。爸爸戴着的高礼帽都快顶着马车顶了，很像企鹅装的燕尾服下摆压在腿下面。

莉莉手里还握着妈妈给的那块石头，好像她直接从一个场景蹦进了下一个场景。她看到那块美丽的金色菊石静静地藏在石头心里。她来回在手里翻弄着石头，就好像化石一下消失了，一下又出现了。"秘密都被藏在心里。"她轻声说。

爸爸妈妈在她上方说着话。轻言细语，你来我往，时不时发出开心的笑声。

莉莉低头看去。马车的地板上，爸爸的腿下面，有一个上了深色漆的红木匣子，四角黄铜包片磨得锃光瓦亮。真怪——这个场景她梦见过很多次，但这是她第一次注意到这个匣子。"里面是什么？"她问爸爸。

"我的发明。"爸爸说，"我们得把它放到安全的地方藏好。这是个秘密，就像你的化石。"他冲着她手里的石头点点头。

"为什么？"莉莉问道。她突然意识到这段对话以前真的发生过。这个匣子，这些话，所有的东西，都让人感觉异常熟悉，就好像这是记忆的一部分，而不是一个梦。

爸爸开口想要回答，但是还没来得及说，莉莉透过风挡玻璃看见另外一辆马车向他们冲了过来。那辆马车司机的眼睛在月光下闪着银光，那辆车的头灯在风挡玻璃上一闪而过，车轮在冰冻的碎石路上发出刺耳的打滑声。

然后莉莉就感到了一股巨大的冲撞力。震耳欲聋的爆炸声撕裂了夜空，那辆蒸汽马车正好撞上了他们马车的侧面。

藏着金色化石的石头从她手里飞了出去，风挡玻璃被撞得像蜘蛛网一样生出无数裂缝。莉莉和妈妈也在这一撞之下飞了出去，一路撞碎了玻璃、车灯、扭曲的影子和雪花。莉莉陷入了白色的虚空之中，一时间，她脑中全是明亮而闪烁的图案。

第十章

莉莉睁开了眼睛，她觉得嘴里发干，全身是汗，心跳得很快，感觉脉搏都要蹦出来了。她做了几个深呼吸，吸一口气，再慢慢吐出。她再也睡不着了，这是肯定的。

床边时钟的指针显示现在快三点了。她摇晃着站了起来，向窗外望去。窗帘后面，厚厚的雪花还在不断地落下，简直就像她还身处那个噩梦之中。她想到妈妈说的那句话不禁抖了一下，那是妈妈在事故发生之前好几个月说的。

秘密都被藏在心里。

为什么她会把这句话记得这么清楚呢？跟那块化石有关吗？她甚至都不记得自己把它放哪儿了。况且，这句话真是妈妈说的吗？还是她从别的地方听来的？还有，这次梦里出现了一个新细节：一个装着爸爸的新发明的匣子。

我们得把它放到安全的地方藏好。他是这么告诉她的。

那个匣子是真实存在的——她非常确定。她潜意识里试图遗忘关于那场事故的一切，这只是又一块浮起的碎片。不过，她已经不能再回避那段回忆了，她现在需要靠它来解开眼前的困境和谜团。

匣子肯定在书房里。她会找出来的。

莉莉坐起身，点亮床边的蜡烛，穿上了拖鞋。

爸爸书房的门打不开，肯定是被铜绿夫人给锁上了。不过，莉莉甚至都不需要用到发卡，她知道备用钥匙放在哪儿。她从旁边拉了个椅子过来，站上去，顺着门框上沿摸索了一遍，那枚冰凉的钥匙就落入了手中。她拿下来插进锁孔里。

书房满是顶天立地的书架，上面放满了灰扑扑的盒子和书籍。铺在桌上的记事本上压着各种图纸和草稿，临时支的桌子上堆满了文件和文件夹，纸团丢得满地都是。

爸爸总是把东西收拾得很整洁，显然有人翻过他的东西，莉莉强烈怀疑就是她想的那个人。

空气中还残留着一丝铜绿夫人身上的香水味。锈夫人说得没错：管家确实来这里翻过了。但是如果她这样上天入地翻了一通都一无所获，那莉莉又能找到什么呢？

她愤愤地踢了废纸篓一脚，里面滚出一团纸。她拾起来在桌上铺平，仔细辨认上面的字，这是一封电报。

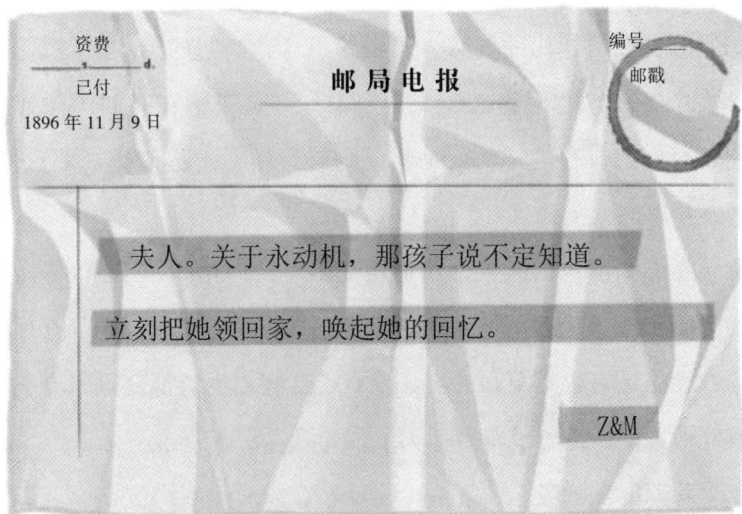

邮局电报

编号
邮戳

夫人。关于永动机，那孩子说不定知道。

立刻把她领回家，唤起她的回忆。

Z&M

永动机——不正是铜绿夫人今天下午刚刚提过的吗？难道这就是爸爸的秘密发明？匣子里装的就是这个？如果真是这样，可千万别让管家找到了呀。莉莉有种预感，只有她能找到这个匣子，不然怎么解释那个突如其来的梦呢？

她随便从架子上抽了几本书出来，信手翻了翻，希望找到点灵感，但是奇迹并没有发生。于是，她又去看了一遍爸爸桌上那些图纸，但还是没有头绪。

最后，她走到壁炉前，看着壁炉架上妈妈的骨灰瓮，用手指挨个拂过瓮上刻着的字。

格蕾丝·罗斯·哈特曼，1847—1889
爱妻，母亲，我们生命的核心

她多想再次见到妈妈呀。她闭上眼睛，想在脑海中描画出妈妈的样子，妈妈的气味，妈妈的声音，妈妈的笑。但是七年过去了，妈妈的面容已经变得模糊，细节失落在时间的深处。莉莉对妈妈仅存的记忆就是梦里妈妈的样子，还有壁炉架上那张她年轻时候的画像。

画那张画像的时候，莉莉还没出生，但是妈妈柔和的褐色的眼睛和充满爱意的笑容未曾改变过。莉莉想念那双让人安心的臂膀，还有妈妈温暖的笑。没有了这些，生活都变得冰冷了，就好像她的一部分也跟着消失了。而现在，爸爸也不见了。

莉莉屏住呼吸。

在梦中的那段记忆里，爸爸妈妈对她说什么来着？

秘密都被藏在心里。我们得把它放到安全的地方藏好。

安全的地方！莉莉把桌子后面的椅子拖了过来，她小心翼翼地把妈妈的骨灰瓮推到旁边一点的位置，确保它不会被掉下来的画像打到，然后伸出手去，抓住画框拽了一下。她一下就把画像掀了起来，只剩一边还固定在墙上。画像背后，是一个保险柜。

有迹象显示，铜绿夫人也已经找到了这里：数字锁上面有指甲锉的划痕。

但是铜绿夫人大概不太了解保险柜，至少没有莉莉和恶徒杰克那么了解，而且，莉莉还有一个外人不及的优势：她比铜绿夫人更了解哈特曼家里各种特殊日期的数字。所以，她很有把握能够猜出保险柜的数字密码。

她从自己的生日开始试，把数字锁转了一圈，停在相应的数字上，听到里面的开关咔嗒一响再转下一个。

不是她的生日，不过这个很正常，铜绿夫人肯定也已经试过了她的生日，还有爸爸的生日，甚至还可能试过妈妈的或者芒金的生日。莉莉都试了一遍，但都不是。

她心里突然浮起一个可怕的猜测。她伸出手，在保险柜的数字锁上输入了另外一组数字——妈妈去世的日子。出事那天的日期。

保险柜的门打开了。在柜内小小的金属架上，正放着那个四角包着黄铜片的红木匣子。莉莉抱出匣子，合上了保险柜的门。她试着打开盒盖，但是里面上锁了。她只好先把画像和骨灰瓮先放回原处，然后抱着匣子，悄悄摸回自己房间，关上门并且锁好。

莉莉回到床上，把匣子放在毯子中央，抱住双膝盯着它端详。匣子的锁孔是金的，锁孔周围的金属板被做成了精致的心形图案，上面还有齿轮形状的花纹。

莉莉从床头桌上那堆乱七八糟的东西里找出一根发卡，插进锁孔里试了试，但是没能打开。想也知道应该不行。这套锁显然要复杂得多。

她正在思考匣子的钥匙可能会被放在哪儿，就听到走廊里响起了铜绿夫人轻轻的脚步声。她舔舔手指，捏熄了蜡烛，然后把毯子拉过头顶，连匣子一起盖住。她蜷起身子护住匣子，假装自己睡着了。她一动不动地等着，心脏在胸腔里怦怦直跳，耳朵都能听到血液汩汩流动的声音。

门嘎吱嘎吱响了几声，好像被人打开了，来人往里张望了一下，然后又轻轻关上了门，紧跟着锁孔里响了一声，应该是有人用钥匙在里面转了一下。

莉莉长出一口气，然后突然意识到：铜绿夫人把她反锁在房里了！管家肯定是要偷偷做什么事情。

她跳下床来，揭开床下的一块可以活动的地板，把匣子放了进去。当她把地板盖回去的时候，听见屋外的车道上有蒸汽马车轻轻驶近的声音，还有铜绿夫人下楼的脚步声。

蒸汽马车停在了屋外，铜绿夫人应该是把什么沉重的东西拖了出去，那东西一路刮擦着地面。

然后安静了一会儿，那个刮擦的声音又出现了。

莉莉走到窗边，抵在玻璃上往外看，只见有辆蒸汽马车停在门廊前面。

她眯起眼睛，在黑暗中努力辨认。两个男人穿着冬天的长大衣走上了前门台阶，他们的上半身有一会儿被房子的转角和前廊的屋顶挡住了，其中一个非常瘦削，很像之前在飞艇上遇见的那个镜面眼睛的人，另外一个则身形庞大，站在那儿就像一麻袋砖头。

莉莉贴着玻璃蹲低了身子，想看得更清楚一点，但是他们的脸被高高的大礼帽遮得严严实实。

过了一会儿，前门吱呀一声开了，露出些许亮光。铜绿夫人大概正提着一盏灯站在那儿跟他们说话。莉莉考虑了一下如果她打开窗子，能不能听见谈话的内容。但她很快就打消了这个念头。开窗的声音肯定会暴露自己的。

那两个人走上了门廊。等他们再出来的时候，莉莉顿时觉得全身一寒。他们搬出两具动力耗尽的僵硬的机械身体：锈夫人和弹簧船长。

铜绿夫人提着一盏小灯跟在后面。他们把两个机械人一路拖到车边，打开行李舱门，然后塞了进去。莉莉的心都要跳到嗓子眼了。她多希望自己可以冲下楼去，拦住他们。但是她的双腿完全不听使唤，而且，别忘了，她还被反锁在这间卧室里。

她抬眼看向花园的方向，想看看另外两个机械人——被雪埋住的嘀嗒小姐和螺帽先生的情况。但是他们早已无影无踪，花园里只留下许多脚印和一条长长的白色的拖痕。莉莉意识到，他们肯定也被拖走丢进那辆蒸汽马车里了。

当她再次看向马车的时候，那辆车已经出发了，在白雪覆盖的车道上留下两道新的辙痕。她在马车车身上到处寻找齿轮结构店的店标，但是哪里也没看到。那么，到底是谁带走了爸爸的机械人呢？又为什么要这么干呢？在莉莉的注视下，铜绿夫人掸了掸身上的黑色长裙，转身踩着齐脚踝深的雪粉回到了房子里。

第二天早上，莉莉从梦中惊醒。她起来一看，门并没有锁，不由想道：昨晚不会只是她做的一个噩梦吧。但是等她下楼看时，厨房里冷飕飕的，火都没有生。她打开后门往外看去，朔朔寒风扑面而来，不断落下的雪花已经盖住了昨夜的车辙，了无痕迹。空荡荡的厨房已经说明了一切：锈夫人是真的不见了，其他机械人也是。铜绿夫人已经把他们统统送走了，送给了两个陌生人。莉莉甚至想不通她为什么要这么做，想不通她怎么能这么冷酷无情。他们在铜绿夫人眼里也许只是机器，但是对莉莉来说，他们都是有着真情实感的人，都是她忠实的好朋友。

莉莉用力甩上门，回自己房间去，一进门却撞见铜绿夫人正在翻她的东西。桌子的所有抽屉都被拉开了，书架上所有的哥特小说和惊悚杂志都被抽出来，丢在地上，衣柜的门大敞着，脏衣篮里要拿去洗的床单也被倒在床上。

"这是在干什么？"莉莉惊呼道。

铜绿夫人一时间有点窘迫，但是她很快就镇定下来。"Rien，cherie（没什么，亲爱的），就是整理一下。我简直不明白你怎么能把屋子弄得这么乱呢。"

"锈夫人去哪儿了？"莉莉严肃地问道，"还有，其他几个机械人呢？"

铜绿夫人把她已经细细翻过的几件衣服慢慢叠了回去。"麻烦过来和我一起整理。我之前请齿轮结构店的人过来把他们领走了。"

莉莉双手抱胸："为什么？"

"因为他们都已经坏了。店里会重新修一下，如果修不好，就会拆成零件。"

"但是他们是爸爸做的。他们就像我们的家人一样。"

"机械人没有感情，莉莉，他们只是物品。他们不可能真正成为任何人的家人。"铜绿夫人假装忙着低头叠衣服，"另外，有人出了一个 bien（非常好的）价格收购他们的零件。我估计，主要是大脑零件。"

"你应该先征求我的意见。"

"Ce n'est pas necessaire.（没有必要。）我是你的监护人，我决定就可以了。"铜绿夫人把几本书放回架子上，"现在，s'il vous plait（如果没有别的问题），请把剩下的这些都清理干净吧。"她对着满屋狼藉挥了挥手，"别整天躲在这里，收拾完了来会客室和我一起晒晒太阳。"

"我才不干呢！"莉莉大喊道，"你要是以为我会乖乖跟着你，夫人——不管是去会客室，还是下地狱——那你可就大错特错了。"她咬牙切齿地挥舞着拳头冲向铜绿夫人。

"Ca suffit（够啦）！"铜绿夫人抓住莉莉的胳膊抵住了她。两人用力拉扯的时候，铜绿夫人泪珠形的耳坠疯狂晃动起来，长指甲深深陷进了莉莉的手腕里。莉莉被一把推到床上。

"我转念一想，"管家大口喘着气说，"……你还是待在这儿比较好。我也不想让你到处溜达，窥探我的一举一动。"她朝门口走去，"也许这么摆着更好，这样更方便你找到跟永动机有关的东西。我知道你进过你爸爸的书房了。骨灰瓮被动过了，保险箱上的数字也换了位置。如果你已经拿到了，莉莉，那你可得想清楚——"

"我什么也没拿。"莉莉大喊道，满眼都是泪水。

"Très bien（好吧），随你怎么说。"铜绿夫人摔上了门。莉莉听到钥匙在锁孔里转动，这一次她都懒得悄悄反锁了。然后，铜绿夫人就踩着高跟鞋咚咚咚地走远了。

莉莉扑到枕头上，放声尖叫。她被囚禁在自己家里了，这下她怎样才能找到那个匣子的钥匙呢？她站起来，捶向墙上的黄色墙纸，但这让她的手更疼了，手指都麻了。

她从头发上取下几根发卡，逐个插入门锁，结果发卡不是弯了就是断了。她愤愤地把发卡都丢到了地上。

就算她能走出这个房间，她又能去哪儿呢？这里甚至没有任何人能帮助她。她走到窗边，推开窗户，站在那里望着空空荡荡的大门口。昨晚那辆蒸汽马车的车辙已经完全消失在一片白茫茫的大雪之中。她真希望锈夫人和其他那些机械人，或者爸爸和芒金，能突然出现在门口，但是眼前只有一片死寂，没有人会来找她。她低头靠在窗台上，哭了起来。

过了好一会儿，真的有个身影出现了。一个瘦瘦的男孩子，穿着打补丁的灰色长裤，戴着手套的双手把身上那件厚外套拽得紧紧地。他凌乱的黑发上扣着一顶帽子，浓眉紧皱，表情看起来相当紧张。莉莉完全不认识他，也不知道他能不能帮上忙，但是她肯定得试试看。她深吸了一口气，把手指放进嘴里，打了个呼哨。

第十一章

罗伯特踏着积雪走到了车道的尽头。他在离宅子至少二三十米的地方停下了脚步，抬头看了看那个房子，正琢磨着自己到底该走仆人通道，还是该从正门进去，然后他就听见楼上传来一声响亮的呼哨。

他眨眨眼循声望去，只见楼上一扇高高的窗户里，有个红头发小姑娘正看着他。那个小姑娘松开手指，大声对他喊道："你是朋友还是敌人？"她的声音回荡在安静的花园上空。

罗伯特思考了一下："应该算朋友吧，我觉得。"

"你是来找谁的呀？"

"我找哈特曼小姐。"

小姑娘无精打采地笑了一下："我就是。"

他顿时松了一口气。"我们能说两句话吗？"他问道，"我给你带来了一条口信。"

"你在下面等一会儿，"她说，"我努把力应该可以下去。"

罗伯特眼看着她推开窗户爬了出来。她踩着一排砖的边缘，小心翼翼地抓着窗框。她瞄准门廊顶跳过去的时候，在结冰的瓷砖上滑了一下，差点掉下来。不过她及时稳住了身体，随后沿着下水管往下滑。等她的脚可以踩到下面的扶手栏杆时，她伸手抓住了一根被枯死的爬藤植物缠住的竖杆，跳了下来，落在一个雪堆上。

"天哪，哈特曼小姐。"罗伯特惊叹道，"你真是个攀爬高手。"

"请叫我莉莉吧。"莉莉站起来，拍打着身上沾到的雪，打了个寒战，她下来的时候只穿了一件薄裙子。"爬上去其实很容易，"她说，"就是下降还不太熟练。通常情况下，我会走楼梯，但是现在我被人关在上面了，而且当我试着开锁的时候，发卡断在锁里了。"

罗伯特张了张嘴想说点什么，但是一时间又不知道该说什么好。

"你是谁呢？"莉莉问道，"你来找我做什么？"她冷得都起鸡皮疙瘩了，不由抱住双臂。现在他们离得这么近，罗伯特感觉非常紧张。她看起来非常亲切，脸颊冻得红扑扑的，翘鼻子上有几颗淡淡的雀斑，红色的鬓发刘海下的绿色大眼睛看起来很悲伤。罗伯特真心希望自己能做点什么让她别再这么伤心了。

"我是罗伯特·汤森，"他小声说，"是那边村里的钟表师学徒。"他戴着手套的双手绞在一起。其实，他在走来这里的路上已经仔细想好要怎么说了，但是现在不知道为什么突然把之前所有想好的话都忘了。"我爸爸以前负责检修你们家的钟表，"他只想起来这一句话，"是你爸爸请他来的。"

"你就是想跟我说这个吗？"莉莉问道。罗伯特扯了扯自己的帽子，他感觉自己的耳朵尖都烫得要烧起来了。他怎么这么蠢呢？莉莉的爸爸失踪了，这也是为什么机械狐狸要他第一时间赶来这里。"不，"他终于开口说道，"是这样的，我，我好像捡到了某个属于你的东西，至少他声称他是你家的。"

"你是说弹簧船长吗？还是其他的机器人？"

"他说，他叫芒金。"

"芒金还活着？"莉莉高兴地喊起来，眼睛里腾起了希望的小火苗。"他有什么关于我爸爸的消息吗？"

"这个我也不是很清楚，"罗伯特小声说，"他要我过来给你送个口信，他本来应该自己来的，但是他中了一枪。"

"中枪了？"她吃惊地瞪大了眼睛。

"别担心，他现在没事了，已经挺过来了，我和我爸爸一起修好了他的腿，损坏的地方都修好了，他很快就会恢复的。他身体挺好的，呃，里面的钢结构，都挺好的。你们怎么会做出这么厉害的机械？"

"他是我爸爸专门给我做的。我本来以为我可以带他去学校，但是学校不让带宠物。"莉莉换了一只脚站着，也许是不耐烦，或者只是因为天太冷了。"求求你了，"她说，"快告诉我，他的口信是什么？"

罗伯特点点头："我来的时候，芒金让我告诉你，秘密在保险柜里。"

莉莉高兴得一拍手。"那个匣子！我就知道！他肯定是要我把匣子带给他。也许钥匙在他那儿？"

她拉住了罗伯特的手。"走吧，"她说，"我们去拿东西。"

他们正要往前门走，有辆黑色蒸汽马车开了进来，上了车道，一团团难闻的烟雾从烟囱里一路喷出来，朝他们的方向驶来。

莉莉倒抽一口气，抓紧了罗伯特的手。

"怎么了？"他问道。

"那辆车昨晚来过这里。"她拖着罗伯特躲到一棵白雪覆盖的冷杉树后。

他们从树枝间的空隙向外看去。那辆马车停在了正门外，驾驶室里下来了两个人。他们走上门廊台阶，镜面眼睛闪着光。其中一个人用手杖头敲了敲门，然后等在门口。

"他们就是在村里搜查芒金的人。"罗伯特说，"他们是改装人——半人半机械。情况不妙啊。"

"我知道那个人。"莉莉说着，抬起颤抖的手指对着章朗先生的方向。"那个瘦点的，是章朗先生，我在回家的飞艇上遇见过。我估计昨天晚上也是他们带走了锈夫人和爸爸的其他几个机械人。"

罗伯特哆嗦了一下。"我也见过他，他来过我家店里，这人很危险。还有旁边那个人，梅俊先生，也是一样的。你千万别过去。"

"我得回房间拿那个匣子。"莉莉拂开额前的刘海，脸上露出严肃的表情，"我敢说他们就是来找那个的，我们不能把它留给这些人。"

他们悄悄绕到房子的另一侧，脚下的雪发出嘎吱嘎吱的轻响。透过路过的窗户，罗伯特看见了一间会客室。一位黑衣女人打开了会客室的门，请章朗和梅俊走了进去。

"那是我的监护人，铜绿夫人。"莉莉小声说，"她对他们言听计从。"确实，即使隔着这么远的距离，罗伯特从那个女人的姿势就能看出，她对他们的来访毫不意外，他们看起来就像老朋友一样。

罗伯特和莉莉弯腰从窗户下面溜了过去，在转角爬满常青藤的架子那儿张望了一会儿。后门看起来没人。

他们冲了过去。莉莉试了一下门把手。"锁上了。"她弄开了门边的一扇窗户，率先爬了进去，示意罗伯特跟上。

进去是一条狭窄的走廊，墙上贴着墙纸。莉莉握住墙上一个黄铜做的门把手，打开了一扇暗门，里面是仆人用的狭小楼梯。

"这边。"她说。

　　罗伯特跟着她上了楼，沿着幽暗的走廊走过几间房，然后莉莉停在了一扇门外。

　　"啊哈，"她说，"原来老巫婆把钥匙插在里面了，难怪我之前怎么都打不开。"她打开了门，走进了那间满地都是衣服和书的房间。罗伯特也跟在她身后，越过她的肩，望向钉在黄色墙壁上的一排排惊悚杂志的可怕封面。有几个封面上面还有用手画上去的水彩，特别是那张印有吸血鬼瓦涅的封面，被涂上了大面积的红色颜料。

　　"你在这儿等一会儿。"莉莉说着，钻到床底下，撬开了一块可以活动的地板。她伸进手去，拽出来一个红木方匣子。

　　她把匣子放在床中央的毯子上。"就这样吧，"她说着把毯子四角拉起来，紧紧包住匣子，打上结。"这下应该可以了。"

　　罗伯特紧张起来，他听见了手杖嗒嗒嗒敲在地上的声音，还有沉重的靴子走动的嘎吱声。他朝门外张望。主楼梯上有三条模糊的人影正在往上走。"他们来了。"他低声说。

　　莉莉走到敞开的窗户边。"那我们只好爬下去了。"

　　"我不行的。"他尴尬地说。

　　"怎么了？"

　　"我恐高。"

　　"噢。"她打开衣柜，把手里打好结的包裹塞进去。"那你只能先躲一下了。"

　　"我也不能躲那里，我对灰尘过敏。"

　　"这个你就忍忍吧。"莉莉把一排挂着裙子的衣架往后推了推，拿开一柄旧阳伞，然后把罗伯特推进了衣柜里。她环顾房间，最后看了一眼。

"银鱼教授的名片！"她喊了一声，从床头桌上抓起一张卡片，然后也钻进了衣柜里，躲在罗伯特的旁边。她刚把衣柜门关好，铜绿夫人就带着章朗和梅俊走了进来。

"她人呢？"章朗先生左右看了看，房间的图像在他的镜面眼睛里一旋而过。

罗伯特越过莉莉的肩膀往柜门缝外看。衣柜里的灰尘让他眼睛流泪，鼻子发痒。他真的想打喷嚏了。

他一手捂住嘴，看到莉莉的监护人走到了敞开的门口。

"但是，怎么可能呢？"铜绿夫人心神不宁地答道，"我明明把她锁在了房里。"

章朗先生倚在手杖上，弯腰去看地上断掉的那几根发卡。"她肯定是用这个开的锁，"他说，"不过她肯定还没走远。我敢说，她还在这栋房子里。"他把断发卡都收拢到手里。"你知道我们今天要过来，铜绿夫人。我警告过你，不能让莉莉离开你的视线范围。"

"今天我一直在忙。"

"从完成的情况看来，还是不够忙。你去帮她打包一下行李，我们来搜剩下的部分，梅俊先生，跟我来。"两个男人沿着走廊大步走远了。

莉莉和罗伯特藏在衣柜里的衣服后面，一动不敢动。但是铜绿夫人打开了衣柜，突然的光亮和灰尘刺激到了罗伯特的鼻子，于是——

"啊啊啊啊啊啊啊嘘！"

"Mon Dieu（我的神啊）！"铜绿夫人尖叫一声，伸手来抓他们，"她在这儿。"

罗伯特不顾还难受得直淌泪的眼睛，拔出柜子后面的旧阳伞打中了那个女人，让她一下子摔倒在衣柜里。莉莉则趁机挣开，拽着包裹逃了出来。

"快！"莉莉喊道，两人跌跌撞撞奔出房间，反手把门关上。罗伯特转动门锁上的钥匙，把铜绿夫人锁在了里面。他们沿着走廊奔向主楼梯，但是章朗和梅俊正从楼下向他们飞扑而来。两人的镜面眼睛闪着光。莉莉把包裹紧紧抱在胸前，向反方向冲去。罗伯特慌忙跟上。

他们一直跑到这层楼的尽头，然后手忙脚乱地冲进另外一个暗门，穿过仆人专用的那道通往底层的狭窄楼梯。

此时大厅里空无一人。

他们轻手轻脚从之前进来的那扇窗户钻了出去，楼上传来几个人跑来跑去寻找暗门的声音。

两人跑过花园，莉莉时不时回头看有没有人追上来。

他们绕过草坪的边缘，在一大堆被白雪覆盖的堆肥后面蹲下身子，停了下来。莉莉屏住呼吸，换了一种方式抱着包裹。

"我们暂时还是安全的，"她说着拂开刘海，"我现在只能相信你了。你说的都是实话吧？"

罗伯特点点头。腐烂食物的味道让他直犯恶心，也有可能是刚才跑得太厉害了。"你可以相信我的。"他说。

"那就好。"她哼了一声又说,"其实我不想这样离开的,还有好多事情没来得及做。但是我已经不能回去了,至少不能现在回去,不能自投罗网。"

于是,他们沿着花园的斜坡继续往下走。走到一半时,他们突然发现了第三个人,那人正守在坡底光秃秃的玫瑰园里。

莉莉立刻转身,带着罗伯特沿着护栏旁边结冰的斜坡往下走,穿过苗圃满地长着尖刺的玫瑰桩,经过两棵大树。沿着车道走过去就是庄园的出口了。

"糟糕!"

那辆蒸汽马车被人横在车道上,正好挡住大门口。

莉莉抓住罗伯特的手,沿着围墙飞跑起来。莉莉找到一个从柱子上面掉下来摔破了的大花盆。她踩着花盆,先将包裹放到落满雪花的墙顶上,然后自己爬了上去。

罗伯特深吸一口气说:"我恐高,你还记得吗?"

"这才一两米高。"莉莉把包裹推了下去,看着它安全落进墙外的雪堆里后,自己也跟着跳了下去。

罗伯特哆哆嗦嗦地爬上了墙。冰冷的雪花浸湿了他的手套,也让他抓着墙缘往外翻的时候感觉更滑了。

"现在,松开手就好了。"莉莉说。罗伯特两腿悬空,踢了几下结霜的砖墙,终于松开手,让自己滚到了地上。他爬起来,把屁股上的雪拍打干净。

莉莉把包裹甩到肩上。"走吧。"她说完,踩着深深的雪向前跑去。

"呃，如果你是打算去村里，"他在后面喊她，"应该往西走。那边。"

他们悄悄穿过田野，朝着汤森钟表店奔去。天色渐暗，降下大雪，沾在他们身上的雪花渐渐浸湿了衣服。

罗伯特在前面引路，带着莉莉绕着村子的边缘从北边的小路进去，还要随时随地注意有没有追兵。

他总是忐忑不安，怀疑有人一直盯着他们的一举一动，那些人随时都可能从某个树篱后面跳出来抢走莉莉和她的包裹，而他甚至没有机会拦住他们。

直到他们终于穿过村庄中央的绿地，走过村里的小教堂，他才放松下来，露出了一丝微笑。"一切都会顺利的，小姐。"他试着让自己的语气听起来乐观一点。"再过一小会儿，就可以安全到达我家的店了。"他们走到桥路的顶头时，罗伯特看到前面熟悉的街道不禁松了一口气。他们终于成功地回来了，没有撞见任何人。但是等他们翻过坡顶，眼前的景象看起来却不那么乐观。

在大概只有四五米开外的地方，有个人靠在一辆停在路边的蒸汽马车上，他的脸被一把黑压压的大伞挡住了，体形像是头大猩猩。那是梅俊先生。而他身边，挂着一柄手杖的瘦削的身影，正是章朗先生。这两个人正凑在一起说着什么。

莉莉脸色刷白。她颤抖着抱紧手中的包裹。"他们在那儿。"她说。

罗伯特的心都提到了嗓子眼。

这时候，梅俊的雪茄熄了。他拿出一根火柴，转身划了一下，把火苗凑到雪茄上。火光一闪一闪地照亮了他胖乎乎的脸颊。章朗也看着他，镜面眼睛在阴影一般的脸庞上闪现出橘色的光。他等着说完刚才的话，两人都盯着那根雪茄，所以谁也没注意到街道另一端的罗伯特和莉莉。

"快，"罗伯特催促道，"这边走。"他抓住莉莉的手，扯着她钻进了旁边的小巷子里。

他们躲在一堵粉刷过的山墙后面。融化的雪水从积了一层雪的屋檐上滴下来，滴在罗伯特的帽子上。

莉莉丢下包裹，放在两脚之间的地上，抱紧自己的胳膊。"我想他们现在看不见我们了，"她说，"但是接下来该怎么办呢？"

"让我想一想，"罗伯特回答说，"我会想出办法来的。"他使劲想了半天，可是一无所获，黑暗中凑在火光边上的那两个男人在他脑海中挥之不去，让人充满了惧意。

"还有没有别的路能回到店里？"莉莉问道。

"如果顺着这条路走到头，"他说，"后面有一条小路可以绕过去，从那里，你可以穿过大门，从后院进去。"

"那就这么办吧。"莉莉说。

“不行的，不可能……我是说……肯定会被他们看见的。”罗伯特退后几步，朝着小巷的入口往回走。

“你这是要干什么？”莉莉问道。

他吸了一口气，指着街道的方向，“我从这边出去，吸引他们的注意力，那样你才能安全过去。等我甩掉他们俩，再回店里，把后门打开放你进来。”

莉莉点点头：“听起来不错，但是一定要小心呀。”

“你也小心。”他低声说道，尽量不让她听出他在害怕。

他又回到了桥路上，感觉自己胸腔里的心脏跳得很快，口干舌燥。他摘下帽子，塞进口袋里，回头看了一眼莉莉，她已经快走到小巷的另外一头了。罗伯特做出悠闲的样子，朝那两个人走去，专心听着脚下的积雪咔嚓作响，尽量装得不动声色。

等他确定那两个人已经看见他了，才假装后知后觉地大吃一惊，转身就走。如他所料，那两个人立刻跟着追了上来。

梅俊抓住罗伯特的肩膀，把他的身体扳过来。“汤森先生，真高兴又撞见你了，我正在跟我同事章朗先生说起你那天给我们瞎指路的事情呢。”

罗伯特耸耸肩膀。“我不知道你什么意思。”

“噢，我觉得你清楚得很呢。”梅俊皱起眉头，朝他逼近。他的镜面眼睛映出罗伯特放大失真的脸。“我跟你说啊，小子。章朗先生和我是忙大事的人，那天本来是在找一个走失的小东西，结果被你瞎指路的小把戏给耽误了。”

“另外，之前我们在庄园那边看见的也是你吧？”章朗先生补充说，"你当时戴着一顶帽子。"

罗伯特摇摇头。"庄园？什么庄园？再说，你们这样的大人物找一个离家出走的小姑娘干什么啊？"

章朗先生立刻抓住重点。"他刚刚可没提到我们在找一个小姑娘。"

罗伯特不由一哽。"呃，你同事刚才说的啊。"

"我觉得并没有。"章朗先生说道。不过他也不确定，所以他转身问他的络腮胡同伴："梅俊先生，你刚刚提了小姑娘吗？"

梅俊先生抓抓脑袋："我说的是小东西。"

"噢，"罗伯特说，"我肯定是听岔了。"他从眼角余光看见爸爸正站在店里的窗户前看着这边，同时他也瞥见远处的莉莉提着包裹飞快穿过街道，钻进了店旁的小巷。他悄悄松了一口气。

"你在看什么？"章朗先生出其不意地问道。

"我爸爸。"罗伯特说，"他在看着我们这边，现在你最好松开我的胳膊。"

梅俊先生终于松开了铁钳一般的手，假惺惺地掸了掸罗伯特衣服上的灰。

"记着，小子，我们会一直看着你的。"章朗先生拿一根手指头敲了敲眼窝里的金属片。"我们四只眼睛都看着你噢。"他举起手杖把手戳了戳同伴的肩膀，然后两个人一起回到了蒸汽马车上。引擎低吼起来，烟囱里突突突突喷出几股蒸汽。

他们没有立刻开走。罗伯特怀疑他们是不是还在茶色风挡玻璃后面悄悄观察着他。他努力忽视内心涌起的恐慌之情，按捺住拔腿就跑的冲动，平静地走回了店里。

他拉开店门。爸爸站在窗边，手里一直搓着眼镜的细镜框。"你去哪儿了，罗伯特？"他问道，"你出去了好几个小时。"

"我随便转了转。"罗伯特说。他心神不宁地看向窗外，那辆蒸汽马车已经驶离了街道，只留下雪地里细细的车辙。他从里面用钥匙反锁了店门。

"那两个是什么人？"撒迪厄斯问道，"那个大个子还进来问了一圈。"

"别管他们了。"罗伯特说，"后门外面那位才是我想郑重介绍的人。"

"你到底把谁带回来了？"撒迪厄斯追问道。

罗伯特带着爸爸穿过帘布，来到走廊的尽头。他拉开后门的门闩，推开了门。

莉莉紧张地等在外面的台阶上，颤抖的双臂紧紧抱着她的包裹，红头发上落满了正在融化的雪花。

"这位，"罗伯特说，"是莉莉·哈特曼小姐。她需要我们的帮助。"

第十二章

罗伯特给莉莉找来一条热乎乎的羊毛浴巾，让她擦干头发。等她收拾得差不多了，撒迪厄斯招呼她进了工作室。

工作室里灯光昏暗，屋顶上的采光窗被霜花冻住了。她环顾四壁，只见墙上挂着黄铜制的各种工具和钟表。角落里一个铺着毯子的盒子里有什么东西动了一下，莉莉听见一声轻轻的嘀嗒声。那东西竖起了耳朵，露出一张狐狸脸来。

"莉莉！"芒金立刻跳了起来，一跛一跛地走向她。

莉莉看见芒金还活着，真是太高兴了。她丢下包裹，跪到地上抱住小狐狸的脖子，搂得紧紧的。"芒金！真的是你。那个空难的报道太吓人了，我还以为你们都死了。"莉莉不住地抚摸着芒金斑驳的皮毛，小狐狸高兴得尾巴甩来甩去。能再见到他真是太好了。如果他能得救，爸爸肯定也能的，不是吗？

她几乎不敢开口问，但是她必须知道真相。"那天晚上到底发生了什么，芒金？"她轻声问道。

芒金的耳朵耷拉下来，把她的手轻轻抖落，局促不安地低下了头。"这么说，约翰还没回来？"他问道，"我还以为他或许可以逃得掉的。当时有辆银色飞艇用飞叉攻击了蜻蜓号，想要强行登船，但是我以为他们……我以为约翰最后逃出来了。"他停下来，黑色的前爪捂住了脸。

莉莉痛不欲生。所以大家说的都是真的了，爸爸可能已经死了，幸存的希望也微乎其微了。

芒金显然感到了她的痛苦，他抬起头来对莉莉笑了笑："以全世界的齿轮发誓，莉莉，见到你真是太好了！我要不是腿受了伤，肯定高兴得一蹦三尺高。"

"是那两个银色眼睛的人吗？"莉莉问道，虽然她心里早有预感，"章朗和梅俊？"

机械狐狸发出一声咆哮。"现在我可知道他们的名字了。那几个丁零当啷的浑蛋从坠机的地方一直追着我跑，他们肯定是惦记着约翰的什么东西，我敢保证。他们大概以为我知道那东西在哪儿。实际上，我什么也不知道。"

莉莉叹了口气。她的目光移到了地板上的包裹上，这一切都是因为这个匣子里藏的发明吗？那些人因为这个才袭击了芒金和爸爸？如果真是这样，她该怎么做才能制止那些人呢？她不够强壮，也还不够聪明，她甚至还没找到匣子的钥匙。

"他们找到我们家里去了，"她告诉芒金说，"从我搭飞艇回来的路上，章朗就跟上我了，然后他们把锈夫人和其他所有机械人都弄走了。铜绿夫人居然和他们是一伙的。但是我猜他们想找的东西其实在这儿，在爸爸的这个旧匣子里面。你有它的钥匙吗？”

芒金嗅了嗅毯子里的匣子，用鼻子拱了拱。“我恐怕没有。”他说，“但是说不定你能在约翰的信里找到些线索。”

莉莉抬起头来：“信？”

“是啊。难道这位瘦胳膊瘦腿的幼崽还没有告诉你吗？”芒金对着罗伯特龇了龇牙，凶巴巴地哼了一声。“你爸爸给你留了一封信。在我这儿，在这个小口袋里。”

“噢。”莉莉应了一声，然后就不知道该说什么了。这封信似乎有一种终结的意味。不管信上具体写了什么，总之很有可能就是爸爸对她最后的道别。她吸了吸鼻子，擦了擦脸。然后，她鼓起勇气，伸出手摸了摸芒金的下颏，解开了他脖子上的那个小口袋。

袋子的皮质摸起来柔软细腻，但是当她展平口袋上的皱褶时，她震惊地发现袋子中间有个小洞，而且两面都被刺穿了。

芒金的黑眼睛也一下子瞪圆了。“我的曲轴啊！”他说，“肯定是那颗打中我的子弹留下的。”

莉莉手指颤抖着解开上面的系绳，抽出一个信封。

信封正中是爸爸的笔迹，写着她的名字。她看到子弹只是打穿了信封一角，不禁松了一口气。也许信纸完好无损？

她翻过来，看到信舌上爸爸专属的潦草图案，封口完好无损。

莉莉打开了信封，里面只有一页信纸，但是展平一看，情况并不乐观——子弹在折好的信纸上打了一个洞，正好灼穿了信纸的正中央。她凑近仔细看了半晌，字句大都支离破碎，看不清写了什么。

"上面写了什么？"芒金的耳朵向前点了点。他期待地等在一旁。

"是啊，上面说什么了？"罗伯特也问道。

莉莉看看他们俩，又看了看罗伯特的爸爸。撒迪厄斯站在走廊里，满眼怜惜地看着他们。

她深吸一口气，把爸爸写的话大声念出来。她围着那个大窟窿尽量辨认着。

读完信，莉莉脑中又依稀记起了许多黑暗中的场景。那场车祸，她受的伤，妈妈去世，原来这些都是有人蓄意设计的，是有预谋的袭击。

章朗和梅俊，或者他们的同伙，谋杀了妈妈，就因为他们想要得到爸爸的发明。所以爸爸才改了名字，把家搬到乡下，而且对过去绝口不提——不是因为他想要忘记那些可怕的过去，而是为了躲开这些危险。

但是，如果爸爸的对手可以策划一场谋杀，那他们几乎可以为所欲为了。他们已经让爸爸消失了，现在又盯上了她。他们比她能想象的一切危险都更可怕。

恐惧让莉莉一阵眩晕。她深吸一口气，再抬起头来的时候，

我亲爱的莉莉，

你能活下去比什么都更重要，我这么说，不仅仅是因为我即将告诉你的那些事，更因为你是我最心爱的唯一的孩子，是我的生命之心。其实，我很早以前就想把这些秘密都告诉你的。

蜻蜓号是　　　　　　　　　　我过去准备
赶上　　　　　　　　　　　　出生。银鱼
教授　　　　　　　　　　　　永动机。
当时的计划　　　　　　　　　齿轮给他们换
心脏　　　　　　　　　　　　西藏了起来
但是坏人　　　　　　　　　　害死了你妈妈
还伤害了你　　　　　　　　　天我不得不
用了那个　　　　　　　　　　后来我们
有了新家。　　　　　　　　　把这个
告诉你。都是因为　　　　　　银鱼。你的
教父——他曾是我的朋友　　　相信他。

找个安全地方生活，我亲爱的，永远不要让别人知道这些真相，不然你会有生命危险。

爱你的爸爸

撒迪厄斯父子俩正关切地看着她。她又看了一眼信件，三个特别的字跃入眼帘：

"永动机。这到底是什么？"她说着看了看他们俩，指望谁能帮她解释一下。

"这是一种不需要外部能源的设备。"撒迪厄斯说，"靠自身的摆动势能就可以永远运行下去。但是，据我所知，这种东西只是一个设想而已，从来没有人真的做出过永动机。"他低头看了看包裹里的匣子。"如果这里面真的是永动机，那它肯定是个袖珍型的，而且很可能是世界上最昂贵的东西。"

"昂贵到有人觉得相比之下我妈妈的性命不值一提。"莉莉说道，胸中痛意难当。"应该就是这个。车祸那天晚上我爸爸就带着这个匣子。我记得很清楚，后来又在梦里想起了它。"

她望着他们的脸，满是恐惧。

"他总是告诉我，那是个意外。"她低声说道，"但是显然不是，而现在他们又想下手了。"她放下信纸，盯着芒金。

"原原本本告诉我那天在飞艇上到底发生了什么。"她说，"我需要知道真相，而不是铜绿夫人告诉我的那些谎话。"

芒金不放心地看了看罗伯特父子俩。"我不知道应不应该当着他们两个人的面说。"

"我们？我们可是你的救命恩人哪！"罗伯特脱口而出。

撒迪厄斯摁住了他。"需要我们回避一下吗，哈特曼小姐？"

"不用，没事的。"

"这可不是个愉快的故事。"狐狸说道，"实际上，会相当恐怖。"

莉莉深深吸气。"不管是什么，说吧。"她说，"我必须知道真相。"

"好吧，"芒金说，"不过我觉得你知道了也没用。"他坐起身来，用力摇着头，连带着身体里的零件也咔拉咔拉作响。就好像他在开口之前，想要把脑子里的东西整理清楚似的。

"我们，约翰和我，当时正在往欧蕨桥飞，"芒金吸吸鼻子，"那一趟是想悄悄出去买点机械零件。回程的路上，我们被一艘带飞叉的银色飞艇袭击了。我记得我当时扑在窗口上看到了它，那艘飞艇上满是尖刺，就像有武装的——"

"我见过那艘飞艇，"罗伯特打断说，"你来的那天晚上，它从村子上空飞过。"

芒金眼锋一扫。莉莉知道这表明他不想有人插嘴。"然后呢？"她赶紧追问道。

"显然，"狐狸继续说，"蜻蜓号是肯定拼不过这种武装艇的。它毕竟不是一艘战船。我们唯一的选择就是尽量跑快点，甩开他们。可惜我们没能成功逃脱。约翰在最后关头把我塞进了逃生舱，自己留在了飞艇上。我争辩说应该换我留下，但是他坚持想试试看能不能让蜻蜓号平安着陆。他释放了救生舱，我落下去的时候看见那艘飞艇把蜻蜓号拖过去了，似乎试图强行登船。

"在一阵噼噼啪啪的爆炸声中，救生艇落地了。我们在地上弹来弹去，又滴溜溜地转了许久，我在里面就像是罐头里的一块石子一样，被疯狂地甩来甩去，转得我感觉身体里所有的齿轮都快碎了。最后终于咯噔一下，停住了。

"舱门砰地一下向内弹开。我当时感觉脑子里的陀螺仪还在滴溜溜地转，只能朝着门爬了出去。我先是非常谨慎地往门外看了看，才出了舱门。

"逃生舱着陆时在结霜的田野上划出了一条深沟，还一路碾断了许多树枝。这时候，我听见有金属相撞的尖锐声响，抬头一看，两艘飞艇紧紧锁在一起。

"但是突然之间，蜻蜓号被松开了，它飘走了，尾翼乱转，踉踉跄跄。

"当它大概飞离了三个艇身位那么远的时候，银色飞艇开火了。我亲眼看见蜻蜓号被炸成了一团火光。看见它烧着的碎片坠下来的时候，我的心脏齿轮都快蹦出来了。

"他们到底有没有把约翰抓走，我也说不好。但是无论后来发生了什么，照当时的情况看，都不太乐观。而按照信里所说的当时你妈妈的事故真相……"芒金突然停了下来，抽动着鼻子咳了一声。

"我当时发条余量有限，不能在现场逗留太久。我弹出的时候就知道，他们肯定会派地面人员来追捕我的。

"我很快离开了逃生舱，一头冲进了雾蒙蒙的夜色里。我一直往前跑，想着必须先找到你。"芒金抖了抖，"但是好像这趟任务不太成功。一方面我并没有什么好主意能帮上忙，而且，莉莉，我这样反而把敌人引到了你身边，让你的处境更危险了。"他惭愧地低下了头。

莉莉伸出手去，摸了摸小狐狸的下颏。她再次感到爸爸的存在是多么重要。要是他在这里，肯定知道接下来该怎么办。"章朗和梅俊最后总会找到我的。"她说，"铜绿夫人其实和他们是一伙的，她把我们的真名和住址都告诉他们了。"

"那个齿轮转得咔咔响的女人！"芒金怒吼一声，"我就知道她肯定是个坏家伙！"

莉莉把信放进自己口袋，绝望地看着地上的包裹。"我们可能已经知道了妈妈身故的真相，但是我们还是不清楚爸爸现在到底怎么样了，也不知道这个机器到底是怎么回事。"她说，"而且，现在的情况比之前更糟糕了。我既不能回家，因为那几个坏人和铜绿夫人都在那儿守着呢；我也不能留在这儿，因为他们已经开始怀疑罗伯特了。我现在到底该怎么办呢？"

"我们会想出办法来的。"罗伯特说。

撒迪厄斯轻轻拍拍她的肩膀。"想办法的同时，"他说，"也许可以来点烤面包片，喝杯茶？"

厨房很小，就在钟表店的楼上，其实就是屋檐底下一方小小的空间。莉莉看到撒迪厄斯在角落的水槽那儿给铜水壶灌水，罗伯特在烧得焦黑的大灶前划着了火，把炉子生了起来。

"汤森先生，需要我帮忙吗？"她问道。

钟表师摇摇头。"不用了，小姐。另外，请叫我撒迪厄斯吧。你就放松一会儿吧，这几天你可不好过。"他把水壶递给了罗伯特，拿去炉子上烧水。

莉莉心头一松，坐到厨房的桌前。芒金从刚才起就一直很紧张，这会儿趴在她的椅子下面，靠在她的脚边，竖起一只尖尖发黑的耳朵听着他们说话。

"把泡茶的东西准备一下，罗伯特。"撒迪厄斯说。罗伯特从柜子里拿来三个大茶杯，又端了面包和奶酪过来，把这些东西乱七八糟地堆在桌上。

撒迪厄斯在莉莉对面坐下，拿出烟草开始装烟斗。

"我能看看你爸爸的那只匣子吗？"他说着，点燃烟斗吸了几口。

莉莉揭开毯子，把匣子放在他面前的桌上。

撒迪厄斯把鼻子上的眼镜向上推了推，拿起匣子，在手上转了一圈。"这东西做得真精细。"他说，"没有钥匙就打不开。连合页都是做在内侧的。"

撒迪厄斯研究锁的时候，莉莉看到了匣子的背面——他说得对，她之前都没注意到，外面确实没有合页。

"那几个人觉得这里面放的是一台永动机？"撒迪厄斯问道，"钥匙在他们手里吗？"

"我也不知道。"莉莉感觉胃里咕噜噜响了一声。她伸手拿了些面包和奶酪。"可能，"她说，"他们觉得芒金或者我知道钥匙在哪儿，或者知道打开的方法。"

"等暴风雪停了，"撒迪厄斯说，"我们应该带着这个去找警察。"

莉莉忙着吃东西，来不及回答，但是罗伯特替她说了。

"那几个人说他们就是警察，爸爸。秘密警察。"

"他们当然会这么说了。"撒迪厄斯点点头，"但是，可不可信呢？"

"看起来不太像真的，"莉莉说，嘴里还塞着一大口面包，"但是，如果是假的，他们又怎么能调用这么多资源呢？"

"唔，"撒迪厄斯放下手里的匣子。"这件事确实很微妙。"他喷出几口烟。烟斗熄了，他又划了一根火柴。"也许……"

他伸手在裤袋里找了找，拿出一个挂满不同型号钥匙的钥匙串。莉莉咽下一大口面包，屏住呼吸，看着他挑出几只钥匙挨个插进去试。

他摇摇头："不行，这些都不行。你的小刀在哪儿，罗伯特？"

罗伯特递给他。撒迪厄斯从折叠层里找出一枚结实的小螺丝起子。他试着从盒盖边缘插进去，但是也没成功。"简直是密不透风啊。"他嘀咕道。

"我们可以把它砸开。"罗伯特建议道。

"但是那样也可能会把里面的东西砸坏。"撒迪厄斯说。

三个人都凑近去研究那个匣盖。水壶突然发出哨音的时候，莉莉吓得几乎跳起来。

罗伯特把水壶拎下炉子，给每个杯子都倒上茶，加了糖和奶，再一一递给大家。撒迪厄斯有点不安地将杯子移到一边：
"那封信能给我看看吗？"他说着把小刀还给了罗伯特。

莉莉从口袋里拿出了信，递给了他。他读信的时候，时不
时抬起头，皱着眉看向那只匣子。他看完之后，重新叠好了信，
放回信封里。"约翰提到的这个人，叫银鱼教授？"他问道，
"他是谁？"

"他是我的教父。"莉莉说，"我小时候，他经常来家里找爸
爸。他们一起开了一家工厂，做机械人的，但是他们后来好像
有些冲突，然后爸爸把自己的股份都卖掉了。"

"原来如此。"撒迪厄斯点点头。"我记得约翰跟我提到过
一些，他们应该是在应该做哪一类机械这件事上有些分歧。你
爸爸想要制造有感情的机械，而银鱼教授只想做待机时间更长
的机械。他们的生意做得似乎挺好的，但是在你妈妈去世之后，
银鱼教授离开了英国，原因我不太清楚。"

"是因为他的心脏问题。"莉莉啜了一口奶茶，双手捧住热
乎乎的瓷杯子获取热量。"他听说爸爸失踪的事情，就来庄园看
我。我想他是想来表示歉意的，想修复两家的关系。"她举起杯
子，喝光了最后几口甜丝丝的奶茶。

"如果他对你爸爸够熟悉，"罗伯特说，"他对怎么打开这个
可能会有一些办法。"他向匣子的方向示意了一下。

"有道理，"撒迪厄斯说，"甚至有可能是他们一起做的这个
匣子。"

"也说不定可以帮我们找到爸爸。"莉莉加了一句。她还是

想要相信爸爸还活着。"也许有人把他抓起来关在什么地方了。"

"或许吧。"撒迪厄斯的语气听起来不太相信。

"如果你知道这位银鱼教授的大概住址，我们也许可以去找他问问。"莉莉椅子下面的芒金也嘟囔了两句。

"我确实知道他的住址！"莉莉喊道。她拿出银鱼教授的名片，放到桌上。"他给我的，而且他当时说过，如果我以后遇到困难，可以去找他帮忙。"

撒迪厄斯拿起卡片，吹了一声口哨。"切尔西区河滨步道，这可是伦敦的高级地段。他肯定是个有钱的大人物。"他靠回了椅背上。"我们应该立刻去见他。"

"我们？"莉莉问道。

"对，罗伯特和我会一起护送你过去。"

"太谢谢了，但是我不能让你们冒这么大的险。"

"你一个人怎么行？这些章朗什么的，显然都是些危险分子。我们会一直陪着你，直到你安全抵达目的地。明天早上，我们第一件事就是关店，带你坐火车去找这个人。"

"我们不能坐飞艇去吗？"罗伯特问道。

撒迪厄斯摇摇头。"他们肯定会在空港守着的。而且，飞艇票太贵了。火车更合适，而且火车乘客多得多，比较容易混进人群里。"撒迪厄斯对两个孩子笑了笑。"你现在就帮哈特曼小姐找些你的旧衣服，给她明天穿。如果她能伪装一下，那我们的旅行会更安全。而且，她只穿这身裙子出门会冻死的。"

罗伯特叹口气站起来，走了出去。莉莉听见他打开了一扇门进去了。过了一会儿，罗伯特回到了厨房里，手里拿着一件打补丁的外套，一条灯芯绒长裤和一顶灰色毡帽。

"这几件你应该能穿的。这是我去年的衣服，后来我长高了就没穿了。用来伪装倒是正好。"

"谢谢你。"莉莉把名片和信都放进这件外套的口袋里，披在身上试了一下。外套暖和舒适，有一股淡淡的樟脑丸的味道，也带着罗伯特的味道。

"看起来还可以。"撒迪厄斯说。就连芒金也从座位底下伸长脖子看了过来。

"这里有镜子吗？"莉莉问道。

"在那边墙上。"罗伯特往她身后指了指。

她站起来，对着镜子打量自己的样子。袖子长得快盖住手指尖了，外套的肩膀垮垮的，大了点，她撑不起来。不过她倒还挺喜欢这副打扮的。她把袖口顺着手腕往上翻折起来，露出里面被虫蛀过的丝质衬里。然后，她用手抓了抓头发，都乱七八糟压成一团了。"头发真是一团糟。"她说。

"戴个帽子就好啦。"罗伯特对她说。

她把帽子扣在头上，拉低帽檐盖住眼睛。"你觉得怎么样，芒金？"她问狐狸。

狐狸歪着脑袋，眯起眼睛，仔细打量了一番。"你看起来像个小混混。"

"我还挺喜欢的。"她凑近又看了看自己的样子，笑起来。章鱼怪或者铜绿夫人要是看见她现在这副样子，该吓得魂不附体了。她突然感觉心里好过一些了。多亏芒金送来了爸爸的这封信，让她大致明白了现在的处境。也要谢谢罗伯特和他爸爸，给她这身用来伪装的衣服，还帮她做了下一步的计划。也许，有他们一起，这个谜团终将解开，而且说不定最后还能找到爸爸。

"真有意思。"她看着镜子里的自己说，"我总是觉得我的内心住着个假小子。这一打扮，我就是个名副其实的小子了，你们觉得呢？"

"没错。"芒金打了个大大的哈欠。

撒迪厄斯看看手表。"天哪！看看都几点了，我们得快去睡觉，不然明天赶不上头班火车。"

他话一出口，莉莉也意识到自己已经困得不行了。她看向罗伯特，他的眼睛也快睁不开了。

"我们给你在墙角支一张床。"撒迪厄斯说，"就在炉子旁边，屋子里最暖和的地方。"

他和罗伯特又出去了一趟，不一会儿拿着一条毯子回来了。给她搭好了床铺之后，他们就回自己房间去了。

莉莉躺下来，感觉这张床还挺柔软的。她把毯子拉上来盖好，又把靠垫拍拍松。一开始她怎么也睡不着，止不住地流泪使她眼睛刺痛，刚刚得知的那些可怕的消息也在脑中徘徊不去。

章朗和梅俊都是她要小心的危险分子，今时处境之险恶，绝非前日所能预料。不过，至少她现在找到了帮手。

她摸着胸口的伤疤，想起了妈妈。妈妈那么早就离开了她，原来妈妈是因为永动机的秘密被人谋杀的，而这个秘密就在上锁的匣子里。还有爸爸，他一直想要瞒着她，可是现在他也失踪了。她太想爸爸了，那种刺骨的思念，简直就像往她心口上又划了一道深深的口子一样。但是，她心里还有一丝微弱的希望，也许爸爸还活着，没准被关在某个地方了。如果她能想办法打开那个匣子，她一定能找到新的线索，找到爸爸。

芒金走过来，他粗粝的舌头舔了舔她的脸，在她腿上趴下。听着他小小的机械心脏嘀嗒嘀嗒运作的声音，莉莉慢慢沉入了梦乡。

第十三章

罗伯特被推醒了。他坐起来，晕晕乎乎地挠了挠头。莉莉站在他床边，将手里的帽子绞来绞去。她穿着昨天罗伯特给的那身衣服，脸色看起来很着急。

"几点了？"他打着哈欠问道。

"一点。"莉莉抬手揉了揉脸，"你得来看看，那些人就在店门外面。"

"真的假的？"

"绝对没错。就在街上，打头的那个就是章朗，梅俊也来了，躲在暗处。我看得很清楚。"

"我去看看。"他跳下床，在窗帘中间拨出一条小缝。

窗格上的雪花正在渐渐融化。街面汽油街灯下站着的果然是厚颜无耻的章朗先生，他的镜面眼睛在灯下像水银一样闪着光。他抬起骷髅头手杖，做了个手势，接着阴影处钻出两个人来：那是梅俊和另外一个人，也是看起来就很难对付的类型。

罗伯特从窗边退开，两人同时看了看店里。

"他们发现你了吗？"莉莉问道。

"应该没有。他们又带了一个人过来——也是个大个子。看起来有点像之前追捕芒金的那伙人中的一个。"

莉莉抠着帽子的内衬。"我知道他们肯定会来找我的。"

罗伯特伸手去拿蜡烛，莉莉赶紧扑过去。

"别点蜡烛——会被看到的。"她的声音紧张得都快变调了。

"也说不定可以把他们吓走。"罗伯特说，"他们进不来的。谁也打不开爸爸的锁，我们在屋里很安全。"

莉莉的眼睛飞快地环顾四周。"我对此表示怀疑。不过，我不能再留在这里，他们已经盯上这里了。你得帮我逃出去。"

"怎么逃？"

"我也不知道，"她皱起眉头，"我们能去问问你爸爸吗？"

"我去叫醒他。"罗伯特草草地把睡衣扎进长裤里，又穿上鞋，套上一件厚外套。

莉莉匆匆走进过道。"我先去给芒金上发条。"

两分钟后，大家在楼梯下碰面了。莉莉夹着她的小包裹，芒金跟在她脚边，双耳竖起，不放过周围任何风吹草动。

撒迪厄斯先开了口："罗伯特刚刚都告诉我了。"

莉莉对他笑了笑，但是看起来似乎很紧张。"我不敢再待下去了，先生，说起来我还没有正式谢过你和罗伯特为我和芒金所做的这一切。"

"不算什么，哈特曼小姐。"撒迪厄斯说，"但是，这么说吧，我们都觉得你不能走，至少现在不能走。太不安全了。"

芒金表示赞同。"你应该听听他们的意见，莉莉——"

"不，"莉莉摇头说，"我们已经给你们带来太多危险了。"

罗伯特插嘴说道："我们希望你待在这儿，莉莉……我是说，我希望你留下。你可以躲到明天。爸爸知道一个地方——"

"我们现在就得走。"莉莉说。

"那就这么办吧。"撒迪厄斯对她说，"但是，如果这样的话，我们也跟你一起走。你需要人保护。"他转而对儿子说："如果要悄悄出去，后门那边应该最有希望。罗伯特，你去院子里看看。"

罗伯特轻手轻脚穿过走廊，从结霜的窗格往外看去，白茫茫的地面上一个脚印也没有。"看起来没人。"他汇报说。

撒迪厄斯翻检着手里的钥匙串。"哈特曼小姐，你需要穿件厚点的外套吗？"他问道。

"没时间了。"她说。

"拿上这个吧。"他伸手从墙上的挂钩上取下一件羊毛长外套，帮莉莉穿上，又把扣错的纽扣重新扣了一遍。"不好意思，好像有点太大了，不过会让你路上暖和点。"

"谢谢您。"她说。

撒迪厄斯对儿子招招手："罗伯特，过来，我们要从收银机里拿点钱出来。"

三人一狐透过帘布，往店里看去。

店里一片漆黑，街道空空荡荡，但总体上让人感觉有些地方不太对劲。罗伯特好一会儿才意识到到底是什么问题。这时他爸爸替他说了出来："真怪，所有的钟都停了。"

"你们肯定是忘记上发条了。"芒金说道。

"这是个坏兆头。"罗伯特低声说，"钟停表停，死神临近。"

"呸呸呸，别胡说。"撒迪厄斯穿过帘布走进店里，打开收银机，抓出一把硬币数了数。

突然间，他背后的窗户上映出两个裹着长大衣的身影。是章朗和梅俊——他们的眼睛在月光下反着光。

"爸爸！"罗伯特低声提醒道。

撒迪厄斯抬头一看，正好看见章朗举起手杖用那个银色的骷髅头手柄砸碎了玻璃。无数玻璃碎片如水泻地，飞溅得店内到处都是。

梅俊越过他的同伴，伸出他肉墩墩的大掌，从砸碎的洞里反手打开了门锁。

"快！"撒迪厄斯喊道，"从后面出去，我尽量拖住他们。"

罗伯特催促莉莉和芒金沿走廊一路飞奔了出去，但是他们在后门前停了下来——外面埋伏着一个影子，他们透过玻璃看见了对方——是那第三个人。他正咔拉咔拉扭着门把手。

走廊的另一头，章朗和梅俊推开撒迪厄斯，向他们冲来。

"去工作室！"罗伯特喊道。他刚把莉莉和芒金推进门里上了锁，那两条大汉就扑了上来。

门被雨点般的拳打脚踢震得直晃。

"他们会把门踢破的！"罗伯特喊道。这时他突然意识到……"爸爸还在外头！"

"噢！不！但是他们是来抓我的。他应该会没事吧？"莉莉在房里四下张望，想找个能挡门的东西。她发现了一个带镜门的旧柜子："快帮我搬一下。"

他们费力地挤进柜子和墙面之间的缝隙，用力推动这个死沉的大家伙，将它一点一点地挪到了门边。

莉莉转到柜子正面："现在，往门那边用力推。"

他们用柜子紧紧抵住了门，上面的镜子突然剧烈抖动起来。

砰！

"你们在里面干什么？"

砰！

"搬家吗？"

砰！

"别以为这样就能拦住我们了，哈特曼小姐，不可能的。"

砰砰砰的声音变成了咣咣咣的巨响。门框遭到狂风暴雨般的暴力袭击，那几个人正在用某种钝器砸门。

门上的裂缝里灯光一闪，门外响起了撒迪厄斯的声音："我警告您，先生，如果您和您的助手们不——"

"你闭嘴！"章朗先生骂道。

"爸爸！"罗伯特喊道，但是撒迪厄斯没听到。

巨大的爆裂声，像是一声枪响，在走廊里炸开。可怕的回声来回震荡，有什么东西砰然倒地。一瞬间，外面的灯光熄灭了，门缝里飘过来一缕烟。

莉莉好像被掐住了脖子一样倒吸一口凉气，芒金也吓得发出一声惊呼。

罗伯特瞪着那扇门。一线鲜血从门下蜿蜒流入。

"罗伯特！"撒迪厄斯嘶声喊道，声音里充满濒死的颤抖。"你在里面吗？我的天，儿子，快走——"

门把手咔嗒咔嗒地响着。

章朗先生又开口了。"我看恐怕走不了，孩子。你爸爸不幸出事了，很严重呢，如果你打开门，我们也许可以帮帮他。"

罗伯特大口喘着气。

"小子，你听到没？"章朗先生喊道，"回答我。"

"你们对他做了什么？"

"出来看看呗。我数三下。一……"

罗伯特的脸上热泪汹涌。

"二……"

事情怎么会变成这样？他不应该把爸爸留在外头独自面对那些浑蛋。罗伯特绝望地想把柜子拖开，莉莉在后面慌忙拉开各个抽屉，寻找能用的武器。

"三……"

莉莉找到一把钢锯和一柄螺丝刀，别在自己的腰带上。她也递了几样给罗伯特，但是他推开了不肯接。他只觉得头晕目眩，恶心难受。简直难以想象，那些人居然可以这么丧心病狂。

"时间到。"章朗先生说道，"那就不用谈判了。如果你们不自己出来，我们只好把你们熏出来。"

门下嘶嘶一响，一道红光闪过。

火！

用不了一分钟，这个柜子就会烧着，然后这个房间也会被火吞没。

芒金急得打转，对着莉莉和罗伯特直叫唤。他跳到工作台上，用鼻子指着唯一的出口。

"天窗！"莉莉揪住芒金的后脖子，也爬上了工作台。

罗伯特站在那儿动弹不得，盯着镜子里那个茫然的男孩。镜子外圈的装饰板已经在火焰的热力下开始起泡。

他身后，莉莉用力推着天窗。但是天窗年久失修，怎么也推不开。

外面走廊上，噼噼啪啪的火焰变成了一片火海。在一片混乱中，他听见那几个人在互相埋怨。

"这下失控了……"

"蠢货，一发不可收拾了。"

后门咣当响了一声，他们离开了。火焰烧穿了木头门框，火舌舔入了室内，一阵热浪袭来，温度陡然升高。

浓烟已经卷到罗伯特的脚边，他回头又看了一眼镜中的自己，镜子中的自己站得那么远，像是站在走廊里似的。

他本来应该留在走廊里的。应该是他留下，而不是爸爸。

"上来帮我一下吧，好吗？"莉莉用螺丝刀对着天窗一通猛凿。

油漆在热浪里开始软化了。她不断用力拍打着窗框，天窗终于开了一条缝，露出一丝夜色。

她把螺丝刀插进缝里使劲撬，窗户开得大了一点。

罗伯特看见她把包裹推了出去，又把嗷嗷叫的芒金也推了出去。他以为接着就是她自己要爬上去了，但是她没有。

她凑到窗户的开口，深吸了一口新鲜空气，然后跳下工作台，一手抓住了他的肩膀。

"罗伯特，求你了。"她的声音紧张却又严厉，"你爸爸的事情，我也很难过。但是，你现在必须跟我们一起走了。"

罗伯特的眼神终于恢复了清明，他感觉胸口好痛。他的心肝肺里仿佛充满了熊熊烈火，还有震惊和悲痛。

"为什么？"他终于开口问道。

莉莉擦了一把脸上的黑灰和泪水。"因为他要你跟我走。他说了，让你快走。"

浓烟飘荡在他们两人之间，模糊了罗伯特的视线，让他的视线一时失去了焦点。他摸索着扣上外套的扣子，最后看了一眼即将被火完全吞没的工作室。莉莉一直站在那儿等着他。"我这就走。"他哽咽着说。每个字都刺得他喉咙生疼。

她点点头。他们一起爬上了工作台。

现在浓烟已经冒上了屋顶，他们连被熏黑的天花板都看不清了。浓浓的烟雾淹没了整个房间。

"天窗在哪儿？"莉莉惊慌地问道。

罗伯特摇摇头，眼前满是呛人的烟雾，连他也找不到天窗的位置了。

这时，从上方探出一只小小的红鼻子，对着他们耸了耸。

"感谢上帝！芒金，你可帮大忙了。"莉莉把天窗又推开了一点。

"你先上。"她说着，把罗伯特推进了上方的夜色之中。

屋顶的瓦片热气蒸腾，融化的雪水沿着一条条排水槽直淌下来，他们的鞋子几乎都泡在了水里。芒金轻声呜噜了几声，莉莉大口大口地喘着气。他们走在两三米高的屋顶斜坡的下方，屋顶的另外一侧是一排连在一起的屋子。

罗伯特弯下腰去，咳出一团团黑色的黏液。湿漉漉的雪花落在他头上，顺着头发滴了下来，一股股地沿着他的脸颊往下淌水。

爸爸不在了。他感觉整个心都空了，只剩下这具麻木的外壳。就好像有人用勺子挖空了他的内部。他抓起一团雪泥，粗暴地在脸上搓了搓。

"我们得继续走。"莉莉说着，提起了她的包裹。

她开始往上爬，芒金跟在后面。莉莉爬上屋顶，扶住上面的烟囱柱，回头看向罗伯特。

罗伯特抬起袖子擦了擦脸，擦去残余的雪和眼泪。

他别无选择，只能跟上。他也跟着爬了上去，麻木的手指摸索着能着手的地方，破碎而冰冷的瓦片间或飘起一缕热气。他的皮鞋有点打滑，只能手上用力，奋力向上爬去。快爬到烟囱附近的时候，莉莉抓住他的一只手，把他拽了上来。

风雪在屋顶呼啸而过，罗伯特觉得喉咙好像有刀在割，他又想吐了。他屏住呼吸，朝屋顶下面的街道看去，看那团熊熊燃烧的火。邻居们裹着斗篷和外套赶过来，抬着铁皮澡盆，拿着水桶前来救火，也有人忙着铲雪抛向火场。那边还有一群人，他们的衣服和头发上都腾起了黑烟，正从烧化的商店窗户里往出抬爸爸的尸体。

罗伯特站立不住，倒在狼藉的雪地里。他的拳头打在瓦片上，大张着嘴，在猎猎风雪中发出一声惨烈的呼号。他什么也做不了。他在这个小村庄度过的人生就此终结了。

罗伯特的这声呼号深深刺痛了莉莉的心，好像这声呼号是从她自己的身体里发出来的一样。她颤抖着，在他身边坐下，试着去握他的手，但是他甩开了莉莉的手。

"别这样，"她低声说，"我懂你的感受，懂那种痛苦，但是我们现在得继续往前走——"

"为什么？"

"因为，"芒金突然说，"如果我们不赶快走，那些人就要来干掉我们了。"

"这都是因为你们！"罗伯特朝他的方向踢了一脚，"离我远一点，你们两个都快走吧！"

"我真的很抱歉。"莉莉说，"我们当时应该出去帮他的……我没想到他们这么穷凶极恶，为了达到目的这么不择手段。"她看了罗伯特一眼。他的脸都哭肿了，麻木的眼神已经失去了焦距。他用力地抓握着瓦片，手指出血了都不知道。

莉莉把包裹塞到胳膊底下。"我的家人，"她说，"我是说，我……在这件事上，我是身不由己。但是你，和你爸爸，罗伯特……他和这些本来是毫无关联的。他救了我们。如果不是他，我们不可能站在这里。"

罗伯特大声抽泣。"如果不是因为你们，他本可以活得好好的。这，"他嘶吼道，"都是因为你们。你们只顾着自己的事情，根本不考虑别人的安危。"

"不是，"她本能反驳道，"不是这样的。"

但是没准确实是这样？确实是她把那个匣子带到了这里，芒金也来了。也确实是她决定留在这里的，其实当时情况已经不妙。意识到这种可能性，她蓦地脸色刷白。她想试着说句什么宽慰的话，但是一个字也说不出口。她只能脱下撒迪厄斯的那件外套，披到罗伯特的肩上。"给。"她说。她只剩下身上的薄外套，顿时感到寒意逼人，可是她明白此时此刻罗伯特比她更需要这件衣服。

芒金挤进他们中间，用他粗糙的粉红小舌头舔着罗伯特流血的指头。

过了一会儿，虽然莉莉真的很想让他再多坐一会儿，让他缓一缓，可是他们不能再逗留了。至少现在不行，周围仍然危机四伏。

"罗伯特。"她轻声喊。

他抬起头来，终于正眼看了她一眼，抹去眼角愤怒的泪水。"我们可以回去吗？"他问道。

"我看不行。"芒金柔声说，"我们回去又能做什么呢？"

莉莉内心深处明白，芒金说得对。他们现在什么也做不了，对方比他们强大得多。锈夫人当时怎么说的来着？有时候生活会让你很痛苦。但是，如果你无法改变今天发生的事情，那就等待时机，让自己变得足够强大，等待再次较量的时机。

她在屋顶边缘窥见好几盏探照灯晃来晃去。梅俊和章朗刺耳的声音传了过来。芒金的那只带着黑尖尖的耳朵一下子竖了起来——他也听见过他们的声音。"现在必须走了。"芒金说。

"好。"莉莉点头。她挪了挪腋下匣子的位置，伸出手去扶罗伯特，帮他站起来。芒金也帮忙扯着他的袖子。罗伯特靠在莉莉身上，止不住地轻轻抽泣着。

他们从屋脊的另一端滑下去，下到底部的时候，罗伯特一不小心趴倒在地。莉莉和芒金也跟着趴倒在他身侧。

罗伯特心不在焉地站起来，就像根本不知道自己做了什么似的。他差点把手摁在一根突出来的钉子上，还是芒金大声阻止了他，但他也只是摇摇头，满不在乎的样子。

他们就这样接连越过了三条屋脊，终于找到一个地方可以下去——那是一个堆满了包装箱的院子，院子外面有个低矮的外屋，悬挑的屋顶和一座高高的砖墙相接，屋檐上还积着一层厚厚的糖霜似的白雪。

她的心脏狂跳起来。莉莉往前走了一步，朝下看去。白色的雪地在黑暗里铺陈开去。她抓住屋檐的边缘让脚往下探去，直到感觉脚尖堪堪碰到了墙顶的积雪，才闭着眼睛松开了手。

扑通一声，她双脚落到了墙上。她刚稳住身体，芒金也跳了下来。"现在该你了。"莉莉对罗伯特喊道。

他瞪着莉莉。"我不敢跳。"他含糊地说，"这个太高了。"

"来吧。"她说，"非跳不可。"

她抓住了他的手，他终于从屋顶上滑下来，撞进她的怀里。莉莉往下看去，芒金已经跳进院子里了，站在大门口，歪着脑袋听着周围的动静。

莉莉抓着罗伯特，一起踩着堆成小山的湿漉漉的箱子，也下到院子里。

"这边没人。"他们一落地，狐狸便喊了一声。

莉莉小心地推开大门，他们越过街道，钻进了对面的篱笆丛。他们从白雪覆盖的枝条间挤过去，踏入黑暗的田野。莉莉终于长出一口气。他们逃出来了——至少他们三个逃出来了。至少到现在为止，他们还安然无恙。

第十四章

　　他们悄无声息地往前跑去，没有人摔倒，也没有人停下来休息，只是一路在夜色中飞奔。暗夜漆黑，如恶魔张开的巨口，风声凄厉。莉莉几乎看不见自己举在面前的手，她只能专心听着芒金奔跑时嘀嗒作响的声音，踩着狐狸在雪地里蹚出来的道路不断往前。

　　暴风雪慢慢变小了。当他们爬上欧蕨桥山的半山腰时，云开了，一轮乳白色的月亮挂在天上，几近浑圆。附近荆豆丛结霜的枝条已经被狂风撕扯得不成样子。他们在深雪里艰难向上跋涉，冷风吹透了衣服，寒气刺骨。

　　他们一路向前，直到被一片光滑的雪地里赫然矗立的密密麻麻的有刺灌木拦住去路。芒金领着他们绕了过去，他在白色的雪粉里跳跃前进，雪几乎没到他的脖子了。

罗伯特就快没力气了，在雪堆间踉跄前进，时不时踢到地上的断枝，扬起漫天雪粉。莉莉能感觉到他之前的怒气已经退去。她的鞋子湿透了，脚已经慢慢冻得麻木，更糟糕的是，她没有手套，手指已经快冻僵了。她停下来，抬高帽檐，看了看四周。

"我们得休息一下，"她说，"但问题是，我也不知道哪里能休息。"

芒金把鼻子上的一蓬雪花用力抖掉，舔了舔胡须。

"我以前来过这边。只是现在白茫茫一片，看起来完全不一样了。不过我觉得我应该能找到歇脚的地方。"芒金说着，抢先几步，钻进了前面的灌木。

莉莉和罗伯特站在原地，互相倚靠着撑住身体，等芒金回来。莉莉意识到，自从他们下了屋顶，罗伯特还没有说过一句话。

"当时真是死里逃生。"她突然开口说道，"当时在店里……唉，罗伯特，我真的很抱歉。如果我知道会——"

"不是你的错。"他低声说，"也不能怪你。"他看向莉莉，好像还想说点什么。莉莉顿时精神一振，但是罗伯特只是低下了头，莉莉的心又坠入了寒冷之中。

两人在难耐的沉默中又煎熬了几分钟，芒金回来了，他在前面发现了一栋空房子，大家应该可以在那边过夜。

"太好了。"莉莉说，"我们快去吧。"

几棵高高的落叶松后面，藏着一处废弃的磨坊，下面是个结冰的池塘。磨坊上半部分的木板布满青苔，下半部分则是粗大的红砖支架，上下泾渭分明，像是穿了条裙子，裙子下面砖砌的红腿被雪覆盖着，在布满冰缝的池塘中涉水而行。磨坊外面悬挑着一间屋子，屋子下面是水车，水车边缘挂满了滴着水的冰锥。

芒金走过一座铁栏杆的桥，走向那座磨坊。他从钉在入口处的两块木板中间溜了进去，进而穿过门下一个烂穿的洞，尾巴一闪，消失在黑暗的屋内。

莉莉和罗伯特两人站在小桥边等着狐狸回来。莉莉蹦了几下，双手拍拍打打地想让自己暖和起来。罗伯特用手扫弄栏杆上的雪，使得雪粉四散。

芒金的鼻子从门下面的洞里探了出来。"里面没人，"他喊道，"看起来不像有人住的样子。"

"太好了，那我们来住。"莉莉努力让声音显得更开心一点，想让大家打起精神来。

这座老磨坊的里面几乎跟外面一样冷。等莉莉的眼睛习惯了里面的黑暗，她发现有个角落堆满了巨大的齿轮，满屋子都是木头装置，连着远处的一具磨石。一根链子长长地与屋顶上的一块木头翻板相连。屋顶木板之间的野草茂盛得就像一片头朝下的黑暗花园。

"感觉好像我们钻进了某个巨大而又破损的机械内部。"莉莉低声对罗伯特说。

"也很像钟楼的中心部分。"罗伯特说。

"要是我爸爸在这儿，他很有可能知道这东西怎么运作，然后仔细讲给我们听。"

"我爸爸也是。"罗伯特摸了摸手边一个连着木杆的齿轮。"这些肯定是用外面的水车驱动的，全都运转起来之后可以磨玉米。"

莉莉点点头。在最干燥的那面墙的角落里，她发现了一大摞空面粉袋子，于是他们把这些袋子铺好，准备就在这里过夜了。

莉莉放下包裹，看见罗伯特一头倒在墙角的床上。她也在旁边歇下，靠着一根柱子，搓搓衬衣袖子，哆哆嗦嗦地脱了鞋。

"我还是把外套还你吧？"罗伯特突然开口问她。

她摇摇头。"不用了，你留着。我有一条毯子。"她解开包着匣子的毯子，抖开盖在自己腿上。

"我们可以共用的。"罗伯特说着，往她这边挪了挪，把外套也搭到了她的肩膀上。莉莉把匣子放到脚边，然后把毯子拉过去一点盖住了罗伯特的腿。

外套的丝质内衬带着浓烈的烟草气味，让莉莉想起了撒迪厄斯，毯子则带着爸爸和家里的气味。莉莉很想爸爸，也想妈妈。一躺下来，疲惫简直渗透骨髓。她摘下帽子，垫到头底下当作枕头，然后闭上眼睛，等着睡意来袭。

但是，她却毫无睡意，涌上心头的只有一阵阵让人难受的空虚，还有挥之不去的绝望。她试着分神去听夜晚的声响——她本来就该留心外面的动静，以防万一。

风又刮大了，她听见磨坊都被吹得嘎吱直响……还有远处陌生的鸟叫声……芒金的齿轮转动声慢慢停下来了，到了晚上，他也松开发条休息了……很快这些声响都远去了，她坠入了沉沉的梦乡。

她又梦见了那次事故。雪一直在下，她手里还握着那块石头。妈妈在笑。匣子在爸爸脚边。两辆车轰然相撞，一时间天崩地裂。妈妈的身体向前甩了出去，和她小小的身体一起被甩出了马车的窗子。

城市的灯光让夜空显得浑浊不清。她重重摔在了人行道边，满脸都是血和水，倒在白色的雪堆里，离妈妈一动不动的身体只有几厘米远。

她的头发上落满了雪花。头上的伤口火辣辣地疼，胸口也越来越痛，痛得停不下来。

这次，梦里又出现了新的情节。好像她的灵魂离开了身体，飘在高处看着六岁的自己静静躺在那儿。爸爸从翻倒的马车里爬了出来，手里还抓着那只匣子。她听见狂风暴雪里爸爸的嘶吼。

另外一个男人一拐一拐地从雾中走出来，和爸爸扭打在一处，想要拿到那只匣子。莉莉认出了他红色的络腮胡子，胖鼓鼓的脸颊，还有银色反光的眼睛——是那位梅俊先生。

爸爸奋力反抗，对着他大声吼叫，一直不松手，后来梅俊好像被吓跑了。爸爸踉跄着走到他最心爱的两个人身边：妈妈和莉莉，她们就像两个破布娃娃并肩躺在路边。

热泪融化了落在爸爸脸上的雪花。他丢下匣子，跪倒在雪地里，然后他搂起妻女的身体，紧紧抱在怀里不肯放手。

莉莉想要再看下去，但是她感觉自己快醒了，正在脱离这个梦境，就好像一根连接着她的脐带松开了，于是她就飘了起来。她试着喊爸爸，但是发不出声音。她也想游回去，但是暴风雪大力卷裹着她一路往上。事故现场渐渐远去，融成了一片雪花。冰冷的纯白色渗入她的四肢百骸，耳朵里自己的脉搏怦怦作响……

莉莉醒来的时候，嘴里凉凉的，好像有沙子。磨坊里面亮堂了一点，初升的太阳给板墙涂上了橙红色的条纹，这让莉莉瞬间从梦中的场景清醒过来，想起了钟表店里的火海。她看向罗伯特，惊讶地发现他已经醒了而且正看着她呢。

他往后挪了挪，背靠一只木头轮子，抱着腿坐着，下巴搁在膝盖上，两颊还留着几道乌黑的泪痕，黑色的鬈发里混着不少树叶和尘土。"做噩梦了？"他问道。

她点点头。

他向前倾身。"我也睡得不好。一切都不一样了。我习惯了店里钟表的嘀嗒声。好容易睡着了，就梦见了爸爸和那场大火。我都不愿意去想后来怎么样了。"他从口袋里拿出小刀，在手上摆弄。"他给我的东西只剩这个了。这是他在我十三岁生日的时候给我的。"

莉莉觉得难过极了。她到底做了什么？为什么会给他们带来这样的灾难？

"你刚刚梦见你爸妈了吧？"罗伯特说着，把小刀收起来。

"是啊，"她把毯子扯来扯去。潮气已经渗入到羊毛里了。"你怎么猜到的？"

"我听见你在喊他们。"他深吸一口气，"你妈妈出了什么事？你之前说是被人害死的。"

莉莉点点头，感觉罗伯特的这句话硬邦邦地横在了他们中间。"你妈妈呢？"她试着换个话题。

罗伯特耸耸肩。"在我很小的时候，她就离开了家。我也不知道她现在在哪里。我只知道她的名字：赛琳娜。"他抖开外套穿上身。"你说你经历了一场蒸汽车车祸？"

莉莉在毯子下面不自在地动了动。"我总会梦到那一天的情景，现在想起来的细节越来越多。我以前以为那只是一场意外——至少我爸爸一直这么告诉我。但是现在，看了他的信，还有我在梦里回忆起来的那些细节，我知道那绝对不是意外。"

她隔着发潮的衬衣抓了抓胸口的皮肤。她的伤疤突然痒得不行。她一般都不喜欢提起过去的事情，而且一直以来也没有人问起过这件事。只有罗伯特开口问了。他坐在那儿，等着下文，眼睛一眨不眨，等着她展开细说。

她搓搓手，揉了揉睡僵的脖子。她应该告诉他事故的真相——至少是她知道的那部分。她欠他的太多了。

"那次车祸可怕极了，"她说，"另外一辆车是故意撞上来的。妈妈当场就死了，我也受了重伤……但是爸爸，爸爸他没事，后来他救了我……实际上，我在梦里看见他当时拿着这个匣子。有人跟他扭打起来，想要从他手上抢走它。我觉得是那个梅俊干的。"罗伯特倒吸一口凉气。莉莉垂眼看向匣子。"车祸之后，爸爸亲自照料我，治好了我的伤。但是，因为妈妈在伦敦去世了，那里还发生了很多糟糕的事情，所以爸爸不想继续待在伦敦了。"

"所以你们就搬到这里了？"

"是啊，"她撩起额头上的头发，把它们塞到帽子底下。"我们想躲到偏远的地方隐姓埋名。但是少了妈妈，生活中的一切都太不一样了。他总是那么孤独，我也是。所以他后来做了芒金，给我们添个伴。"

莉莉站起来，走到芒金身边蹲下。她从口袋里拿出他的发条钥匙，轻轻抚摸着狐狸，把钥匙插进他脖子上的锁孔里开始拧圈，感觉狐狸体内的弹簧慢慢变紧。"然后爸爸给我找了个家庭教师，爸爸说我们需要有个女人打理家里。"

"就是现在庄园里的那个？"罗伯特插了一句。

"不是——在她之前还请过三个，但是她们好像都不太喜欢长时间待在庄园里的感觉，后来都走了，之后才是铜绿夫人。我跟她一直处不好，后来她建议爸爸把我送去斯克林肖小姐的女子精修学院，而她留下来做了管家。"

"我都不知道你居然还上过这种高等学校呢。"罗伯特说。

"其实一点也不高等。"莉莉上好了发条，看着芒金眨着眼睛醒了过来。

机械狐狸打了个哈欠，咂巴着嘴，像只猫似的伸展了一下身体。"我先去打探一下，"狐狸说，"了解一下附近的地形。"他站起来抖了抖他那四只小黑爪，不等莉莉或者罗伯特回话，就从门上的那个窟窿纵身跳出去，一路跑远了。

罗伯特抓抓自己的脖子，看着红色的小身影消失在雪地里。"我没上过学。"他终于开口说，"我知道的都是爸爸教我的——关于钟表和计时器的种种，关于生意，还有其他各种，七七八八。当然，这些现在我都用不上了。"

莉莉并没有反驳这句话。"他看起来脾气挺好的，我是说你爸爸。"

"他确实是。我真希望自己当初表现得更好一点，学手艺更认真一点。"

她拍拍他的肩膀说："罗伯特，我相信你是他心目中最好的孩子，也是他最好的徒弟。"

"谢谢你，"他勉强笑了笑，又看看她脚边的匣子，"我们现在到底该怎么办呢？"

"我也不确定。"莉莉站起来，在老磨坊坏掉的几个齿轮装置之间走来走去，"但是我觉得我们应该继续按照你爸爸当初的计划走。我们走到邻镇去，搭火车去伦敦，然后我们去找我的教父，请他帮我们。"她跪下来，用毯子把匣子重新包了起来，还把小钢锯和螺丝刀也放了进去。

罗伯特看着她。"我们身上的钱够买车票吗？"他问道。

"如果钱不够，我们就藏在某个车厢里，实际上那样可能会更安全。"莉莉用力把毯子扎紧打结。

然后他们沉默地坐了一会儿，听着什么地方持续滴着水，那声音就像钟表在嘀嗒走动。终于，芒金顶着雪花的鼻子从门洞里探了进来。

"前面的路上都没人。"他叫道，"但是有件事我得先告诉你——我觉得我们会经过蜻蜓号坠机的地方。"

罗伯特一下紧张起来。"有警察在那儿吗？"他问道，"梅俊和章朗会不会在那儿呢？"

芒金摇摇头。"都不在。那个地方居然空无一人，甚至没有任何人进去过的痕迹。"

"噢。"莉莉咬着嘴唇，"如果是这样的话，"她心神不宁地说，"也许我们应该趁机进去调查一下现场。"

第十五章

　　他们离开磨坊，整个上午都沿着河往南走。日头渐高，河里的冰块裂开，化成了流动的水。很快，他们脚下的冰雪也变成了软软的雪泥，头顶上光秃秃的枝丫之间漏下丝丝缕缕的阳光。除此以外，周遭的世界静得可怕。罗伯特没有发现任何追踪者，也没看见他们留下的任何痕迹。

　　他们轮流拿着那只裹在潮湿的毯子里的匣子。其实它不是特别重，但是罗伯特看见它就会难受，会想起因它而死的爸爸，想起因它而起的各种麻烦。

　　他担心他们就算到了坠机现场也找不到莉莉的爸爸。不过，要是在现场找到了，也许更糟糕。现在这种局面，真的很难承受再多一具尸体的打击，而且他忍不住想，经过了这么多可怕的事情之后，也许他们不应该再冒险去往坠机地点。

下午的时候，芒金的耳朵突然一竖，停下了脚步。"就是这儿。"他喊道，用鼻子指了指树后面的位置。

罗伯特和莉莉穿过树木中间的缝隙，走进一片阴暗的空地，这里万籁俱寂。

在空地的一侧，他们看到了与一棵老橡树的树干相撞的蜻蜓号逃生舱，它的形状都被撞瘪了。在八九米远的地上，散落着更多飞艇碎片，像是在飞艇爆炸的瞬间迸射出去的。

"噢，爸爸。"莉莉轻声呼喊道。

罗伯特想去握住她的手，但是她缩了一下，躲开了。她穿过雪堆，直奔那些烧过的大团金属。罗伯特赶上去的时候，她已经开始在这些飞艇残骸里搜寻爸爸的痕迹。

"莉莉，没用的。"芒金吼道，"这里面没有人。就算有，肯定也走了好几天了。"

莉莉摇摇头。"肯定能找到些东西的。比如线索，比如那艘银色飞艇锁死蜻蜓号之后爸爸到底怎么样了。"

罗伯特挪动了一下背上包裹的位置。"也许可以找找航空记录仪。"他说，"所有飞行器上都有。"

"长什么样？"她问道。

"应该是个带凹槽和花纹的银色圆柱体，就像音乐盒里面的金属滚筒，可以录声音——它会保存飞艇内最后几分钟的录音。逃生舱弹出之后，记录仪就会自动开启，所以它应该记下了芒金离开之后的事情。如果记录仪还在这里的话，那就应该在驾驶舱的残骸里。"

莉莉弯腰查看驾驶椅奇形怪状的残骸。旁边那些扭曲的金属管应该是从裂开的控制台面板里炸出来的。她把面板丢开，专心研究下面缠成一团的电线。

"那些人就是故意让它显得像是一次意外事故，"她说，"就像妈妈遇害那次，还有你爸爸那次，罗伯特。他们就是想让大家以为是他自己坠机了，但其实根本不是那回事。我们都知道他们就是为了这个莫名其妙的匣子里的什么东西，才击沉了这架飞艇。"她生气的大嗓门在整个空地上回荡。

"这地方可不安全，"罗伯特说，"章朗和梅俊也许会猜到我们会来这儿。我觉得我们不应该在这儿逗留太久。"

莉莉没理他，继续执着地在满地残骸里翻找着。"找到啦！"她大喊一声，从另外一个控制台内部拖出了一个银色的圆柱体，"有了这个，我们就可以知道爸爸后来的情况了。"

罗伯特皱起眉头。"还不行呢，我们没有能播放的东西。"

"我们到了伦敦后就去找一个。听着，我们只需要——"

她突然停住。外面的雪地上发出了咔嚓一声。

"嘘。"芒金急忙说，"别出声。有人来了。"

"可能是爸爸！"莉莉心头突然升起了希望，她朝声音发出的方向跑了两步，但是罗伯特立刻抓住了她的胳膊，拉着不放。

"也可能不是。"他说。

"他说得对。"芒金低吼道，"脚步声不是约翰的，比他的要重一些。"

他们躲到蜻蜓号破损的机身后面，静静等着。空地的另一头，响起了咣当咣当的声音，接着是撕扯什么的声音。有人正在失事现场翻找东西。莉莉从机身上烧穿的地方偷偷往外看去。

一个损坏的液压泵后面，露出来半边人影。那人正在满地的飞轮和排气管中翻拣着，戴着飞行员头盔，穿一件鼓鼓囊囊的飞行员皮夹克，看起来很敦实。莉莉觉得那人像个装得半满的面粉袋子。"会是谁呢？"莉莉低声问道。

那人停了下来，戴着无指手套的手抬起来挠了挠额头，嘀咕着什么。

芒金也看了看。"我不认识。"他说，"不过蜻蜓号的零件要被捡走了。"

那边响起刺耳的金属摩擦声，那人正在卸一根排气管，并把卸下来的管子叮当一声丢到了一堆破烂上，然后在自己皮夹克的前襟上擦了擦手，熟练地拔出了一把枪。

"我知道你们就在那儿。"那人说着，走到破碎的船尾中间。"我听到你们的声音了。不管你们是谁，听着：虽然我就一个人，你们也许觉得三对一很有胜算，但是我手上的这把枪已经上满了子弹，连机械人都能打穿。所以，你们最好过来，咱们商量一下怎么分这些东西，五五开，或者六四开——按拾荒者的规矩，毕竟是我先来的。分完之后，我们就可以各走各的路了。"

莉莉和罗伯特举起手，慢慢从艇身后面走了出来。芒金也耷拉着脑袋跟在后面。

那人解开围巾，摘下护目镜，罗伯特看出那是个女人。她鼓鼓的脸颊冻得红扑扑的，一双蓝眼睛上下打量着他们，目光落在了莉莉手上的圆柱体上。"记录仪呀，"她说，"这倒真是个有意思的收获。"

莉莉没有回答，只是裹紧了衣服。

"舌头丢了？说你呢，小伙子。"那人问道。

罗伯特挪了挪背上的包裹，想藏好一点。

"你又找到了什么？"那人问他。

"没找到什么。"罗伯特说。

"我的眼睛看到的可不是这样。"那人把枪口对准了他，"貌似你们两个今天大有斩获呀。现在，把东西递过来给我。"

"不行。"莉莉脱口而出。她往前走了一步。"这个记录仪和匣子，还有其他东西，都不能给你。我们已经为这些东西付出了无数代价。就算你真的非要不可，我们也不会轻易放手的。"

那女人哈哈大笑起来。"是这样啊，我明白了。"她把武器插回枪套，"我说你们俩还是跟我一起走吧，也许我能给你们帮上忙。"

三个人大步穿过附近的田野，那女人走在他们后面一点，手里满满当当地抱着五花八门的受损机械零件。罗伯特紧紧抱着那个装着匣子的包裹。"你觉得我们能相信她吗？"他低声说。

莉莉耸耸肩。"我们有选择吗？"

"都警惕点吧。"芒金建议道。

那女人带着他们往山下走去，穿过一排冰雪覆盖的树木，来到一小块空地上。一只用铁锚系泊的拼布飞艇气囊，正在微风中快活地上下飘动。饱经风霜的木质船身挂着无数锈迹斑斑的废料——有锅碗瓢盆，也有篮子盒子，还有成捆的木头——一起叮叮当当敲打出无数切分音，简直像一架怪异的风铃。飞艇上用白色油漆写着名字：瓢虫号。

"这都是什么啊？"莉莉问道。

"破烂呗。"女人答道。她把新捡回来的东西分别丢进雪地里放着的各种盒子和包里，又走到冒着烟的营火旁，在那儿，三脚支架上吊着一只烧得黑黢黢的大锅。她揭开锅盖，炖菜的诱人香味飘了出来，罗伯特差点当场流出口水。

"能给我们分点吃的吗？"他恳求道，"我们饿得不行了。"

"看得出来。"那女人说，"那就过来吧，好好吃一顿。"她盛了两大碗给他们，又给自己也舀了一份，然后一人发了一只勺子，"请慢用。"

莉莉和罗伯特已经空着肚子走了一晚上，外加今天整个上午，现在能配着面包吃上一顿热乎乎的午饭，真是太幸福了。他们飞快地吃了起来。炖菜香辣可口，吃得胃里暖烘烘的。

"你们叫什么名字啊，孩子们？"那女人问道。

"我是罗伯特，这位是莉——"

"连尼。"莉莉打断了他的话，"我们是罗伯特和连尼。"

"我是安娜·奎因，拾荒高手，也是个飞行家。"

他们吃完，又用小块面包皮把盘子上的汤汁都擦干净。安娜给他们又盛了第二份，她甚至还给芒金盛了一点，但是芒金不屑一顾地趴在边上，扭头不看她。

"他不饿吗？"安娜向狐狸的方向示意一下。

"他不吃饭的。"莉莉解释说，"他是机械动物。"

"真的？"她的眼睛一下瞪大了，"我还从来没见过看起来这么逼真的机械动物呢。动起来也很像真的呢。你是从哪儿弄来这么个宝贝的呀？"

"我爸爸修理各种钟表。"罗伯特满嘴食物还没咽下去就赶紧回答，"他懂各种钟表结构。狐狸的主人把他送过来修理，但是一直都没有来拿。"

莉莉对他赞许一笑。罗伯特脑子转得真快，一下就编出这么个来历。

"他是不是还会说话？"安娜好奇地问。

芒金的耳朵一下子竖了起来。"只在有人好好对他讲话的时候才会说话。"他嘟囔着回头看了她一眼，"顺便说一下，当面视而不见地议论别人，真的非常没礼貌。"

安娜狂笑着猛拍大腿，"我的天，他真的会说话！他有什么名号吗？"

莉莉抬头看过来，勺子停在半路。"他什么？"

"绰号，代号，称呼，名字。"

"他叫芒金。"罗伯特答道。

"说起来你们三个来事故现场干什么？"

"不干什么，"莉莉说，"就是看看有没有什么能捡的，跟你一样。"

"我有点不太相信。"安娜说着，倾身向前，"我来说说我的猜测吧：你是莉莉·哈特曼，这只机械狐狸来自你的爸爸，约翰·哈特曼教授，那边坠毁的就是他的飞艇，蜻蜓号。"

莉莉震惊地瞪大了眼睛。"你怎么会知道这些？你到底是谁？"

那女人笑了。"我刚刚说了呀，我叫安娜·奎因，搜集各种金属，有时候也做些调查，兼职写稿子。"

"啊，就是你写的那篇关于我爸爸的报道吧？"莉莉说。

安娜点点头。"是的，我调查这桩失踪案好几天了。我觉得整个事情看起来都很可疑——几乎没有一家其他报纸有相关报道，警察也没有投入应有的警力去调查，所以我决定亲自来这儿找找线索，顺便也搜罗一点有用的零部件。"

"但是你怎么不联系我呢？"莉莉问道。

"我试过，"安娜说，"但是估计你的监护人并没有转交我的电报。不过，我们现在还是见上面了，我的运气还真是不错。"

"哪里不错了？"罗伯特说。

"我刚刚说了呀，我能帮上你们的。"安娜用鞋尖踢了踢火堆，"之后可以给你们俩做个专访。独家专访。"

"我们对这件事的了解不比你多，"罗伯特对她说，"那些追我们的人，他们——"

安娜一下子抓住了他的胳膊。

"有人在追你们？这个可就刺激了！快跟我具体说说。"

"爸爸叮嘱过我不能跟陌生人讲自己的事情。"莉莉紧紧抱住手里的记录仪，"你看，我们需要读取这个里面的东西，你知道哪里能播放这个吗？"

安娜伸出一只手。莉莉考虑了片刻，递给了她。安娜把它翻过来，仔细看了看表面凹陷和变形的地方。

"你得把这个插到另外一艘飞艇的接口上。"她说，"只有这样才能读取里面的内容。"

她站起来，踢散了篝火的余烬。"帮我把这儿的东西收拾一下。"说着，她将记录仪递还给莉莉，"然后我们就上瓢虫号，好好听一下里面的东西。"

瓢虫号放下了链梯，罗伯特爬到一半就觉得不行了。这是他爬过的最高的高度了，比他们之前站过的他家屋顶还要高。

头顶上，莉莉把记录仪塞在衣服口袋里，扣好的外套里还兜着老老实实蜷成一团的芒金。莉莉上面的安娜已经快爬到顶了。

罗伯特跟在最下面，放慢了速度，尽量克制自己，不往下看。手里抓的链梯在风中嘎吱嘎吱地扭动着，他背上那只包着匣子的包裹突然变得格外沉重。他抬头看了看，距他至少还有十米远的飞艇在头顶上晃来晃去。"太高了,"他喃喃说道,"我上不去的。"

莉莉低头看着他。"加油,罗伯特。你总得试试呀。"

他咬紧牙关。如果他掉下去,至少还有厚厚的残雪缓冲一下。不,他不能去想掉下去的可能。他以前和爸爸一起去树林里爬树的时候,爬上去其实并不吓人,吓人的是下来的过程——每向下一步都要小心看清踩稳,直到重新踩在地上才能松口气。每当他开始头晕目眩,一动不敢动的时候,撒迪厄斯便重新爬上来,帮他下去。这种时候,他爸爸总会说同样的话。莉莉的话跟爸爸那天说得有点像……是怎么说的来着?

克服恐惧对谁来说都不是件容易的事,罗伯特。必须有一颗勇敢的心,才能在真正的战斗中获胜。

罗伯特一遍遍地对自己重复着这些话,朝着空中飘浮的飞艇奋力向上,越爬越高。那些话安慰了他的不安——很快,他发现自己居然已经爬到了梯子顶端。

"现在我们怎么上去呢?"莉莉在风中大喊。

"照我这样做就行。"安娜打开瓢虫号的一扇门,抓住一根金属把手,用力一拽就上去了。她在甲板上站起身来:"就这么简单。"

莉莉跟着照做,也进入了船舱。跟在后面的罗伯特,闭紧眼睛,心中再次默念爸爸的话。

他睁开眼睛,发现自己也已经登上了瓢虫号。接着,安娜把链梯收了上来。

"欢迎来到瓢虫号。"说着，安娜把最后几节金属踏板丁零当啷卷起来，伸手关上了门。"上船可能确实费点力气，但是我相信你们很快就会发现船上方方面面带来的都是顶级体验，非常舒适。"

莉莉解开外套的扣子，芒金嗖地蹦出来，在弧面地板上窜来窜去，看得人眼花缭乱。"我讨厌这些乱七八糟的自制飞船。"他抱怨道。

"还好呀。"莉莉说。

罗伯特晕乎乎地靠着墙，很欣慰自己终于踩在了实实在在的地方。他们所在的这片由木板隔出来的狭小的过道刚好够他们四个站下。他看看周围，光线透过他们身后一面巨大的黄铜舷窗照射进来，形成一束圆圆的光，洒在对面四条花色完全不搭的手缝帘布上。

"我来带你们转一圈吧。"安娜拉开后面的一块帘布。被引擎塞得满满当当的尾舱出现在罗伯特和莉莉眼前，夹在尾舱和前舱之间的，罗伯特觉得应该算是连接部位吧，有上下两层只能爬过去的窄小空间。下面那个作为储藏柜，塞着几只空空的木头板条箱子，上面那个应该就是安娜的卧铺了。

一张小垫子就已经把地面空间铺得满满当当。光线通过上方一个小点的黄铜舷窗照进来，照亮了一个不甚牢实的架子，还有架子上的小零碎——一个内部塞了一艘飞艇的瓶子，便携打字机，加上厚厚一大沓已经翻得很旧的惊悚冒险杂志《惊魂便士》。莉莉伸手拿了一份，仔细看了看封面。这一期的名字叫作《空中飞贼大战章鱼怪》，封面的雕版画是一艘正在遭受巨大的章鱼怪袭击的飞艇，这章鱼怪的长相和莉莉的那位老师出奇神似。"我没看过这期。"她说。

"这很正常。"安娜答道，"你手里的是第一份，我刚刚才写完的。"

"你还写这些？"罗伯特问道。

"不要用这种鄙夷的语气嘛，小子，这是我的另一个副业。总得挣钱养家呀。"

"这些故事可好看了，罗伯特。"莉莉对他说，"你有空也应该读几本。"

"我不确定。"罗伯特说，"这几天已经经历了太多事情，我不确定我会不会喜欢额外的刺激。"

"这倒也是。"莉莉说。她对此完全理解。就在刚才那一小会儿，她几乎已经忘了那些追捕他们的人，还有那个匣子的事情。她低头看看衣服口袋里的记录仪。"也许我们可以现在听听这个录音？"

安娜点点头，拉开最大的那块帘布，示意他们进入最前面那个房间。"穿过去就是驾驶舱了。"

里面空间非常狭小，不管罗伯特还是莉莉抬起胳膊，指尖都能同时摸到两边的墙，但是还是足够他们三个肩并肩站立。

安娜摁亮了面板上的一排开关，各种计量表上的指针和设备一下子都活跃起来。罗伯特认出了它们中的气压表、温度计、罗盘和计时器。远处的控制面板上有一个支架，上面有根带调节臂的唱针。"这个就可以播放你的那个记录仪里的声音了。"安娜说着，把记录仪插进支架里，再把唱针放进凹槽里，然后摁下了面板上的按钮，记录仪开始旋转。墙上的音箱里开始响起了刺啦刺啦的杂音，就像有人在揉一团纸似的。罗伯特和莉莉屏住了呼吸。

第十六章

一开始的录音比较模糊，但是很快就能听到有人说话：一个尖锐无情的声音。

"哈特曼教授？"那声音说，"你醒了吗？"

"是梅俊。"罗伯特低声说，但是莉莉立刻嘘了他一声。

"快醒了，是吧？"另外一个声音说道——听起来很像是章朗，"看来我们可以开始了。"

莉莉的爸爸开口了。"我叫格兰瑟姆，"他艰难地说，"格兰瑟姆，不是哈特曼。你们找错人了。你们怎么上来的？"

"格兰瑟姆啊——格，兰瑟姆——格蕾丝，哈特曼。"章朗说，"这个假名其实没什么掩饰效果，毕竟当年你妻子就是死在我们手上的。我们找到你的假冒身份之后，毫不费力就发现了你那些登记文书，弄到了你的地址。已经七年了，教授，你就像条滑不溜手的鱼，但是现在我们终于逮住你了。"

录音里有很明显的叩击声，莉莉很确定那是章朗的手指在敲打他的镜面眼睛，她脑海里立刻浮现出他那张破碎的面容，不禁打了个寒战，就好像看见池塘深处浮起一具尸体似的。

"我警告你们，"爸爸在说，他的声音听起来很强硬，但是莉莉知道他在害怕，"未经允许登船是违法的。"

章朗又开口了。"但是你做的事情也是违法的哦，先生。情节相当严重。"

"你到底在说什么？"

"你偷走了我们头儿的永动机呀，哈特曼教授。你把它放在哪儿了？"

记录仪里传出咔嚓一声。

"我这儿没有。"爸爸说，"你是找不到的。"

"说呀，在哪儿？"章朗说，"我们可不是说着玩的。"

又是咔嚓一声，接着是一声惨叫。

莉莉浑身一抖。

安静了几秒钟，只听见艰难的呼吸声。

"我……是……不会……告诉……你们的。"爸爸喊道，"你们看着办吧。"

章朗先生咯咯笑了几声，这笑声让莉莉浑身哆嗦，就好像这个坏蛋正站在她旁边似的。

"其实，这还算是个小惊喜呢。"他低低的声音响起，"我本来就盼着我们的交谈会到这一步。上头其实交代过我，可以给你钱，但是你看，现在给钱也没用。你是个正直的人，先生，不过我觉得有点太正直了，怎样才能让你改变主意呢？也许这样？"

又一声惨叫。录音里一时间全是不断的呻吟，恐怖极了……然后，唱针读到了最末端，咔嗒一声，抬了起来。一切声音都消失了。

莉莉瘫倒在身后的墙上。在这期间她一直忍着的各种情绪此刻汹涌喷发出来。现在，她心头最后一线希望也断了。

她从瓢虫号倾斜的前窗望出去，圆鼻子机头的前方，远远地，她能看见蜻蜓号无数零件的碎片散落在整片空地上。

她现在知道了，就是章朗和梅俊干的。他们折磨爸爸，夺走了妈妈的生命，还杀死了罗伯特的爸爸，抢走了锈夫人和其他机械人，而这一切都是为了这个匣子，这个永动机。他们不择手段想要抢走它。如果找到机会，他们也会杀死她和罗伯特的，而她甚至无力反抗。什么也拦不住他们邪恶的脚步，她孤立无援。

"爸爸已经死了。"她突然开口，"我一直期望说不定他还活着，说不定他还会回来，但是他不会再回来了，是吗？我们就把匣子交给他们吧——就是那个机器——不然他们也会杀了我们的。"

罗伯特深吸一口气，感觉嘴里很干涩。"如果我们现在交出去，"他说，"那所有努力保护它的人都白白死去了，我们再也不可能得知里面的秘密，比如它真正的用途到底是什么。"

"他说得对，莉莉。"芒金的黑眼睛眯了起来，"里面可能是什么危险的东西，天知道那两个坏蛋拿到之后会用它做多少坏事啊。"

"我明白现在的局势看起来不妙。"罗伯特补充说，"他们知道我们的所有情况，而我们对他们几乎一无所知，我们怎么可能赢得了呢？但是我们必须赢，莉莉。我们一定要赢。因为他们，我家现在只剩我一个人了。他们是很邪恶、很可怕，但是我们也不能因此放弃呀。我们手里有他们想要的东西，这东西会把他们引到我们身边。我们也要让他们吃点苦头，不能让他们为所欲为。而且，我们也不能投降。绝对不投降。"

芒金赞许地点点头。"我们只有这个匣子可以用来牵制他们，"他说，"这也是唯一的线索。等我们到了伦敦，就让你教父通知真正的警方，再用永动机这个诱饵把章朗和梅俊引到陷阱里来。"

"你知道什么，芒金！"莉莉喊道，"在我们拿到爸爸这封信之前，你根本什么都不知道！"她对着包裹里的匣子踢了一脚，"要是我们有钥匙就好了。"

芒金没说什么，只是眯起眼睛，耳朵往后竖了起来，用一副真正的狐疑的表情看着她。

"如果你们要去伦敦，"安娜说，"我可以带上你们，正好我也要回去，去交一下稿子，再跟《齿轮日报》那边我的编辑见个面。我可以把这个录音放给他听，再看看我们能不能找到关于那两个人的什么信息，或者关于永动机的资料。总归能找到些什么的，你们说呢？"

莉莉没有回答。她感觉他们仿佛都在飘远，自己随时都可能晕睡过去。

她听见罗伯特遥远的声音回答道："谢谢你，安娜。谢谢你愿意送我们去伦敦，也谢谢你肯为我们去调查这些，我们真的很需要你的帮助。"

"我们把她放到我那张卧铺上面吧，小伙子。罗比[1]，是吧？"

莉莉感觉他们抬着自己走进过道。安娜拉开了卧铺前面的帘布，和罗伯特一起把她小心地放了上去，然后安娜拉过一条毯子给她盖上，合上了帘布，和罗伯特走到了一边。

"过来，罗比，"这位飞行员说道，"我有几个问题想问你，而且引擎室也需要个好帮手。"

过了一会儿，莉莉醒了过来，感觉身体不由自主往侧边滑动。卧铺的木板墙被引擎震得直抖，外面的天空已经完全黑下来了，黄铜舷窗外闪着几颗星星。

---

1. 罗比（Robbie）是罗伯特（Robert）的昵称。

她往身侧摸索了一下，没摸到芒金。她坐起身来，头一下子撞到了铺顶的架子。那一大摞《惊魂便士》，还有装着飞艇的小瓶子，都从架子上掉了下来，落在地面的垫子上，打字机也晃了几下。莉莉抱怨了两句，伸手拉开帘布跳了下来。

除了引擎在低声咔嚓作响，瓢虫号上非常安静。船身随着外面的微风轻轻摇晃。莉莉揉着头上撞出的包，循着引擎声往前走去。

她看到了罗伯特。他正挤在船尾仅有的小空间里，站在嘶嘶冒烟的炉子旁，拿着平底锅在煎蛋。芒金就蜷在他脚边。他们俩在一起的画面不知怎地让莉莉想起了她爸爸。

"嘿，瞌睡虫，感觉好点了吗？"罗伯特问道。炉子正中央，锅里的煎蛋刺啦刺啦溅起油花，插在叉子上的吐司面包也已经烤得焦黄。

"厉害呀，"莉莉说，"你已经变成一个挺像样的空乘人员了。"

"安娜让我负责做饭，还要看着点引擎。"罗伯特用一根木条打开炉膛前侧的一扇门，往里面铲了一锹煤。"让我忙起来，这样我就不会老想着……爸爸的事情。"

莉莉避开了他的目光，假装在看引擎。炉子后面有八条大蜘蛛似的活塞，驱动着瓢虫号锥形木头尾巴里的转动轴和其他一些装置。"这个设备真是太神奇了。"

"是啊。"罗伯特抬起袖子擦了擦额头，"这是安娜自己做的。几个小时以来我一直在往里加煤。你睡觉的这会儿工夫，我已经给她讲了我们之前的那些事情。其实，她已经知道不少了，我只是补充了一些她不知道的事。她答应一定会帮助我们的。"

他给煎蛋一一翻面，待蛋黄煎得更熟一点之后，就把煎蛋放在吐司面包上。"她还从她那个腌肉箱里拿了这些食物给我。"

"她那个什么？"

罗伯特做了个怪相。"这是她给储物柜里放食物的那个小箱子起的名字，就在卧铺下面。"

"噢，"莉莉笑起来，"真是个怪人，是吧？"

"但是人挺好的。我觉得我们可以相信她。"罗伯特给莉莉递过一份加蛋吐司片，她大口大口地吃了起来，温暖柔嫩的口感让人回味无穷。

等他们俩都吃完了，罗伯特关上了炉膛门，陪着莉莉和芒金走到驾驶室。

"啊，她醒了呀。"安娜站在舵轮旁，操控着方向。她看看仪表盘上显示的时间。"我想你们已经吃过那顿半夜特供的早饭了吧？"

莉莉点点头。"很好吃，谢谢你的盛情款待。"

"你们喜欢就好。"

"我们飞多远了？"罗伯特一边问，一边把衣服上沾到的一点蛋黄掸了下去。

"你自己看吧。"安娜指了指船室后墙上钉的一幅英国地图。"我们已经飞过了三颗钉子，那条长线，还有那块被果酱印子覆盖的中部地区。"

"你估计到伦敦还得多久？"莉莉问道，目光瞅见芒金在船室四角嗅来嗅去。

"我们比预计的要快一些。"安娜摆弄了一下六分仪，"看见那个点了吗？这说明我们已经不远了。如果现在这个风向能继续保持，我们应该可以在天亮之前飞到。几个小时之内，我们就能看见地平线上的街灯灯光——成百上千盏街灯，就像星星一样。等晨光初现，它们就会熄灭，那些负责点灯的人会沿着街道一盏盏把它们摁熄掉。"

"我们会在哪儿降落呢？"罗伯特好奇地问道。

安娜看了看罗盘。"看情况。像瓢虫号这种四海为家的飞艇，在很多地方都不被允许降落，而且我也从没付过空港使用费。但是我们往东边去应该能找到几个锚点。"

"锚点？"莉莉不解地问。

"哦，那是我们这些驾驶员常用的一个词，意思就是能启航的地方。"

安娜转动舵轮，那些穿进墙上金属孔洞里的粗缆绳也跟着动了。

"那些是干什么的？"莉莉问道。

"它们穿过上面飞艇气囊的内部，把转向柱和左舷、右舷还有尾舵连在一起。"安娜解释说，"如果其中一根断了，整个飞艇就会掉下去。"

"真奇怪，这些怎么没被放在船身外部？"莉莉突发奇想。

"不奇怪呀，"安娜说，"脆弱的部件都被安排在里面。万一为了好看放在外面，出事了就不只是难看了。"

罗伯特正在看仪表盘上的控制按钮。"把这些部件放在里面，这样飞到高处时，它们不会冻结然后断裂掉。"他解释说。

安娜眼前一亮："他居然知道！"

"哦，是这样啊。"莉莉说。她又仔细看着墙上挂着的一把有点像步枪的东西，就在飞行控制钮旁边。

"这个又是什么呢？"

安娜赶紧拍掉她的手。"别碰那个，很危险的。这是紧急飞叉枪，遇到空中海盗的时候用得上。"

"但是它的飞叉在哪儿呢？"

"现在没有。之前发生了一次紧急情况……"安娜困得不行了，眼睛都快闭上了，"遇到了空中海盗。"她打了个哈欠，"我说，罗比，要不你来掌会儿舵吧？我觉得我得去睡一小会儿。你们开会儿吧，你们俩一起撑一两个小时没问题，可以提醒彼此别睡着了。"

"我们应该没问题。"罗伯特说。

"我也觉得能行。"安娜指着窗外的一片星星，"那几个星座会在天空中移动，但是要让中间那颗星星一直保持位于玻璃的中央，同时让罗盘指针一直对着南方，这样你们的方向就不会出错。等你们看见地平线上的街灯，就把我叫醒。"

说完，她就爬上了卧铺，接着响起了打字机咔嗒咔嗒的击键声，不过，很快就没声了。莉莉估计安娜睡着了。

罗伯特皱紧眉头，转动舵轮，让瓢虫号保持直线前进。引擎隔着墙板传来舒缓的哼鸣，管道里的热气让船舱暖洋洋的。芒金找了个墙角，贴着一根热乎乎的管道，舒舒服服地睡着了。

莉莉看着外面的星星，它们仿佛夜空中的小雀斑。远处有个小光点划过天空。"你看，那个是流星吗？"她问道。

罗伯特仔细看了看。"不确定呀，我觉得它移动得有点太慢了。"

"那么是彗星吧？"

"彗星一百年也就出现一回，我们一生中能不能看见一次都要看运气，很有可能只是航道上另外一艘飞艇。"

"你怎么对天文和飞艇这么了解呀，罗伯特？"

"我爸爸对这两者都很熟悉，他修过很多天文仪器，也看了很多书。"

"你爸爸的事情，我真的很难过。"莉莉说，"真的。我从没想到会因为我而给他带来这么可怕的不幸。"

"我们别谈这个吧，"罗伯特说，"我现在还受不住。"他擦了擦风挡玻璃上的雾气，凉凉的水汽在他手掌里汇成小水滴。"以前，爸爸告诉我，古代的人觉得星星都是天上的神仙，"他终于又开口说，"自带神奇的魔力。实际上也确实如此，因为它们都属于过去。它们发出的光穿过整个银河，闪耀了成百上千年，就为了汇成我们眼前的这一幕。但是你知道最奇特的一点是什么吗？"

"什么？"

"每颗星星的光传到这里，都需要不同的时长。今晚闪耀着的这些星星都来自过去的不同的时刻，这也是为什么每颗星星的光都那么与众不同。"

莉莉转过身去，凝望着窗外的夜空。他说得没错——有的星星比旁边的星星更明亮，有些则显得那么幽暗迷蒙。但是每一颗都那么美。

"有些人认为所有的时间都是同时发生的。"罗伯特轻声说，"没有出生，没有死亡，所有的人都和我们同时存在，一直存在于此刻。"他一手抚上心口，望向夜空，"这真是个奇特的想法。"

"确实很奇特呢。"莉莉抓住了舵轮，手指从罗伯特的手上拂过。突然间，她感觉自己虽然失去了那么多，但是此时此景，两个好朋友一起在星空下飞行，还是非常幸运的。"这些也是你爸爸教你的吗？"她问道。

"有些是他教的，"罗伯特说着，歪了歪脑袋，"有些是我在他的那些书里看来的。他有许多关于星星的书，当然，还有很多关于时间的，时间和星星总是紧密相连，你知道的。以前的人就是通过星星来了解和研究时间。他教我读那些关于星星的书，还告诉我那些星座的名字。我真希望我当时记住了更多内容，可惜我没有。"他顿了顿，"还有人认为世间万物都是由星尘构成的。"

"甚至我们人类？"莉莉问道。

罗伯特点点头。"包括我们。"

他们默不作声地站在一起，欣赏广阔的星空。

无穷无尽的星空。

莉莉往风挡玻璃外看了一眼。"罗伯特，那道光——我觉得它离我们越来越近了。"

他们说话的这会儿工夫，那颗白色的光球已经和天上的月亮大小相仿。突然，它一个俯冲，射出了一道探照灯，打在瓢虫号的船头上，把船舱里照得雪亮。

莉莉看见自己和罗伯特的倒影映在漆黑的玻璃上，咔嗒嗒嗒的枪声立时响起。罗伯特赶紧低头，扯着莉莉也蹲下来，躲到舵轮的后面。风挡玻璃瞬间粉碎，碎片雨点一样洒在他们头上。

芒金从梦中一跃而起，大声尖叫。

罗伯特在满地碎片中艰难地朝他靠拢。

莉莉抓起墙上的通讯器，大声对着话筒喊道："紧急情况！有人在攻击我们！"

立刻传来咣当一声——听起来似乎有人撞到了头——安娜哗一下拉开帘布，冲了过来。她骂骂咧咧地揉着眉骨，飞快按下仪表盘上各种按钮。

那艘飞艇又开始发射第二轮火力。火花四溅的瞬间，莉莉看到对方艇身上写的名字。她声音颤抖着读了出来："巨兽号。"

"那是章朗和梅俊的飞艇。"芒金吼道。

"看来他们找到我们了。"罗伯特轻声道。

"嗯。"莉莉点点头。那艘银色飞艇越来越近，迎面而来的恐怖气息快把她的心撕裂了。巨兽号船头上凶狠的飞叉掉转过来，对准了他们。

第十七章

"他们想把我们击沉，"莉莉喊道，"赶快闪避！掉头！"

安娜从罗伯特手里抓过舵轮，用力转了三百六十度，瓢虫号开始慢吞吞地往相反方向转去。

罗伯特检查了罗盘箱上面的仪器控制面板，气压计的指针正在向零逼近。"我们的蒸汽不够了。"他对安娜说。

"那就快点去锅炉那儿，你们两个一起去。"她看向莉莉，"把能找到的东西都丢进去烧！"

"你陪着安娜，芒金。"莉莉喊了一声，就跟罗伯特一起冲进了过道里。

引擎室里，罗伯特猛地拉开炉膛门，迅速往里铲煤。莉莉抓起另外一把铲子也加入进来。右舷的舷窗上巨兽号的暗影笼罩下来，它浑身尖刺的船身正朝瓢虫号的中央部分直冲而来。

瓢虫号几乎已经转完三百六十度，就快掉过头来了。

——砰！

一把飞叉击中了瓢虫号。

船舱震得左摇右晃，同时，窗外响起阵阵低沉的嘎吱嘎吱声，巨兽号开始往回拖拽猎物了。

芒金冲了过来，在莉莉和罗伯特之间急得疯狂转圈。"当时约翰的船就是这样被拖过去的。"他尖叫起来，"现在他们又来了！"

莉莉一阵眩晕。如果他们现在逃不掉，那……

通信器里响起安娜的声音。"加大锅炉火力，他们想要强行登船！"

莉莉慌忙四顾。罗伯特刚刚把最后一点煤渣铲起送进了炉膛，很快就没有东西可烧了。

"我们没有燃料了！"她对着通信器大喊。

"把储物柜那边的木板箱丢进去烧。"船舱里响起安娜简短有力的回答。

莉莉冲进过道，拖出好几个箱子，递给罗伯特。他在炉边用力将木箱砸碎，再把碎片丢进火里。

引擎开始以双倍速运转，机械马达开到了全速，蜘蛛长臂叮叮当当疯狂舞动。

"我们甩开他们了吗？"罗伯特问道。

莉莉往左边舷窗看去，正好看见炮弹爆炸的刺目的炫光。"还没！"她喊道。

巨兽号还在拉近距离，拽着他们的绳子慢慢在收紧。船舱里，引擎嗡嗡作响，震得家具设备齐齐作响，震得莉莉牙关打战。

她必须做点什么，而且要快。她丢下罗伯特和不住呜咽的芒金，跑进过道里，冲到舰桥上。

安娜回头看了她一眼。"怎么了？"

莉莉抓住了板墙。"我必须到外面去，割断那根绳子。"

"你说真的？"安娜问道，"很危险的。"

莉莉点点头。"现在只能这样了，我觉得——我们的引擎马力不够。"

安娜点点头。"好。去吧。顺便把船身挂的东西都割断丢掉：它们有点拖慢速度。但是一定要注意安全——牢牢抓紧梯子。你身上有割绳子的东西吗？"

莉莉解开她那个包裹，从匣子旁边抽出钢锯和螺丝刀。"这些可以吗？"

"啊，这些应该够用了。"

莉莉把工具别到腰带里。回到过道上，奋力打开了船舱的门。强劲的冷空气一下扑进来，她顶着风把梯子慢慢放下去。

外面的风呼呼猛吹。她刚刚爬出去踩到第一级踏板，巨兽号就在她身后出现了，准备发射更多的飞叉，瓢虫号被绳索牵住，不断抖动着，就像一头濒临死亡的鲸鱼。

莉莉从腰带里抽出钢锯，在梯子上前后摇摆。随着两艘飞艇之间的距离越来越近，绳索也绷得越来越紧，发出嘎吱嘎吱的呻吟，寒冷让它变得生脆。莉莉用力锯着绳索，两艘飞艇之间相反的拉力使得绳子稳稳地保持在原地。风劈头盖脸地打在莉莉身上，冻得脸生疼，胳膊也快累得抬不起来了。她奋力又割了几下，然后——

咔咔咔——啪！

绳子断开了，瓢虫号获得了自由，嗖地往前蹿去，突然，螺旋桨也加快了速度。巨兽号的下一柄飞叉已经蓄势待发。如果莉莉不能继续帮瓢虫号成功减负，他们还是逃不掉的。

莉莉开始飞快地割断外面挂的那些压舱物。每割断一根绳子，就有一长串东西落下去，瓢虫号的螺旋桨就转得更快一点。很快，安娜的飞艇轻盈地升上高空，直升到巨兽号的上方，这样飞叉就没法打到了。

压舱物还有最后一串。

莉莉倾身向前，努力去割它。

绳子被割开了，但就是不肯断。最上面系的几块金属碎片边缘锋利，撞在一起叮当作响，扭来扭去。

莉莉奋力又往前了一点，用力割上面的绳结。手心滑溜溜的握不紧钢锯，背上不由得冷汗直冒。

终于，绳索断了，最后一串压舱物掉了下去，打在巨兽号的船头上，四散开去。

瓢虫号一飞冲天，急速上升。莉莉丢下钢锯，回手去抓梯子。但是她刚才探出太远了，第一把没抓住，接着又在结冰的金属踏板上滑了一下……掉了下去……

云朵从她身边疾驰而过……

一堆乱七八糟的绳子划过她的脸。

啪！

随着让人牙酸的大力一扯，她突然停止下坠。

她的脚钩住了梯子的最后一格，身体就像疯狂的节拍器一样前后摇摆，阡陌纵横的大地在她下方飘来荡去。

她的五脏六腑都快吐出来了，一时间只听得狂风怒吼，心如擂鼓。她需要冷静，喘口气，救自己。瓢虫号在她上方疯狂旋转，她感觉整个大脑在头骨里撞得咣当直响。

她紧紧闭上眼睛，奋力去抓上方的梯子踏板。

这一抓几乎耗尽了全身肌肉的潜能，终于把自己的身体拽了起来。当她的眼睛再次睁开的时候，虽然世界还在打转，但她至少不再头朝下了。

她深吸一口气，开始往上爬，每上一级都用手肘圈住踏板保证安全。她一级一级往上爬，瓢虫号就像一个气泡，继续稳稳地向上浮去。巨兽号的咆哮声渐渐远了，很快只剩下一个小小的影子，看起来只有小锡皮玩具大小了。

莉莉终于爬到瓢虫号船身附近，从开口爬进了船舱。

飞艇正在云层中穿行。莉莉卷起链梯，关上身后的舱门，把风的怒吼挡在了门外。

"太棒了！"安娜从舰桥上发出一声欢呼，"多亏你，我们现在有足够动力逃之夭夭了。"

但是瓢虫号对此似乎有些不同看法……它的木质船身剧烈

抖动起来，提出了抗议。

"真是个没用的机器！"安娜一巴掌拍在控制台上。

"怎么了？"莉莉赶忙进了驾驶室。

"我们爬升的高度有点太高了。"安娜紧紧握着舵，指关节都发白了。船上各种仪表盘的灯都开始忽闪，指针哗啦哗啦地响，瓢虫号就这样一边继续升高，一边狂抖。"如果我们再这样升下去，船就要垮了。"安娜喊道，"我们丢掉太多配重了。现在得把飞艇气囊里面的气体放掉一些，平衡一下，让它降低高度。"她拉动了船室侧面的一根控制杆，但是没有发生任何变化，"该死！"她骂道。

罗伯特出现在门口。"怎么了？"他问道。

"气阀开口可能堵住了。"安娜又试了仪表盘上的几个不同按钮，但是依然毫无反应。又一个仪表盘开始报警了。安娜瞪向它。

"这是氧气警告——十分钟后我们就没有空气了。你来掌舵，可以吗，莉莉？"

莉莉接过舵轮，感觉飞船在她手下上蹿下跳，就像一只发狂的野兽。

芒金也跳上来，贴着莉莉。"我不喜欢这样。"他哀号道，"我一点也不喜欢这样！我们要碎成渣渣了！"

"别去添乱。"安娜对他吼了一声，"莉莉，你继续加油。"她抓住罗伯特的胳膊，"你，跟我一起来。"

安娜带着罗伯特走进过道。

她拉开卧铺上的帘布，推开船身顶上的一个嵌板。

"上面有一根绳子可以拉开气阀的开口——就跟那些控制方向的缆绳一样，也从飞艇内部穿过。它肯定是什么地方卡住了或者断了，你得爬到飞艇气囊里找出问题并修好它。"

"上面好黑。"罗伯特说，"我能带个灯上去吗？"

安娜摇摇头。"除非你想把我们全炸上天。你只能靠手摸，那根绳子的起点就在这个舱顶上面，但是后面还有好几圈。你就沿着它一直走，肯定能找到出问题的地方。我本来可以自己上去，但我现在还得去修引擎！"

她一把将罗伯特推了上去。

罗伯特从舱顶的方孔往下看。"等我找到断口，接下来怎么办呢？"

"把断开的两头打结系紧，然后涂点沥青上去让它们粘得牢固一点。"她在下面的储物柜里摸索了一会儿，拿出一小段绳子，一罐黑乎乎的沥青，还有一把刷子，把它们全都递给罗伯特，"万一绳结卡在洞里了，可以切掉绳结，用这段绳子连接两头，加长一下。"

"要是我修不好怎么办哪？"

"那我们只能一直往上飘，十分钟后氧气耗尽，大家一起完蛋。明白了吗，罗比？"

"明白了，长官。"

罗伯特弯腰钻进了飞艇气囊幽黑的内部世界。飞艇抖得尘土到处飞扬，可他手里拿着沥青罐子还有刷子、绳子，甚至腾不出手来捂住嘴，只能使劲眨眨眼睛，打个喷嚏。

他头上的拱顶里充满了氦气。他有点发晕，不得不慢慢地深呼吸以获得足够的氧气。很快，眼睛就适应了这种幽暗的环境，能看见一点点了。气囊里面的高度至少是他的三倍。

他伸出一只手去摸索绳索的顶端。它穿过了船体的整个顶部。罗伯特在黑暗中一寸一寸地顺着绳子往前摸，终于找到了断裂的地方。

他紧紧抓住一头，把小桶和刷子都挂在胳膊上，然后去摸另外一头。另一头的断口完全散开了，松松地垂在远处的一个孔洞上。

他不得不用上带来的那段绳子，把两头连到一起。

他拽着绳子穿过洞口，把两头都连到新绳子上，打上平结，用小刀割掉多余的部分。然后给绳结涂好沥青，又拽了拽绳子，看看有没有挂到哪儿。

很顺畅。

他松了一口气，拾起罐子。修飞艇确实比修钟表容易不少。他原路返回，钻回船舱里，这才想起他都忙得忘记害怕了。他再次想起爸爸关于勇敢的那些话，就好像爸爸还陪在他身边一样。

"修好了。"他喊着跳了下来。

"太棒了！"安娜喊道，从引擎室里伸出头来。

"现在成功了吗？我们的高度降低了没？"他咳嗽着问道，声音突然变得有点尖厉。

"应该好了。"安娜催着他往舰桥走。

舵轮旁边的莉莉已经拉下了降压的绳索。飞艇气囊嘶嘶放气。

"你们俩都干得不错呀。"安娜对他们说。她重新接手了控制台，调整了路线，"这一通折腾最大的好处是：我们甩掉了追兵。"

他们慢慢降低了高度，船室里再次充满新鲜空气，瓢虫号的木质船身也停止了抖动。很快，它又回到了云层上，仪表盘上的指针也一个接一个地离开了预示着危险的红色区域，指回表示安全的黑色区域。

他们继续往前飞去。炉火越来越小，罗伯特和莉莉把最后一点木头和能找到的煤渣都填了进去。芒金甚至用牙从甲板上撕下几块已经损坏的板子，丢进了炉膛里。

一个小时以后，莉莉身上的衬衫完全贴到了背上，汗水大滴大滴地淌下来。她感觉自己都快坚持不下去了，但是这时通信器咔拉一响，安娜的大嗓门从铜喇叭里传了出来："啊哈——伦敦就在眼前啦！"

莉莉、罗伯特和芒金都跑到驾驶室里，隔着破碎的风挡玻璃往外看，特别是芒金，他的脖子伸得老长。

远处，拂晓的光芒已经从地平线上徐徐升起，目光所及之处没有巨兽号的踪迹。安娜把节流杆推上去，驾驶着飞艇往南，朝着伦敦这座大都市飞去，但是现在雾气很大，基本上什么也看不见。她看见孩子们脸上失望的表情，便开口说："我说，现在我要降低高度了。如果浓雾散开，你们说不定可以看一眼那著名的天际线。"

她快速拨动控制台上的几个开关，用力拉下减压阀，释放更多气体。瓢虫号从雾霾中降下。无数霜雪覆盖的屋顶组成的迷宫，突然出现在他们眼前。

东边，冬天初升的红彤彤的太阳照亮了整座城市。脚下，数不清的道路上，三三两两细小的身影就是负责街灯的人，他们正在熄灭路上的灯火。还有一些忙忙碌碌的小人儿是负责给人叫早的，他们拿着长长的棍子敲打着满是水汽的窗户，叫人们起来上班。

"现在去哪儿？"安娜问道。

"去银鱼教授的家。"莉莉说着，把教授的名片递过去。

安娜看到上面的地址，摇摇头说："那边不能停，这种高级社区是不会让我停泊的。不过，这样吧，我尽量把你们放在离那里尽可能近的地方。"

安娜转动舵轮，驾驶着瓢虫号经过一排住宅区，飞过圣潘克拉斯空中码头的钢制拱顶。

　　她驾着这艘小艇飞过了国王十字车站。一排排地面轨道上的早班火车正在开往各自的月台。车站外面，蒸汽马车和普通马车等着迎接出站的旅客，图钉大小的行人和小贩们在缩微版的石子路上熙来攘往。

　　安娜精确地驾着瓢虫号从两个胖鼓鼓的高空气球中间穿过，正式进入了城市上空的航道。灰褐色的天空里，她在无数飞艇之间灵活穿梭。

　　很快，圣保罗大教堂插着金十字的球形穹顶从雾气中显露出来。安娜快速往右转舵，飞上了东西方向的航道。她告诉两个孩子，沿着泰晤士河河边一条直路就可以走到教授家。莉莉看着飞艇下方，看到运煤的驳船还有蒸汽机船行驶在这条贯穿城市中心的蜿蜒河流里。

　　一只孤零零的红色高空气球被拴在北岸的一条长链子上，作为肯辛顿和切尔西岔路口的标记。安娜驶出航道，飞过河边一片容纳很多大宅子的区域。

　　莉莉看了雀跃不已，这些街道有些地方让她感觉到了家的气息。虽然教授是最近才搬回英国，但他显然还是选择了他们以前住过的地方。

　　她感觉这些地标都似曾相识——这些码头，这些桥，街道，还有南边的那个公园——看起来都相当熟悉。她确信，自己到这儿就安全了，有教授和她一起，还有，最重要的一点是，教授肯定能告诉她很多关于爸爸和永动机的事情。

　　但是安娜却没有停下来。她接着又从几排绿树环绕的房子上空飘过，又过了十分钟，终于停在了一段废弃的码头空地上，这地方位于河滨和一条两侧停满机器的铁路之间。河滨的另一侧，是个停满了船只的码头。几艘蒸汽船通过一条细窄的运河进出主河道。

"不好意思，绕了点路。"安娜说着，放下了瓢虫号的船锚。

"我们这是在哪儿？"罗伯特问道。

"这边是康特思河——是个飞艇的系泊地——也是我能停的离你们那个高级住宅区最近的地点了。我可不想因为在切尔西区非法泊艇而吃一张罚单。我手里已经攒了好多罚单了。"

她在一张纸片上随手画了一幅地图，递给了莉莉。"这是你们过去的路线。我就停在这儿，如果你们需要帮助就回这儿来找我。明天我会去一趟舰队街，《齿轮日报》办公室那边，然后我一定来拜访你和你的教父，顺便再把我查到的关于你爸爸和那几个人的事情告诉你。"

"谢谢你，安娜。"莉莉亲亲她的面颊。

"不客气，"安娜说，"希望能挖出点有用的信息。"她转向罗伯特，给他一个大大的拥抱，"罗伯特，你经历的那些变故真让人难过，希望你在莉莉的教父那里能获得安全庇护和不错的建议。"最后，她弯腰抓抓芒金的耳朵，"好好照顾他们俩，芒金。再见啦，祝你们好运。我们很快就会再见面了。"

他们放下船上的梯子，莉莉再次把芒金塞进外套里，往下爬去。罗伯特跟在后面，那个匣子和他们为数不多的财产都装在毯子里系在他背上了。

他现在对空中旅行的上上下下已经习惯多了，虽然还是会有点晕，但是他爸爸当时说得对——不断尝试之后，那种慌乱就慢慢平息了。他不禁想，现在这种深重的失落感也会随着时间而褪去，还是会永远伴随着他？如果莉莉的教父不愿意留下他，他又该怎么办呢？那他就得孤身一人在这灰扑扑的大都市里生活下去了。

梯子的最后一级离地还有一米多高，他们直接跳到了地面上。安娜站在上面的舱门门口对他们挥手，他们回以微笑，也挥着手告别，芒金从莉莉衣服里探出头来大叫了一声表示感谢。

安娜把梯子收了上去，关上了瓢虫号的舱门。莉莉解开外套让芒金跳下来。罗伯特觉得自己会想念安娜的。"现在又只剩我们俩了。"他叹了口气。

"其实也不完全是呀，"莉莉说，"她随时都会来帮我们的，那时，我们三个还是一支完美的小队。"她拉住罗伯特的胳膊，芒金昂首阔步走在旁边。他们踏上了面前的小路，开始向伦敦的繁华街道进发。

寻找教授家的过程比预期中复杂，他们差不多找了一整个早上。切尔西这地方很容易迷路。郊区的街道看起来要更时髦一些，相比之下，主干道则像一条条机械河流，川流不息的各种车辆挤挤挨挨往前走，一路喷着烟气。每条小巷里都有人在大呼小叫，人行道上随处可见来来往往的小贩和手推车，石油、天然气和排泄物混合而成的难闻气味充斥在空气中，简直无处不在。

芒金走在最前面，他声称自己只瞟了一眼就记住了安娜的地图。虽然他牛皮吹得山响，可是根据他那犹犹豫豫的步态看来，他的话似乎并不可信。

大部分街道都没有路标。他们至少已经走了二十分钟，罗伯特开始怀疑狐狸知不知道自己在往哪儿带路，所以他拦住几个路人想要问路。

这一举动简直让芒金炸了毛。"快告诉他，莉莉，"狐狸不满地说，"约翰制造的机械动物永远不可能迷路。"

"你自己跟他说吧。"莉莉说，"我忙着呢。"她在努力辨认地图上一个潦草的标注，"这个是不是应该在我们的右前方？"

最后，他们终于找到了那条街，河滨步道——原来是一条林荫大道。到处都是带长车道、高高的铁栏杆的独立式住宅，靠着泰晤士河北岸的那一侧还有许多大花园，一路延伸到巴特西大桥。

莉莉找到九号门牌，推开了大门。但是，当他们沿着车道往房子走去的时候，她突然停住了脚步，喃喃说了一句话，声音很轻，轻得罗伯特差点没听清。

"这就是我们以前住的房子。"

第十八章

"你确定你们以前住在这儿？"罗伯特抬头看着教授家房子的正面。看起来不太像是普通的家庭住宅，房子前门镶满了铁花制品，感觉像是某个癫狂的建筑师不小心把壁炉栏杆设计在外面了。屋顶的角落里，探出一截粗大的灰色烟囱，它长着四根肥短的罐子似的手指头，仿佛要抓向铁灰色的天空。

"应该没错。"莉莉现在也不太确定了，"当然，以前没有这些装饰品，但是感觉房子是同一个。"

他们沿着大理石台阶走到正门口，莉莉叩了叩银色的门环，门环的造型是一条跳起的鲑鱼。"这个以前也没有。"她轻声说道。

"改变是很容易的。"罗伯特说。她的这些疑惑也让他有些不安。"但没准是你认错了。"

他们在门口等着。

终于有脚步声过来了。门开了一条缝，里面是一位打扮入时的机械管家，只见他的黄铜身体金闪闪，金色头发油光光。他往外看了看，问道："你们好，请问有何贵干？"

"我们是来找教授的。"莉莉对他说。

管家冷哼一声。"不好意思，恐怕银鱼教授没空接见脏兮兮的流浪儿。"

"我不是流浪儿。"莉莉挺直胸膛，站得笔挺，"我是哈特曼小姐，银鱼教授的教女。他让我有困难的时候来找他。"

"哈特曼小姐？"管家上下打量着她，特别是她那街头小贩似的打扮。

"我乔装打扮了一下。"她解释说。

"明白了。"他答道，不过他显然并没有明白多少，"你有请帖吗？"

"你觉得我看起来像是拿着请帖来赴宴的人吗？"莉莉脱口而出。

罗伯特感觉到她越来越不安。他揉了揉莉莉的胳膊，"莉莉，你有教授的名片，记得吗？"

"对！"莉莉在口袋里一通翻找，终于拿出了银鱼教授的名片。

管家隔着白手套嫌弃地接了过去，又翻过来仔细地看了看。"我这就去告诉教授你们来了，哈特曼小姐和这位……"

"汤森先生，罗伯特·汤森。"

"好极了。"管家退后几步，"你们可以进来等，但是机械狗不能进来，我不能让机械动物进屋。你们得把狗留在外面。"

"我不是狗，我是狐狸。"芒金龇牙怒吼道，"而且我有良好的教养，不会在你们的地毯上掉齿轮的。如果你是担心这一点，那你大可放心。"

莉莉弯下腰，轻声对他说："拜托了，芒金，就照他说的做吧。我们会很快出来的，我向你保证。"

狐狸点点头。"别太久呀。"说着，他轻巧地走到花圃里，在一棵冬青树下坐下。

管家嫌弃地远远看着，拉开了门，让莉莉和罗伯特进去。他们迈过门槛，发现里面是个大大的中庭。

"这边请。"管家说着转动了脚轮，带着他们走过棋盘格纹的大理石地板。罗伯特看见顶上挂着一盏明晃晃的吊灯，就像挂着一千根玻璃做的钟乳石，只不过每一根里面都点着没有火焰的灯——那是电灯。

在一架宽大的楼梯下，管家突然停步。"请在这儿等一会儿。"说完，他就消失在了走廊里。

莉莉越过吊灯凝视上方华丽的天花板，上面的壁画描绘的是一张绘有海洋和大洲的地图，地图被掀开，展露出内部的机械构造。"我对这个完全没印象，"她低声说，"整个走廊都不一样了。"

罗伯特挪了挪背上的包裹。"主要是——"他没来得及说完，走廊里突然响起一声大喊。

"快让他们进来，你这个蠢机器……噢，算了算了，我自己去！"

银鱼教授从转角匆匆走来。他大力拥抱了莉莉，又和罗伯特热情握手。"汤森先生，很高兴见到你。莉莉，你能来真是太好了。上次离开之后，我一直非常担心你，就那样把你留给那个阴气沉沉的监护人，真是让人感觉太糟糕了。很抱歉我没有回去看你，我真的很想去，但是我最近身体状况一直不好。"他敲了敲胸口，那里当当作响。当他身体前倾的时候，罗伯特看见他衣服下面有一台复杂的机器连在身体上。

"您心脏状况怎么样？"莉莉问道。

银鱼教授笑起来。"我看见你就感觉好多了，亲爱的孩子。但是，先告诉我，到底发生了些什么事呀？"

"那可就太多了。"莉莉倦容满面地摇摇头，"我还是不知道爸爸到底出了什么事，还有，我非常非常需要您的帮助。"

银鱼教授挠挠头。"这可是个难题。有人知道你在这儿吗？你的监护人呢？"

"谁也不知道。"莉莉说，"有人一直在追杀我们，我们只能拼命逃跑。发生了很多可怕的事情，我们现在状况非常危险，是吧，罗伯特？"

"来来来。"银鱼教授把两手放在两个孩子的肩上，"肯定没那么糟糕的，我感觉我们一定可以解决的。你们跟我一起吃个午饭吧？等你们美美地大吃一顿以后，心情就会好很多了。"他上下打量了他们一番。"但是，嗯，也许接风之前，需要先给你们洗个尘？我们可以晚一点吃饭，如果你们愿意的话。同时，你们也可以休息一会儿，我的机械人会给你们找些干净衣服来。这个安排你们觉得怎么样？"

罗伯特点点头。他突然感到他很想独自休息一会儿，也许可以稍微睡几分钟。

那位绷着脸的管家带着他们沿着一楼闪亮的镶木地板往前走，来到两间相邻的房间。"你们可以在这儿休息一会儿，"他说，"午餐一小时后开始。"

莉莉点头致谢。她从罗伯特手上接过包裹，给了罗伯特一个鼓励的眼神，然后走进了自己的房间。

罗伯特站在外面左右看了看。这房子大得惊人，中庭上方有一条走廊连通夹楼的三面，吊灯的那一侧另有一处楼梯通向二楼。看起来应该还有个地下室，因为他之前注意到有楼梯通向地下。罗伯特想要四处看看的念头只是一闪而过，一想还是先休息吧，之后应该还有机会的。他听见莉莉在她的房间里走动，很快，他也走进了自己那间休息室。

这是他有生以来见过的最为豪华的房间了。镶嵌着绿色天鹅绒的墙壁，同色系的窗帘，一整面落地飘窗，靠墙放着一张看起来就很舒适的四柱床。

里面甚至还有一个卫生间，有洗手盆，但是没有浴缸——

取而代之的是一个奇怪的四面玻璃的隔间，铺着大理石瓷砖的墙上安着两个金色的水龙头，黄铜管道从天花板上垂下，末端的出水口看起来像是一朵没有花瓣的向日葵。

罗伯特走进玻璃隔间，试了试水龙头，又慌忙跳开，因为头顶上突然有热水淋了下来。他还没来得及脱下衣服，就已经被全部打湿了。在墙上的大理石凹格里，他找到了一块香皂。

等他洗完澡出来，便看见门后挂着厚实的白色毛巾布质地的浴袍。他穿上浴袍，捡起自己的湿衣服，走进卧室。

机械管家已经送来了一套很时髦的衣服，就放在床脚。他上身一试，发现长裤、白衬衣和外套完全合身。

镜子里的他看起来简直像是另外一个人，真希望爸爸也能在这儿，也能看见他穿的这一身。不过，爸爸是永远也买不起这样一套衣服的。罗伯特想到这里伤心起来，他再看看镜子里的自己，简直快要认不出了，好像他已经把过去都扔掉了一样。

他脱掉新衣服，穿回他自己的湿衣服，然后倒在床上，胸口有个东西刺得生疼。他从口袋里把那个东西掏了出来，是他的小刀，爸爸给他的，他都快忘了自己还带着这个。他把小刀塞到袜子里——这样就不那么碍事了。然后，他在床上蜷起身子，闭上眼睛，含着泪深深吸了一口气，沉沉睡去。

罗伯特被远处某种丁零零的声音唤醒了。他闭着眼睛躺在床上，迷迷糊糊中以为是爸爸早上拉开店门准备营业的动静。但是丁零零的声音不绝于耳，他这才意识到不太对劲。

有人敲了敲卧室门，他睁开眼睛坐了起来，终于想起自己身在何处。

莉莉伸进头来。她穿着一件美丽的丝裙，头发盘上去了，脸也洗干净了。她推开了门，罗伯特看见她还抱着那个匣子，匣子外面没裹毯子。

"你看起来完全不一样了。"他站起来，放松了一下僵硬的双腿，"那是新裙子吧？它看起来……我是说，你看起来……真漂亮。"

她笑了，"难道你是说我以前不漂亮吗？"

"不……我……你觉不觉得这房子有点怪？"他试图转换一下话题，"到处都太安静了。"

她耸了耸肩膀。

"你还记得这房子以前的样子吗？"

"其实不太记得了。"她说，"虽然感觉很熟悉，但所有这一切都过去好多年了。可能是我弄错了？也可能，只是因为这一个星期以来，过去的各种事情又被翻了出来……谁知道呢……不过，终于能换掉身上的脏衣服真是太好了，虽然要我自己挑的话，我可能不会挑这种样式。"她抚平裙面，朝罗伯特走了一步，倾身向前。罗伯特还以为莉莉是要亲一下他的脸颊，但莉莉只是抬起了一只手，神秘兮兮地说："机械女仆告诉我，我们一到这儿，她就被派去服装店买衣服了。这件衣服稍微有点太正式了，你觉得呢？"

他两颊滚烫，不知道该说什么，只好揉揉眼睛问道："那个铃声是午餐铃吗？我都快饿死了。"

整个午饭时间，莉莉都在给银鱼教授讲他们的惊险遭遇。教授听得很认真，时不时出声表示震惊，或者轻声鼓励她继续说下去。

那位浑身锃亮的机械管家则一直在漂亮的装饰地毯上转来转去，忙着端上一盘又一盘用银色圆顶盖子盖住的菜肴，并将它们整齐地摆放在那张桃花心木长桌上。

罗伯特端起一只装满柠檬汁的水晶杯抿了一口。他没怎么专心听他们的对话，他很喜欢前菜的番茄冷汤，还有后来上的一道美味的多佛比目鱼，味道清淡，一起上的还有奶油酱和土豆泥。但是现在开始上主菜了，是一盘巨大的烤鹿肉，他感觉有些吃不消了，剩下的几副刀叉他也不知道该先用哪个。他已经习惯了在家里和爸爸一起吃的简单饭菜，现在有点不知所措。而且，虽然已经在这里吃了这么多好东西，但他对这栋房子的那种不安的感觉还是挥之不去。这里太安静了。他突然意识到，因为这里没有任何钟表，所以才这么安静。整栋房子里只有一个嘀嗒声，那就是教授的心脏装置发出的声音。

布丁上桌了：果冻状的巧克力奶油，颤巍巍地盛在银盘子里。罗伯特取了一小块，吃完之后抬头看看莉莉那边，发现她的故事已经快讲完了。

银鱼教授靠向椅背，点燃一只雪茄，然后仔细看着约翰的信。"我亲爱的孩子们，"他说，"你们这一路真是惊心动魄呀。如果你们给我发电报，我肯定能更快赶到。"

莉莉倾身向前。"所以您这儿有没有什么关于爸爸的消息，或者关于永动机的信息呢？"

教授皱起眉头，指间的雪茄慢慢捻动。"亲爱的孩子，我当然是知道永动机的，它可占据了我人生整整十三个年头。"他等着机械管家收走剩下的盘子离开，才拖过桌上一只烟灰缸，往里面弹了弹烟灰。

"七年前，"他开始讲道，"你爸爸和我开始一起合作研究能用在改造人身上的机器装置。你爸爸当时致力于设计有感知力的机器人引擎，而我是研究生物方面的，致力于修复战斗中受伤的士兵身体。

"不幸的是，我只来得及帮助几个患者，自己的健康状况就急转直下了。每一天，我都感觉自己喘不上气来，而且开始忘记工作所需的一些重要知识，还数次短暂失去意识。医生给我做了各种测试，他们发现这种病是致命的——我的心脏快不行了。

"你爸爸也想来帮忙。他一直在用齿轮装置模拟人类心脏，他觉得如果能做成，给我安上去，或许能挽救我的性命。我同意了，付给他一大笔钱，请他立即着手研究。"

"啊，看起来他的成果还不错呢。"罗伯特说。他忍不住盯着教授胸口鼓鼓囊囊的那个装置看。希望教授不会太介意。

"什么？这个吗？"银鱼教授敲了敲他胸口的机器，"噢，不是——这个鬼东西很原始，必须每天上发条，经常需要修理。这东西让我感觉自己就像个该死的废物机械人！"

教授突如其来的发作，让莉莉有点瑟缩，但她什么也没说，等着教授继续说下去，她想让他把想说的说完。

"不。"教授捶着胸口的机器面板，"约翰的成果可不是这个东西，他的成品要复杂得多，精巧得多。那是个机械奇迹。"他把白色袖口上沾到的烟灰弹掉。

"在还没做好之前，我对他百般恳求，想看一眼。但是约翰始终保密，他拒绝了我，每天都把那个东西藏到保险柜里。

"等到快完成的时候，他终于同意了。就在这栋房子里，我在他的办公室看到了那个作品。"莉莉听到这里，惊呼出声。教授微微点头表示肯定，然后继续说道："约翰把壁炉上面的一幅画拿下来，打开了后面的保险柜，里面有个红木小匣子。"

罗伯特看到莉莉瞥了一眼她脚下的匣子。

银鱼教授没有注意到——他深深沉浸在过去的回忆里。"约翰把匣子放在我面前的工作台上，里面传出细小的嘀嗒声。他转动钥匙，打开盖子，嘀嗒声变大了。

"匣子里垫着天鹅绒内衬，里面放着已经完成的装置：齿轮之心。"

"齿轮之心。"莉莉低声念道。

"它是什么样的？"罗伯特问道。

"它的外表和我见过的任何齿轮装置都不一样。"银鱼教授说，"它看起来有血有肉，表面还有起伏，就像你在肉店里能找到的那些心脏，表面还有许多凹陷和金属血管。

"我伸手把齿轮之心握在手中。它凉凉的，颇有分量，形状非常称手，完美地窝在我的手掌心，几乎像要长到我身上一样，好像它迫不及待地要成为我的一部分。

"我按下装置正前方的一个地方，一块面板弹开来。我看到这颗心脏内部有四个玻璃心室，里面有上百个小金属齿轮在齐齐运转，中心是一块闪亮的红色钻石，在一阵阵发出脉冲光。

"这场景让我目眩神迷。这真是改造人技术的完美之作，把不可能变为了可能，比我能想到的一切都更加完美。我有许多问题想知道答案，但是你爸爸都轻描淡写，避而不谈。

"'我什么时候能拿到？'我问他，'什么时候能给我？'

"'快了。'他说。但是，第二天我再见到他的时候，发现他面色沉重。

"'怎么了？'我问道，'是那个装置出什么问题了吗？'

"'不是，'他说，'是别的问题。西蒙，我恐怕要改主意了。齿轮之心不能给你。'

"'为什么？'

"约翰摇摇头。'我在测试之后，发现了一个奇特的现象：这东西实现了永动。它是一台永动机。我造出了世界上最强大的机械。它不会变慢，不会损坏，不会停止。它永不消亡。我不能把这样的东西放入任何人的体内。'他抓抓胡子看向我，眼神极其严肃，'你看，西蒙，我认为我发现了一种让人类永生的方法，而这种东西是不应该存在于这个世界上的。'

"'但你答应过我的。'我说，'你一定要再考虑考虑呀。'

"一开始他确实考虑了一阵子，但是之后他就开始回避我了，我明白他已经做出了决定。'最合适的做法，'他说，'应该是毁掉这东西。你可以明天再问我一次，但是我觉得我应该不会改变想法。'"

银鱼教授在烟灰缸里摁熄了雪茄。"当时我们谁也没意识到那个明天永远不会到来了。事情完全沿着意想不到的方向直转而下，你妈妈出事了，还有你，你也生病了，莉莉。然后你爸爸就销声匿迹了。我只能认为，他是因为偷走了齿轮之心，所以才这样东躲西藏。老实说，我从来没有相信过他是真的想毁掉这东西。我认为他只是想要研究清楚，从它蕴含的不可思议的能量里发现更多奥秘。"

接下来是久久的沉默。罗伯特等着莉莉开口说话，但是她好像一时间不知道说什么才好。

"所以，所有的人就是在找这个东西？"罗伯特终于开口问道，"为了这个去追杀莉莉、芒金和他爸爸？也是为了这个去了我家，杀了我爸爸？"

"是的。"银鱼教授点点头，"关于约翰那段时间一直从事的研究，圈子里有很多传闻，甚至在他隐姓埋名之后，人们还是坚持寻找这颗齿轮之心。但是他一直把自己藏得很严实，就连我也一直没能见到他，也没有听到过他的消息。因为健康问题，我不得不去南方，到大陆那边去 [1]。在那里，我设计了这个原始的机械帮我苟延残喘。

"去年，我回到英国，发现你们的旧房子在出售。卖房子的是你爸爸以前的律师，森德先生。一开始他不肯告诉我约翰去了哪儿，不愿意让我直接联系我的老朋友。但是在约翰的飞艇事故发生之后，我终于说服了他——幸亏我这么做了，你看，你不是已经把齿轮之心送到我面前了吗？"

莉莉猛抽一口凉气，面无人色地低头看向那只匣子。她的教父微笑着，笑得就像刚刚逮住一只小鸟的猫。罗伯特这才明白为什么教授要邀请她来这里。

银鱼教授站起来，从口袋里拿出一枚小钥匙。"我最后一次和你爸爸见面的时候，他把这个给了我。"他解释说，"是用来开那只匣子上的锁的。"

莉莉伸手从椅子下面拿出匣子，放到教授面前的桌子上。"如果我把这个给你，你会帮我找爸爸吗？"

教授点点头。

"那你就拿去吧。"她说道，"它给我们家，还有罗伯特家里，带来的只有痛苦和麻烦。"

银鱼教授深吸一口气，把钥匙插进锁里，转了一圈，打开

---

1. 指欧洲南部，包括意大利、希腊等地，气候较为温和湿润，适宜养病。

了盖子……他直勾勾地盯着匣子里面。

他的脸色沉了下来，发出一声奇怪的大喊。他把里面的东西倒了出来，各种零碎撒了一桌子。几张照片，一绺编在一起的头发，一条旧蕾丝花边，一枚婚戒，还有一颗石头。只有照片和回忆。

"东西在哪儿？"教授歇斯底里地喊道。

莉莉惊叫一声，拾起一张照片，上面是她和她的爸爸妈妈，站在现在的这栋房子前面。

"这些都是妈妈的。"她说着，拿起那块石头。她把石头捧在掌心翻了个面。罗伯特看见石头中间螺旋花纹的什么东西金光一闪。"这是她收集的化石。"她轻声说，"这是她的婚戒，还有她的发辫，这是她最喜欢的裙子上的花边……"

"一文不值。"银鱼教授瞪着这堆东西说道，"所有这些，"他一把推开了匣子，"就跟你一样毫无用处。"

罗伯特突然觉得很难受。莉莉的眼泪慢慢涌上眼底，她抓起妈妈的遗物，收拢进自己的怀抱。"但是爸爸那封信……"她说，"他写了我们可以信任你，而且你也承诺说会帮我……承诺说会帮我找到他。"

"承诺值几个钱？"银鱼教授怒气冲冲地说，"不，你误会了。那封信是警告你不要信任我，永远不要。"他转身，面色怪异地看了莉莉一眼，"不过呢，你至少给我带来了这只匣子，我就做件好事，实现你的一个心心念念的愿望吧。"

他从桌子中间拿起一只小铃铛，摇了摇。一阵沉重的靴子声和哒—哒—哒的手杖点地声从走廊里一路传来，然后门开了。狞笑的章朗和梅俊站在门口，镜面眼睛闪着光。他们挟持着一个脑袋低垂的男人，那人正是莉莉的爸爸。

第十九章

"爸爸！"莉莉大喊一声，但是，得知爸爸还活着的这种惊喜很快被越来越强烈的恐惧压倒了。爸爸的情况看起来糟糕极了，身体扭曲，胳膊好像也断了。她揪心极了。"你们都对他做了什么？"她喊道。

"都是他自找的。"梅俊的镜面眼睛闪着得意扬扬的光。

"打个招呼吧。"章朗对爸爸说，然后两人松开了他。约翰歪歪扭扭地倒在了地板上，就像一个失去了牵绳的木偶。

银鱼教授对他的老朋友投去轻蔑的一瞥。"为了帮他唤醒记忆，估计我的手下在他身上试了几种不同方法。"他往后退了几步，像是怕约翰弄脏他的鞋子似的。

约翰抬起头，盯着莉莉看。"我亲爱的……我的宝贝，"他的声音支离破碎，含着眼泪哽咽不已，但他咬紧牙关继续说道：

"你怎么会来这里？"

莉莉强行咽下此刻心里的痛苦。"我来找你。"

"我给你写了一封信的……让芒金带给你，叫你不要来。你应该躲起来的。芒金呢？他不是应该陪着你的吗？"

银鱼教授哈哈大笑，挥动手里那封信给他看。"噢，没错，她收到你的信了，以为上面说的是我会帮她。想想看——是你自己的信让她来到了这里！当然，这中间也离不开我的鼓励。"

"现在，约翰，你总可以告诉我齿轮之心在哪里了吧？或者你可以开始着手做个新的。不然，我只好亲手做点小手术了。"银鱼教授用力捏住莉莉的下颌，让她看着她的爸爸。

"从耳朵开始，然后是脚指头，接着是手指。我会一点点拆下所有的零部件，直到拆完为止。"

说完，他一把松开莉莉。约翰痛苦地大吼一声，但是银鱼教授只是无动于衷地看了看怀表。"我给你一个小时的时间考虑。"他又看了看罗伯特，"在此期间，也许我可以从这小子身上切几根指头下来，听说他在钟表制作方面学得不是太认真。"他对梅俊挥了挥手，"把约翰送回实验室去。"

梅俊弯腰揪住了约翰的脖子。

"你放开他！"莉莉大喊一声，捞起桌上的一只玻璃杯，向他们扔去。

杯子没打中梅俊，砸在墙上碎成了一地。

梅俊哈哈大笑着，把约翰拖出了房间。

银鱼教授站在门口，又点燃了一只雪茄，看着章朗绕过桌子朝莉莉走去。

"不，你休想！"罗伯特喊道，举起一只瓷盘，扔向章朗。但是章朗用手杖轻轻松松挡开了，瓷盘砸到了地上。

罗伯特拉住莉莉的手，把她扯到桌子的另外一边，随即发现他们无路可逃：墙上漂亮的壁画，花架上的植物，还有摆着各种好看的东西的桌子，都让人忽视了一个重要的事实，那就是这间屋子没有窗户。

"这边走。"莉莉踢开一把椅子，拽着罗伯特想从桌子底下钻过去，但是章朗丢下手杖，长臂一张，就把他们紧紧抓住，汗津津的大掌捂住他们俩的脸。

"我本来想要客气点。"银鱼教授喷出一口烟气，"但是我不能放任你们这么破坏我的房子。"他踏进走廊，"把他们锁到煤棚里去，章朗先生。我待会儿再来对付他们，现在，我想先去看看约翰有没有回心转意。"

章朗扭住莉莉和罗伯特的胳膊，押着他们穿过屋后的院子。煤棚搭在外墙上，这让莉莉立刻想起学校里的那个煤仓。章朗打开棚门，先搜了搜罗伯特的身体，还让他把口袋翻出来看看。

"现在轮到你了。"说着，他朝莉莉走去。

"你要是碰我一下，"她啐了一口，"我就跟你拼了。"

章朗哈哈大笑。"真要拼命，死的那个也不可能是我，小姐。"说着，他把他们都扔了进去，"我们一会儿再回来接你们。我感觉那位先生很快就会愿意合作了。"

他咣当一声关上门，又上了锁，把他们留在黑暗之中。罗伯特和莉莉从门上的缝隙向外看去，只见章朗将钥匙挂到了对面墙上的钩子上，然后转身回房子里去了。

他一走，莉莉就扑到门上用力摇动门把手。她把脸贴在隔栅栏杆上，顺着缝隙往下看，查看锁的样式。"我们必须想办法出去。"她低声说。

"出去又能怎样？"罗伯特说着，心中突然闪过一丝嫉妒。他倒在角落的煤堆上，现在，他已经失去了他曾拥有的一切，这全都是莉莉爸爸和那个愚蠢教授之间的争端引起的。哪怕现在，她还是有一丝希望的，而他，已经一无所有。

"我就知道那个教授有点问题。"他脱口而出，"结果现在——我们经过了那么多磨难——现在只能在煤棚里等死。"

莉莉怒目而视。"那就不要躺在那儿等死呀！听着，我们不会死在煤棚里的。我们不仅要逃出去，还要救出爸爸。"

"说得简单。"

莉莉卷起袖子，把手从隔栅栏杆中间的缝隙伸了出去。"只差一点就可以够着锁了。"她从头发上拔下一根发卡，放到嘴里咬直，再隔着隔栅递到外面那只手上。

莉莉咬紧嘴唇，聚精会神。罗伯特也屏住了呼吸。

只听见窸窸窣窣一阵过后——

当！

"要命，"她说，"弄掉了。"她跺着脚瞪他一眼，"怎么？你还不过来帮我？"

他顿时生出些罪恶感。其实，这些也不是她的错呀，她并没有做错什么。全都是那些坏人干的。她说得对，他们至少应该先试着想办法逃出去。他摸出之前塞在袜子里面的小刀，递给莉莉："给，换这个试试。"

莉莉打量了一下。"刀太宽了。不过，你居然还藏了把刀？"

他耸耸肩。"我之前顺手塞在袜子里的，因为其实挺碍事的。"他揉了揉脚踝，"要是芒金能帮我们拿到钥匙就好了。"

"对呀！"莉莉一下子推开他，"芒金还在外面呢！芒金！"她隔着门大喊起来。

"他听不见的。"罗伯特嘟囔道，"他离得太远了。而且，都过去这么久了，他发条说不定都用完了。"

莉莉不搭理他，在丝裙上擦了擦手上的煤渣印子，然后把手指塞进嘴里打了个呼哨。

罗伯特觉得那估计是世界上最大声的呼哨了。幸亏没有把狼招来，而是招来了——

芒金！他像一道红色的闪电冲过了院子，高高跃起，向门而来。红鼻子探进隔栅栏杆中间的缝隙，整个狐狸脑袋又用力向里挤了挤。

"遇到麻烦了？"芒金冷嘲热讽地开了口，"怎么会这样呢？"

"我一会儿告诉你，"莉莉说，"你先把我们弄出去。"

"哦，我明白了，"芒金说，"现在你需要我了。"

"钥匙就在钩子上，就在那边。"莉莉指了指对面。

"首先你得道歉。"芒金说。

"什么？"她脱口而出。

狐狸舔了舔黑黑的前爪。"为了你们嫌弃我不够整洁不能进去见人而道歉。是呀，你们进去刷洗了一番，我看出来了。"

"但是你当时也没反对呀。"罗伯特说。

"没错。"狐狸反唇相讥，"所以你们现在在里面，我在外面。"

"好吧，我很抱歉。"莉莉说，"现在可以去拿钥匙了吗？"

"遵命。"

芒金走到墙边，跳起来去够钉子上的钥匙，但是没够着，差得还有点远。

芒金四下看了看，见角落里堆着几只旧木桶。

芒金用头一顶，一只木桶滚了下来。他垂着尾巴，一路把桶滚到了钥匙旁边。然后，他跳到桶上，再次起跳！——

这一次，他的牙齿咬到了钥匙的底部。钥匙从钩子上掉了下来，芒金在空中一口叼住，然后落到地上。

"谢天谢地。"莉莉隔着栏杆挥舞双手，"现在，快点，拿到这儿来！"

芒金跳过来，将钥匙放进她的手掌。她伸长胳膊，打开了锁。

她走出煤棚的第一件事就是弯腰亲了亲狐狸的鼻子。罗伯特也挤过来摸了摸狐狸脑袋。"芒金，你真是个天才！"他轻声说。

"真的，芒金！"莉莉抓了抓狐狸毛茸茸的耳朵，"你确实是个天才！我应该给恶徒杰克写封信，告诉他你的各种事迹。他肯定会把你写进他的下个大盗故事，让你永留史册的。"

芒金终于忍无可忍地发出一声抗议的叫声："胡扯够了，我们得快点走了。"

莉莉从他脖子上拿下钥匙，给他上足了发条。

"不。"她说，"你一个人走，去找安娜，请她来帮我们。罗伯特和我要进去找爸爸。"

芒金的眼睛一下子瞪大了，胡须都抖了起来。"约翰在里面？"

"对。"莉莉说，"我们这就去救他。"

莉莉和罗伯特蹲在冰雪覆盖的花园里，看着芒金先是从高高的院子栏杆中间奋力挤了出去，然后放低身体，垂下尾巴，溜到了街上。

等芒金最终消失在远方，莉莉方才皱皱鼻子，抬头看向房子。"我们可以从那儿进去。"她指着后门门廊的上方，那儿有个小小的敞开的窗户，藏在光秃秃的树枝后面。"就当在爬家里的葡萄架。"她用探究的目光看了看罗伯特，"这一趟会比较危险，如果你不想来，你也不是非得跟着一起来的。"

罗伯特摇摇头。"我想去。为了我爸爸，我要帮你一起阻止这些人。"

"好。"莉莉跳起来拽住了一根低处的树枝，然后顺势爬上了树冠。

罗伯特深吸一口气也跟着爬了上去。

等他终于爬到树上，莉莉已经沿着一根粗壮的枝干爬出一段距离了。

她爬到后门门廊的屋顶上方，然后松开树枝跳了下去，还示意他跟上。等他跟了过来，莉莉便从敞开的窗户爬了进去。

他们进入的这个房间很昏暗。罗伯特轻手轻脚地穿过房间，打开了门，往外张望。他正要踏入走廊时，莉莉轻轻碰了碰他的胳膊。

"房里有人。"她低声说。

莉莉说得没错。罗伯特看到房间里全是旧机械人的影子，一个僵硬地靠在墙上，另一个坐在角落里，两脚朝外，第三个则倒在地上，乱七八糟的线路从他们胸前的面板里扯出来，有些胳膊和腿都被扯坏了。

莉莉走了过去，看见他们的面孔，不禁大吃一惊。

"天哪，这是弹簧船长！"她说，"还有螺帽先生和嘀嗒小姐——都是我们家的机械人。"她抚摸着他们的面庞，急忙检查他们的伤势。"原来铜绿夫人把他们卖到这里来了。"

突然，她停了下来，脸色一变，冲向屋子里的一个阴暗的角落，那里还站着一个机械人。罗伯特听见她猛吸了一口气。

"罗伯特，是锈夫人！"

锈夫人的胳膊上裸露着许多电线。本该是手的地方，有许多弹簧和金属接头凌乱地戳在外面。莉莉在锈夫人的脖子上摸到了挂着的发条钥匙，立刻用力地将发条一圈圈拧紧，直到锈夫人咔拉一声醒了过来。

锈夫人惊讶地眨了眨眼睛，看着莉莉。"我的发条和棘轮哪！"她喊道，"是我的小老虎莉莉！"下一秒她突然意识到不对劲，眼泪哗地流了下来，"那些坏蛋！他们这是把你也抓来了。"

"是的，锈夫人。但是你们为什么会在这里？"

"是那两个坏蛋——章朗和梅俊。"锈夫人解释说，"他们把我们拖到了这里，要我们交代与约翰发明的齿轮之心有关的事情。我已经告诉过铜绿夫人，我们什么也不知道。我也是这么告诉那两个人的，但他们还是把我们关了起来，想方设法折磨我们，把我们的连接部件拆开，把零件拿掉。"

"你们受苦了。"莉莉说。

"没事，"锈夫人说，"我们能挺过去，我们都是用特别结实的材料做成的。你快去给其他人都上好发条。"

"我这就去，亲爱的锈夫人。"莉莉亲了亲她的鼻子，和罗伯特一起飞快地给其他几个机械人上起了发条。莉莉还轻轻喊着他们的名字，想要唤醒他们。

"弹簧船长，螺帽先生，嘀嗒小姐——快醒醒！"

罗伯特虽然之前并不认识他们，但是也跟着呼唤起来。

他帮着上发条的是一个机械男士，那人的眉毛是钢铸的，胡子则是用卷曲的金属片做的。发条上好之后，那个机械人一下子立正站好，敬了个礼："弹簧船长，机械司机，一流服务，随时听命。"

他们接着给一位机械女士上好了发条，她的鼻子是瓶盖做的，厚厚的圆眼镜下面，一双眼睛眨了眨。"这是谁呀？"她问道。

"嘀嗒小姐。"莉莉激动地喊道，"是我呀！"

"莉莉？"嘀嗒小姐好像还有点没明白过来，"我这是在哪儿呢？之前我不是跟螺帽先生一起在花园里清理落叶吗？这鬼地方是哪里呀？"她随即看见了锈夫人和弹簧船长，明亮的眼睛一下子黯淡下去，"噢，"她说道，"现在我记起来了。"

莉莉和罗伯特给最后一位机械男士也上好了发条：他穿着长长的燕尾服，耳朵是用螺帽做的，端端正正安在水桶脑袋的两侧。他颤抖着醒了过来，对着他们深深鞠了一躬。"螺帽先生，机械园丁，随时为您效劳。"

四个机械人摇摇晃晃地走动起来，互相交流了一番。

"感谢你们唤醒了我们。"嘀嗒小姐说道。

"这通乱七八糟的事啊！"弹簧船长喊道，"现在我的齿轮正在全速运转，这下我可全都记起来了！"

"如果我能开到三挡，"螺帽先生气急败坏地说，"我们就走着瞧吧……"

"不过，发条保佑，"弹簧船长感慨道，"我们都还活着，不是吗？"

"我的针垫和管道哇，是呀！我们都还活着！"锈夫人拥抱了罗伯特和莉莉，锈迹斑斑的面庞贴上去亲了好多下。"要谢谢这两个小可爱呀。"

"他叫罗伯特。"莉莉解释说，"他非常非常勇敢。章朗和梅俊来欧蕨桥抓我的时候，就是他帮我逃了出去。他还和他爸爸一起修好了芒金被子弹打坏的地方。"

"我的滚轮和引擎哪！你们可真是历尽艰辛。"锈夫人凝视着罗伯特，"他一定有一颗机械狮子一样的心，所以才能帮你多次险境逃生。"她轻轻捏了捏罗伯特的脸颊。罗伯特红着脸扭开了头。

锈夫人把莉莉拉到一边。"莉莉，你爸爸还活着。"她轻声说，"被关在这里的地下室里。"

"我知道。"莉莉答道，她的声音非常坚定。"现在有了你们的帮助，我们一定能救出他来。"

第二十章

　　锈夫人领着莉莉、罗伯特还有机械人们，一路轻手轻脚穿过教授房子的走廊和大厅，寻找着通往地下室的入口。有机械人一起，就很难完全一声不出，因为他们浑身上下丁零当啷嘀嗒嘀嗒的东西太多了。

　　"这里看起来真的很眼熟。"弹簧船长说。

　　"是啊，"嘀嗒小姐说，"我觉得我大概以前什么时候来过这里，不过应该是很久很久以前了。老实说，我现在的记忆瓣膜没有以前好使了。"

　　"我的棘轮和衣架呀！"锈夫人喊道，"我觉得你们说得对——我们以前和约翰、格蕾丝他们一起在这里住过，那时候莉莉还只有小玩具那么点大。"

　　就在这时，镶木地板发出了一声巨响。

"大家都别出声，"罗伯特喊道，"你们得轻一点。"

大家停了下来，仔细听着周围的声音，看有没有人注意到他们。幸运的是，房子的这一头似乎相对清静。银鱼教授的机械管家和女仆现在显然都在房子的另一头忙着。

莉莉找到了一条通往地下的楼梯，锈夫人觉得这很有可能是去地下室的路。于是，整队人马开始往下走。

走完最后一级台阶，莉莉停了下来。"我也记得这里，"莉莉轻声说，"那一头有个工作室。"说完，她开始沿着这条镶着橡木板的地下通道往前走去。罗伯特跟在她后面，机械人则跟在罗伯特后面。

转过一个转角，他们发现前路被一道上锁的金属门挡住了。

"就是这儿。"莉莉说着，伸手想拔一根发卡下来。螺帽先生上前一步，把整个门从合页上拧了下来。

"好了。"他说着，把门小心地靠在一边的墙上，"对于那些把你关起来的人，就不用太爱惜他们的锁。"

罗伯特真希望之前也有这些机械人陪着他们。

他们踏入的这个房间，除了一面墙的边上有几个放着机械零件的架子以外，几乎是空的。房间正中间，约翰坐在长条工作台边审视着一个做了一半的装置。

他站起来跑向莉莉，但是半路被脚踝上的一条铁链扯住了。那条铁链被拴在地板上的一个金属环上。约翰无奈地拉扯着那根铁链。

莉莉冲了过去。

"爸爸，"她说，"我们来救你了。"

约翰放下链子，用力拥抱莉莉。弹簧船长弯下腰弄断了约翰脚踝上的锁链，嘀嗒小姐上前拉住约翰的胳膊，约翰对他们笑了笑，然后跟锈夫人和螺帽先生打了招呼，和罗伯特握了握手。

"我的朋友们！你们能逃出来真是太好了！但是，莉莉，我让你不要再回来了！这里太危险。你应该快点逃出去，逃得远远的。去找人帮你。"

"芒金去找人了。"莉莉说，"我得来救你呀。"她已经快要哭出来了，"而且我也需要知道真相。"

约翰捏了捏她的手，也流下了眼泪，"但是真相很残忍，莉莉，我亲爱的宝贝……真相总是残忍的。而你已经受了这么多苦……还有我们的这些朋友，也跟着受苦了。"他勉强对大家笑了笑，"这都是我的错，如果我一开始没有向西蒙提出齿轮之心这个建议就好了……你妈妈出事的时候，我就应该把一切都告诉你，但是你那时候那么脆弱……那场事故也差点害死了你。我总觉得你需要更多的保护，还怕你不理解我当时的决定——"

"先停一下，"罗伯特打断说，"以后有时间再细说，现在我们得快点离开这里。"

"对对对。"约翰小声答道。他搂住莉莉，亲了亲她的额头。"带路吧。"

他们跟着罗伯特和机械人沿着走廊往外走。莉莉紧紧搂着爸爸。她哪里脆弱了，她还一路闯到这里来救他了呢。

"我很坚强的，"她说，"你可以放心把所有事情都告诉我。"

"是呀，"约翰表示同意，"也许我才是比较软弱的那个，所以我才会选择给你写信——那样就不用面对面亲口说给你听了。你看，莉莉，虽然齿轮之心是我做出来的，但是我从来没有想过要制造永动机，而且，我也没料到银鱼教授为了得到它会这么不择手段——"

"嘘！"罗伯特突然出声。这时候他们已经走到了走廊尽头，他好像听见了什么声音。

机械人们丁零当啷停了下来。所有人都一动不动，侧耳倾听。

有手杖叩地的声音，还有许多脚步声。梅俊和章朗出现在楼梯上，身后还带着一群荷枪实弹的人。

"是那几个绑架我们的人！"嘀嗒小姐倒抽一口冷气。

"追捕芒金的就是他们！"罗伯特也认出来了。

莉莉紧紧抓住爸爸，她认出了当时守在罗伯特家门外的那个人的脸，心顿时沉了下去。

"我的活塞和打孔卡呀！"锈夫人惊呼，"看起来我们有麻烦了。"

"最好快速撤退。"弹簧船长喃喃说道。

弹簧船长示意莉莉、罗伯特和约翰退回走廊里去，他和其他机械人殿后。莉莉飞快扫了一眼周围的环境，如果他们继续退后，肯定很快就会被堵住。

章朗和手下已经追下楼梯。"机械人统统让开，"他喊道，

"我们要把哈特曼教授和另外几位客人带回去。"

锈夫人摇摇头。"我可不同意，"她说道，"你们先过我们这关吧。"她抓住弹簧船长的胳膊，和嘀嗒小姐还有螺帽先生一起，组成了一堵墙，把莉莉、罗伯特和约翰护在背后。

"随你便吧。"章朗一挥手杖，梅俊和其余的手下立刻散开，从外套里拔出了枪，将走廊的出口堵得严严实实。

"他们也许会把我们打成筛子，"嘀嗒小姐低声对莉莉说，"但是我们一定可以把你们救出去的，我们只要——"

嗒嗒嗒嗒嗒嗒嗒嗒！

对面那群人开了火。子弹重重打在机械人身上，打在走廊的墙壁里、木头镶板上。整个走廊瞬间弥漫着呛人的烟雾。枪声停了下来。

一时间静得可怕，没有人出声。莉莉听到对面那些人开始重新装弹上膛的声音。

"我们得快点出去！"罗伯特喊道，"还有别的路出去吗？"

约翰以手扶额。"有的，有条秘密通道！我们住这里的时候，为了以防万一，我让人修的。开关应该就在这里的某一盏灯的支架上面。"他在走廊里跟跟跄跄地摸索着，每抓住一盏灯的支架，就试着扭动。"这些都不是，我们得把所有的都试一遍。"

身后枪声再起。子弹打在金属和木头上，发出巨大的爆裂声。

罗伯特和莉莉弯着身子，沿着走廊往前跑，拽住每一盏灯的铁花支架用力扭，试图像转动门把手一样转动它们。

"找到了！"约翰喊道。他在中间一盏灯旁停了下来，这盏灯的支架看起来有点掉色了。他伸长胳膊扭了一下。

墙上传来嘎吱一响，有点像机械轴承转动的声音，接着一块木头镶板移到了旁边，露出后面狭窄而幽深的通道。

"进去，快点！"爸爸喊道。莉莉和罗伯特立刻爬了进去。

爸爸又对那边的机械人喊了一声。"你们也快来，朋友们，快点！"

锈夫人摇摇头。"你们走吧，约翰，先把孩子们带到安全的地方去。我们先在这儿挡一阵子，然后尽快跟上去。"

约翰点点头。"谢谢你们。"他跟在莉莉和罗伯特后面也爬进了通道，将身后的镶板合上了。

三个人奋力向前，背后机械人迎战枪林弹雨的声音透过墙壁，在通道里轰鸣震荡。

约翰走得很艰难，走几步就不得不停下来歇口气。走了五十步左右，他们遇到了向上的台阶，顺着爬到尽头，眼前又是一片黑暗。约翰伸手拉动墙上的一个手杆，又有一块墙板滑动开去，下午昏暗的光线照了进来。

他们从一座石头拱门后面的出口走了出来。罗伯特看看四周，发现他们正站在花园尽头一座小巧的装饰塔外面，塔顶还覆盖着没化完的积雪。

面前，一条结冰的小路通向小屋，路两侧是霜雪覆盖的修剪成跃起的鱼形图案的灌木。另外一边，则是一个延伸到河畔的小码头。

章朗和梅俊的飞艇巨兽号，就系泊在码头的柱子上。飞艇气囊上上下下地轻轻飘动着，在泰晤士河繁忙的水道上投下一大块鱼雷形状的阴影，气囊下面垂挂着的船体支棱着飞叉，悬浮在码头上方一两米的地方，后面的货舱门敞开着。

"我们就用那个吧。"莉莉说。她一手抓住爸爸，一手抓住罗伯特，三人沿着码头的跳板冲向飞艇。

"我们要不要等一下锈夫人他们？"她一边往货舱里爬，一边问道。

"不用了。"银鱼教授从引擎舱后面走了出来，"我的人会好好照顾他们的。"

他从身后拔出一把枪，对着莉莉他们。"我之前跟你说过，约翰，如果你不好好合作，那么这些孩子就会付出代价。"

"我们再商量一下吧，西蒙。"约翰举起双手。他的面庞看起来很冷静，但是双腿却在轻轻颤抖。"我明白，你需要我的帮助。但是我的女儿，还有她的朋友也需要我。虽然发生了这么多变故，但我们还可以从长计议。"

"现在再来讨价还价，已经来不及了。"银鱼教授说道，"我不相信你，不论是你说的话，还是你做的事，都不值得信任。这两个孩子已经很明白我有多认真了，但是我觉得，你还需要我展示一下武力，才会真正相信我的决心。"

他举起枪，对准罗伯特的胸口，拉开了枪栓。

莉莉感到体内血液喷涌，几欲昏厥。

时间变得好缓慢。

她看到银鱼教授的手指压动了扳机。

"不——"她大喊一声。

枪声响起，她扑到了罗伯特身前。

一阵炽热的锐痛撕开了莉莉的身体。子弹穿过皮肤，射入她的胸膛。她咬紧牙关，有什么东西发出了空空的一声响动，她感到那颗子弹被她体内的某种金属物体挡了一下。

她还没来得及松一口气，就开始浑身剧烈抖动，就好像弹簧松开后，齿轮在咔拉咔拉飞转似的。她感到头晕目眩，疼痛慢慢蔓延开来，衣服上仿佛绽开了一朵血红的康乃馨。

她捂住胸口，摁住丝裙下的伤处。那东西卡在肋骨上了，热乎乎的血液顺着她的指缝往下滴。她倒在了地上。

罗伯特跪在她身边，紧紧抓住她的手。约翰也跪倒在地，搂住了她。

莉莉想要坐起来，要和他们一起走，但是她感觉四肢都好沉重，浑身骨头咔咔作响。她觉得自己的意识在慢慢模糊，头往后仰去，无力地垂在爸爸的肩膀上。

"莉莉，坚持住，"约翰低声说道，"那颗心——不要让子弹打到你的心。"

银鱼教授一下子瞪大了眼睛。"齿轮之心——在她身上。一直都在她体内。原来是这样，我怎么没想到呢！"

眼泪顺着罗伯特的脸颊滚落下来，在他旁边，约翰浑身颤抖，泣不成声。"就是在那个噩梦般的晚上……"约翰说，"出意外的那天……"他停了下来，擦去眼中的泪水，怒视着银鱼教授。"是你！在那天晚上，毁了我的生活……害死了我心爱的格蕾丝。为了什么？为了那颗齿轮之心……但是这么一来，我反而不得不留下它。我别无选择，我知道它至少可以救下她们两个中的一个……最后，我选择救莉莉，我唯一的孩子。我把她带到医院，让他们给她安上了齿轮之心，用它救下了她的性命。而现在……现在……"他语不成句，把脸埋进莉莉的头发里哭了起来。

"那我呢？"银鱼教授咆哮着，"我们之前说好了的！"

"你！"约翰甚至没有抬头看他一眼，"你这样的人根本不配活着。"

罗伯特抚摸着莉莉的手指，两人十指交握，但是莉莉的呼吸已经越来越微弱，手指也慢慢松开，渐渐无力地垂下。

罗伯特回过头，看到章朗和梅俊正穿过院子，向他们狂奔而来。那两个人跌跌撞撞地冲上了装卸区，还猛烈地咳嗽着。

"我们得先撤了，教授。"章朗靠在手杖上小声说，"约翰的那几个机械人正在破坏您的房子。"

"不用管那些了，"银鱼教授说，"我们已经拿到要找的东西了。"他冲梅俊点点头。"你，去准备一下，马上起飞。"然后他冲着罗伯特挥了挥枪。"你，章朗，把这小子弄下去。他现在对我没用了。"

"乐意至极。"章朗抹了一把脸,平息了一下呼吸,然后一把揪住了罗伯特。

"莉莉!"罗伯特喊道。

莉莉试着扭头去看他,可她只有眼睛还能动,身下的地板嗡嗡作响,她的胸口传来阵阵疼痛。她眼睁睁地看着章朗拽着罗伯特的胳膊走到货舱的边缘,把他扔了下去。她身边还有一个人影,但是她已经看不清东西了,那个人的脸看起来模模糊糊的。"爸爸,是你吗?"她问道,努力在昏暗的视线里辨认,"你还在这儿吧?答应我,你这次不会丢下我。"

约翰点了点头。"我答应你。对不起,我的宝贝,我要道歉的事情太多了。对不起我没能早点把这些真相告诉你。我当时太焦虑了,担心你会有罪恶感,担心你知道我的选择之后,不再爱我,也担心以你当时脆弱的身体状况,知道真相后会不会承受不住。"他用手轻轻拂过她的面庞,"但是,我最害怕的是,你知道真相之后会疏远我,因为真相就是,我为了救你,放弃了你妈妈,放弃了我的工作,放弃了一切。"

莉莉轻轻摇头。"这些都无关紧要了,爸爸。我说真的,我不会疏远你,我会一直在这儿。"她还想说点什么,但是说不出来了。胸腔里一个很重的金属物质沉了下去,她快要呼吸不上来了。她努力吞咽了几下。

"齿轮之心,它……好像要停了,我能感觉到。"

"别说这种话,你不会死的。"约翰将她前额上一缕汗湿的头发轻轻抹开。

她用力握了握爸爸的手。"我可能要走了。"她说道。

"不要走，莉莉。"约翰的声音都在颤抖，"请你坚持一下，不要离开我，我不能再一次失去你了。全都是我的错，对不起。"他棕色的眼睛，离她的眼睛是那么近，努力眨着，想把泪水忍回去。他的手握成了拳头，紧紧压在她不停淌血的伤口上，想要帮她止血。

莉莉仰起头对他笑了笑。他的声音和模样已经越来越模糊了，就像他们之间有很远的距离似的。疼痛渐渐占据了她的整个身体，齿轮之心在她的肋骨之下最后颤抖了一下，她嘴唇微张，吐出了最后一口气。

第二十一章

芒金一路飞奔而去，躲过人行道上裹着厚厚的围巾和外套的行人们。路上到处都是小商贩和卖齿轮结构的人，他们在叫卖报纸、手套、烤栗子和机器零件。芒金从他们身边疾驰而过，灵活地从无数走来走去的腿中穿过。

他一跃而下，跳到了两栋建筑中间的一条砖砌小道上，接着从一排小棚子和一个乱七八糟堆满垃圾的院子后面穿了出去。

肉店的两个小伙计穿着满是血迹的围裙，卷高袖子站在满地锯木屑的门洞里聊天，看着狐狸箭一般冲了过去。

芒金越过一个冻住的池塘，惊散了一群吵吵闹闹的鸽子，踏着开裂不平的砖砌小道穿过伦敦的一条条背街小巷。

他已经离安娜停放飞艇的地方很近很近了，他能感觉到。终于，当他走到一个他认识的路口时，他发现一栋被烧毁的建筑物上方露出了晃晃悠悠的瓢虫号。

他飞快地穿过栅栏，跳进一片野草丛生的空地，从一堆堆点缀着白霜的瓦砾上飞跃而过。

他从一艘搁浅在岸边、金属框架都已扭曲变形的飞艇旁边经过，接着是一座仓库，仓库尚未建成，墙只修了一半，显得摇摇欲坠，然后，他又跳过一堆破破烂烂的板条箱。最后，他走到了空地的尽头，到达河边，那里竖着一排用来系泊的木杆。

瓢虫号就被拴在地面的一个铁环上。飞艇的梯子在空中晃来荡去，最下面的一级几乎可以擦到霜打的草地。

芒金冲了过去，对着瓢虫号的舱门大叫起来，直到头戴飞行眼镜和飞行帽的安娜终于往外看了一眼，发现了芒金："出什么岔子了，芒金？"

"莉莉和罗伯特有麻烦了，"芒金吼道，"你快来吧！"

她点点头，离开窗边，丢下一个系在绳子上的篮子。

"你先上来，"她喊道，"路上再给我解释吧。"

芒金的尾巴一下子耷拉下来，他嫌弃地闻了闻篮子。所以他又得叮叮当当地在天上飞了？

第二十二章

罗伯特醒来的时候，发现自己脸朝下趴在结霜的沙砾上。他想试着站起来，但是感觉两腿无力，头晕目眩，胃里一阵阵犯恶心，某种马达喷出来的强力气流再一次把他冲倒在地。

是巨兽号——它正在起飞，而莉莉还在上面！他抬头看去，飞艇正轰隆隆地收起了起落架，驶离码头，飘到了河的上空。

"罗伯特！莉莉！约翰！"罗伯特的身后响起几声大喊，混合着机械腿丁零当啷的声音。锈夫人和其他几位满身子弹的机械人也从密道的出口挤了出来。

"怎么回事？"锈夫人问道，帮助罗伯特站了起来。

罗伯特深吸一口气，松开了锈夫人的胳膊，踉跄着往前走了两步。"莉莉还在那艘飞艇上，我得把她带回来，我觉得她还活着。"

这时，他们头顶飘来一片阴影，还伴着噗噗的引擎声。瓢虫号飘到了房子的烟囱上方。谢天谢地！罗伯特心头一松，芒金成功了——现在援兵来了。

随着嘶嘶放气声，瓢虫号从天而降，倾斜着直冲他们而来。罗伯特倒抽一口凉气，赶紧弯腰躲闪。机械人们也慌忙趴到地上，滚到墙边。飞艇摇摇晃晃飘到了花园上。

它打满补丁的艇身正好扫到了结霜的屋顶，掠过石头栏杆，撞掉了灌木中一个被修剪成一条巨大的鱼的脑袋。在晃晃悠悠离地面不到一米的时候，它又飘起来飞过了冰雪覆盖的装饰塔，冲上了精心修剪的草坪，一路乒乒乓乓地撞过去，终于停在了系泊码头上——整个艇身都悬在了泰晤士河的上空，背后留下了一串刹车打滑产生的泥泞的痕迹。

引擎停止工作，舱门开了，安娜和芒金跳到了冰冻的码头地面上。芒金的耳朵扑扇了几下，他晕头晕脑的，路都走不稳。虽然这只是一段十分钟的路程，但在此之前，他还历经了千辛万苦，穿过道路和人群，一路找了过去。现在，他感觉自己就像坐了一个小时的云霄飞车那么累。罗伯特和机械人慢慢爬了起来，掸了掸身上的灰。芒金跑到他们身边，瘫倒在罗伯特的脚下。安娜过来的时候，狐狸已经重新振作起来，站得笔直了。

安娜扯下头上的护目镜。"现在我终于记起来我为什么一直不让瓢虫号着陆了，"她大声说道，"瓢虫号喜欢出发和到处飞行，不喜欢着陆！"接着她看见了罗伯特的脸，笑容顿时消失了。她把他拉到身边，紧紧抱住。"你这是怎么了？"

罗伯特躲闪了一下，垂下的双手紧握成拳。旁边的机械人正叽叽喳喳，互相交流着，试着修复身上的损伤。

"我被从飞艇上丢下来了。"罗伯特靠着安娜的肩膀站稳，"他们把莉莉带走了，还有约翰。莉莉中了一枪，请你一定要帮我们去救救她。"

"要我怎么做？"

"我们可以乘瓢虫号追过去——它飞得比较快。我们在空中登上他们的飞艇，就像空中海盗那样。"

"追不上的！"安娜喊道，"我没有燃料了。"

"那边有燃料。"罗伯特指着花园对面的院子说。那个煤棚就在院子里。"大家动作快点。"他对机械人们喊道，"我们一起跑过去，尽量多运些煤过来。"

安娜驾着瓢虫号飞过泰晤士河，一路追着巨兽号的尾迹。引擎室里，嘀嗒小姐、弹簧船长和螺帽先生将大捧大捧的煤投入炉子里，罗伯特也用铲子一起往里加燃料。活塞疯狂飞转着，罗伯特一边不断往炉里铲煤，一边时不时往舷窗外看，看是否又离目标近了一点点。

巨兽号至少比他们早出发十分钟，位于前方，喷着蒸汽，气囊鼓鼓的，装着飞叉的艇身看起来气势汹汹。罗伯特看见它降低了高度，从阿尔伯特桥的吊索下飞过。他关上舷窗，让机械人们继续加燃料，自己则一路穿过走廊跑到了驾驶室。

安娜和锈夫人正站在舵轮旁，前方的风劈头盖脸地吹进来，但她们不为所动，直直盯着前方。芒金从破碎的风挡玻璃中间伸出头去，伸长了舌头，风把他的皮毛吹得起起伏伏。他们的正下方是泰晤士河的南岸。他们从一个公园上空飞过。各种拖船和夜航船，偶尔还有飞艇，沿着河流上上下下。

"目标要飞过切尔西桥和维多利亚铁路桥了。"安娜从玻璃残片中伸出手，指了一个方向。

罗伯特顺着看去，她说得对——巨兽号已经越过了下一个吊桥的顶部，正顺着下方一辆蒸汽火车的方向，朝着前面的铁路高架桥飞去。

"你们觉得他们这是想飞到哪儿去？"罗伯特问道。

"谁知道呢？"安娜说，"也许是去圣托马斯医院，或者，他们可能会在下个河弯处进入南北向的飞行航道——那样就可以直接飞出城区了。"

"如果他们真的飞进了航道，"罗伯特说，"飞艇一多，我们就很难跟上了。"

"他们得有本事先飞到那儿才行。"安娜在空中用手比画了比画——河面之上，越过两岸层层叠叠的房屋，一大团黑压压的暴风雨云正在地平线上聚集。"他们必须减速躲开风暴，此时，如果我们从河弯这边抄近路，从城区上空沿直线飞过去，我们就可以在他们达到威斯敏斯特之前靠上他们的左舷。"

安娜推动控制杆，全力加速，越过一大排河畔的房子，把巨兽号牢牢锁定在右舷位置上。

前方，风暴雨云顺着河流往前飘去，身后，在伦敦西区的荒野上，红色的落日又圆又大，阳光照在后视镜上，闪进罗伯特的眼睛里，他深吸了一口气。

"很好，"安娜说，"太阳正照在我们的后方，意味着我们正处在他们的监测盲点上——运气不错，他们将忙着对付风暴，察觉不到我们的靠近。"

瓢虫号正在迅速接近目标——巨兽号离他们不到二十米了，从破碎的风挡玻璃框里看出去，巨兽号就在他们的下方。罗伯特在裤子上蹭了蹭沾了煤灰的手，眼见右舷窗外那架飞艇越来越近。

"我们到底要怎么才能上船呢？"他问道。

安娜安抚地拍拍他的背。"别担心，罗比，我都盘算好了。锈夫人，请扶一下舵轮和控制杆。罗比和我先去弄点绳子来。"

"我的锅炉和刹车杆啊！"机械老夫人吓得直嚷嚷，"可别把这个重任交给我啊！我连自行车都没骑过。芒金，你来吧。"

小狐狸把爪子摊开给她看。"用爪子吗？"他问道，"我没有拇指，没法抓住舵。"

"保持舵轮不动就行了，你们两个镇定点。"安娜嘟囔道，"保持他们的飞艇始终在我们的视野之内，让我们的飞艇不要乱晃。我就这么点要求。"

安娜从船室后壁上抓下一把飞叉枪和一段绳子，拽着罗伯

特走进过道里。

"我们运气不错，昨天他们用飞叉攻击了我们。"她一边解释，一边把绳子穿到飞叉杆头上的孔里。"我之前有飞叉枪，但是没有飞叉，要不是他们射了一根过来，我们今天可就没东西用了。"她把盘好的绳子递给罗伯特。"我们这就把你送到对面的飞艇上去。"

安娜转动把手，打开了船舱门。寒风顿时呼啸涌入，风大得他们只能贴着墙站稳。远远望去，下面是泰晤士河，河水汹涌奔流。安娜先回过神来，开始用飞叉瞄准；罗伯特跟着把飞叉后面的绳子准备好。

巨兽号位于右舷偏下一点的位置上，巨大的银色艇身填满了从舱门望去的整个视野。罗伯特能看见巨兽号左舷的螺旋桨，大概在气囊弧形曲线中间的位置上。即使他们现在看起来已经非常非常近，但他估计两艘飞艇之间至少还有十几米的悬空距离。

"看见那个螺旋桨片了没？"安娜说着，把飞叉枪扛到肩上，"那个后面有一个通向气囊内部的维修孔，你从那儿可以一路爬进飞艇里。我争取别打中气囊表面。"她飞快地看了一眼瞄准镜，在舱门口朝着巨兽号螺旋桨下方的支架射出了飞叉。

飞叉笔直地飞了出去，银色的锋刃在黄昏的天色里特别显眼，后面的绳索跟着一段一段展开绷直。

他们俩屏住呼吸看着飞叉。

飞叉的速度减慢了，一瞬间好像有点犹豫似的，停在了空中，然后像块石头一样，扑通一下落了下去，根本没挨到巨兽号。

"手潮了。"安娜恨恨道。她和罗伯特赶紧飞快地把绳索又一段一段盘回来。

惊心动魄的几分钟后，他们终于把所有的绳子连飞叉一起都拽了回来，再次把飞叉装到飞叉枪上。

当他们飞过沃克斯豪尔桥的时候，瓢虫号突然晃动起来。罗伯特回头看去，只见锈夫人正在奋力对付舵轮。她很快控制住了，瓢虫号再次和巨兽号保持一致速度，稳稳地尾随在后。

安娜稳了稳神，再次瞄准。这次她看瞄准镜的时间长了一点，身体紧紧靠住舱壁。她略微屈膝，抵挡船身的震荡，瞄准了螺旋桨下面的位置，再次发射了飞叉。

飞叉激射出去，绳索迅速一圈圈地展开。

但是，没有击中螺旋桨支架，就差一点点。飞叉噗的一声扎进了飞艇的丝质气囊。

"哎呀，"安娜喊道，"扎到气囊里面去了。"

但是就在这时，飞叉扎进去的地方一阵抖动，顺着绳子传来砰的一声闷响——飞叉好像正好扎在了飞艇的内部框架上，就在气囊破口的下面。

安娜拽了几下绳子，确认它能吃住力，不会脱落。

"那个扎破的口子会让他们的飞艇掉下去吗？"罗伯特问道。他将地上松散的绳子穿过地板上的金属扣，把绳头系到墙上的系索环上。

"我认为不会。"安娜答道，"以他们这个飞艇的体形，被飞叉扎中就跟被小飞虫咬了一口似的。"她从储物盒里取出一个金属框架，看起来像是一个加厚版的大衣架上面加装了滑轮和护具背带。

"那是什么？"罗伯特问道。

"这东西叫死亡滑索。"安娜说着，把它卡到了绷紧的绳索上。

罗伯特咬着嘴唇，看着安娜检查护具背带和滑轮，测试它们能不能在绳子上顺利滑动。他意识到自己接下来的任务是什么，顿时一阵不适感涌上喉头，连胃都几乎开始抽筋了。

"我们得麻利点。"安娜在风中对他喊道，"这就像用钓鱼线牵一头大鲸鱼——如果我们不快些，他们的飞艇会把我们拖下去的。"

安娜开始帮罗伯特穿护具背带。罗伯特往下望去，两艇之间是深不可测的虚空。他顿觉头晕目眩，肚子抽筋。"我觉得我不行，"他说，"我恐高。"

"别胡说，罗比。"安娜把他腰上的几个安全扣挨个扣紧了一遍。"在这个高度，恐高只是个抽象概念，没事的。"

"抽象？这怎么抽象得起来？"

"滑过去用不到一分钟，你的大脑都来不及反应呢。"

"直到你摔到地上，或者撞到巨兽号的外壳，或者……"

一阵愤怒的尖叫声打断了罗伯特的担忧，下一秒芒金就蹿到了他身上。

"你想丢下我一个人过去吗？"机械狐狸说道，"我也要去。在被人从飞艇上扔下去这方面，我经验特别丰富。"

"你真的觉得，"安娜问道，"这滑索还能撑得住再加只狐狸的重量吗？"

芒金耸耸鼻子。"我熟悉莉莉的气味。有我在，能更快找到她。"

"他说得有道理。"罗伯特承认说。

"那行吧。"安娜用最后几根胸部护带捆住罗伯特和狐狸，用力拉紧。"噢，我差点忘了，如果你需要停下，捏这个可以刹车——就在这儿。"她伸手敲了敲罗伯特头顶上的一个银色的杆，那东西看起来就像自行车上的刹车，"一旦你们找到了莉莉和她爸爸，就直接进入巨兽号的救生舱。把它的绳子松开就行，我会飞过来捞你们的。对了，你还需要戴上这个。"她摘下自己的飞行头盔，戴到罗伯特的脑袋上，在他下巴上系好带子，又把护目镜也给他戴好，"准备好了吗？"她问道。

罗伯特点点头，向她敬了个礼。他低下头，一只手紧紧搂住胸口的芒金，另外一只手抓紧死亡滑索的横杆。他挪动脚步，走到了舱门边。

"现在可没有回头路了。"芒金嘟囔了一句。

罗伯特抬脚踏入泰晤士河的上空，只剩半边身子还留在飞艇甲板上，在那一瞬，他爸爸的话又在他耳边响起：克服恐惧对谁来说都不是件容易的事，罗伯特。

外面，渐暗的天空紧紧扣在呈现出弧面的地球上。

"飞吧！"安娜用上全身力气，猛推了他一把。罗伯特顺着滑索嗖地溜了下去，将紧张抛在了脑后。

第二十三章

事情分之前和之后。

而这是之后的事情。

一道明亮的光淹没了一切,当它消失后,莉莉开始感到胸口心脏的位置一阵空茫、疼痛、寂静。

妈妈站在莉莉面前,捧着那只红木匣子。她跟莉莉记忆中最后的样子一模一样。"我亲爱的宝贝,"妈妈说着,打开了匣子盖,"这些都是给你的。"

"什么东西呀?"莉莉向匣子里看了一眼。里面是空的。

"你已经都拿去了。"妈妈说。

莉莉在口袋里摸了摸,惊讶地发现了好多东西。妈妈的戒指和发辫,那张照片,还有那块化石。她拿出石头,看着中间的金色化石。

"就像你一样。"妈妈说,"你身上永远带着爸爸妈妈的一部分。我不是单纯指齿轮之心,而是指流淌在你的血脉里的东西:你的自我,你的价值观和各种想法,你未来的每个决定,还有许许多多。你是特别的,我的小老虎。"

莉莉把石头和其他东西一起,放回了口袋。"但是,"她问道,"我现在该怎么办呢?"

妈妈笑了,亲了亲莉莉的脸颊。"回去吧,先做完你手上的事情。"

"但是我不知道该怎么才能完成。"莉莉说。

"相信你的心。你会做出正确的选择的。"妈妈抚上她的心口,莉莉感到一股暖流注入身体。"战斗,莉莉,你要努力去战斗,为你的生命而战斗。这也是我的愿望。"

一阵风自她们中间掠过。妈妈收回了手,消失不见了。莉莉感到自己被卷入了一个金色的雪花镶嵌图案之中。这个图案似乎充满了她的整个头脑以及周围的整个世界。然后,她听到了一个声音,那声音持续不断,节奏精确,音色锐利……

嘀嗒。

嘀嗒。

嘀嗒。

是齿轮之心,它奋力跳动着,奋力克服受过的伤,奋力转动它的每个齿轮,奋力要让她……

活过来!

莉莉猛地干咳了一阵，睁开了眼睛，迎接她的是一团千篇一律的迷雾。她什么也认不出来。眼前的每个人影都很陌生，实际上，她甚至无法将这些影子分开。过了一会儿，重影终于消失了。

她的头靠在一个枕头上，被一架担架推着沿着飞艇的走廊前进。巨兽号？她看见爸爸就在床边。

"你没事的。"他低声说，"那个永动机——还在运转，谢天谢地！"

莉莉晕头晕脑地点点头。她确定这一幕以前也发生过。从墙上的几个舷窗看出去，她认出了蓝灰色的泰晤士河，这座城市蜿蜒如蛇的灵魂。

"刚刚发生的事情太可怕了，亲爱的孩子。"银鱼教授走过来挡住了她的视线。"我打中了你的心脏，打中了宝贵的齿轮之心。但是好消息是，它还在运转。你还活着。所以我现在要把你的心取出来，换掉这一颗。"他叩了叩自己胸口的那副装置。"毕竟，需要更新换代了。"银鱼教授哈哈大笑起来，"你意下如何？"

莉莉昏昏沉沉地想，不知道她能不能跑得掉，但是她马上意识到，她现在站都站不起来。几个黑影走过来，他们头顶上好像有光圈——也许只是落日在他们背后的舷窗外闪烁？

她还没来得及想清楚，那些人就把她从担架上抬了下来，迈过门槛，进入了前方的黑暗之中。

一团团灰粉色的云从罗伯特身边飞驰而过，他把芒金紧紧搂在胸口，箭一般滑向目标地点，一头扑进巨兽号的阴影里。充满气体的庞大球囊耸立在眼前。绳索扎入的位置离螺旋桨太近了。罗伯特的心简直悬到了嗓子眼里，他抬手抓住减速杆，用力按下。

刹车闸吱吱嘎嘎地响了，但是却没有停下来。

还有几秒钟就要撞上去了，罗伯特再次用力按下了刹车。

在一股过热的焦煳味中，他们终于抓着绳索停了下来。此刻他们离飞转的螺旋桨只有一臂之遥。

轰隆，轰隆，轰隆，轰隆。

锋利的叶片就在他鼻尖前飞速旋转着。

芒金轻声哼了几声，罗伯特大口大口地喘着气，抓住维修用的金属梯子攀了上去。他的手指拂过结霜的金属。要是他能够得再远一点……

一阵侧风把他吹得左右摇摆，但他设法紧紧抓住了梯子。他用一个保险钩钩住了螺旋桨的支架，然后爬了上去，用手肘抱住。这时候，暴风雨终于来了。

一时间，雨点仿佛万弹齐发，砸在他的脑袋上、衣服上，也同样砸在引擎罩和飞转的螺旋桨上，乱珠飞弹。罗伯特伸手在衣服口袋里摸了一下，在蜷成一团的狐狸身体下面，找到了他的小刀。他割断了头顶紧绷的绳子，那绳索一声呼啸，仿佛一条长鞭，坠入了下方灰色的深渊。

有螺旋桨叶片的轰隆隆旋转声，还有暴雨的噼里啪啦声，他觉得瓢虫号的那点引擎声完全不会被发现。他回头又看了一眼，瓢虫号处在下风向，慢慢在后退。前面风挡玻璃的碎片看起来好像在对他眨眼睛。

罗伯特深吸一口气，奋力爬上了位于螺旋桨和飞艇侧面之间的小小维修平台。安娜说得对，这里的确有个小门通往飞艇内部。等他终于爬上那个维修平台的时候，已经浑身湿透。

罗伯特抓住小门中间的把手，用力一拽。门开了一条缝，但是有一个角卡住了。他用快冻成冰棍的手指头用力抠住门缝去拉，寒风吹在脸上好像刀割一样，暴雨也一刻不停地捶打着他的身体。芒金躲在罗伯特湿淋淋的外套里，紧紧贴着他的胸口不断颤抖着。

终于，小门被打开了。

罗伯特爬了进去，从狭小的金属通道里滑了下去，落在了气囊的内部。

莉莉在飞艇中心一个干净通风的拱形空间醒来。她被捆在一张冰冷的金属桌上。头顶的铁皮天花板垂下一排球形灯。

银鱼教授慢慢地走了过来，检查着莉莉旁边的桌子上托盘里放的医疗器械，脖子上还松松地挂着一个棉口罩。他拿起一根针，插入莉莉的胸口。莉莉感到一阵锐痛，但随着针管活塞的下降，周围的一切再次模糊起来。她咬紧了牙关。汹涌的睡意已经随之袭来，但是她这次不打算屈服。她强行让自己保持清醒，不断回想着妈妈那些话：战斗，莉莉，你要努力去战斗，为你的生命而战。这也是我的愿望！

齿轮之心也在帮她，回应着她的意图，莉莉能感到耳朵里的脉搏跳动得更有力了。莉莉抬起头，看见爸爸被捆在银鱼教授背后一堵墙的管子上。她晕晕乎乎地看着他们，银鱼教授和爸爸的身影几乎重叠在一起了。"有两个你吗？"她问道，"我怎么分不清。"

"你给她注射了什么？"爸爸怒道。

莉莉能听见他的声音，但是进入她耳中的每句话都好像裹了一层棉花。她不太能分辨……听不清……清醒！

银鱼教授拿起一把骨锯，拇指抵上去试了试。"一点镇静剂而已，可以让手术轻松点。"

"手术？"爸爸喊道，"在这艘移动的飞艇上做手术？你疯了吗？"

银鱼教授大笑起来，说："还好吧。等我们着陆的时候，会有医生在下面做好手术准备，给我移植。飞艇上肯定做不了移植手术，太危险了。但是呢，杀死莉莉，取出那颗齿轮之心，却没什么难度。应该还挺有意思的。"他大步走到轮床前。

"看看你都在干什么，"爸爸喊道，"你是她的教父啊！"

银鱼教授撇撇嘴，露出不以为然的一笑。"可她拿走了我的心。"

"别睡着，莉莉！"爸爸喊道，"我会把你救出去的，一定会的。"

银鱼教授又笑了。"你，先生，难道不是你把她害成这样的吗？一开始你就应该把我的这颗心交出来给我，那样她当初也不会受伤了。给你两个忠告：该你还的债一定要还，还有，已经死去的人就该好好安息。"

莉莉试着让自己清醒一点，她动了动胳膊，转了一下手腕，发现捆着她的带子有点松，上面的皮带扣还有点余地——如果她能够到桌上那把刀，她说不定有机会趁着银鱼教授俯身下来的时候割断他胸口心脏装置上某根管子。

银鱼教授转身看见了她的小动作。他把器械托盘拿开，放到旁边的一张桌子上，然后又收紧了绑带，让她的双手不能动弹。

"你刚才在盘算什么？"他问道，"想割断我的金属动脉管吗？"

莉莉扭过头去，咬紧牙关，耳朵里的血管怦怦直跳。

"我觉得是。"银鱼教授说，"我给你用的药水好像没起效。不过无所谓了，就这样做手术会更有意思的。你也这么觉得吧？你一向是个很有求知欲的姑娘。我相信你会很想看看齿轮之心在你体内是怎么运转的，如果你能一直保持清醒的话。我的意思是，切开胸腔的时候，据说疼痛感会非常剧烈。你觉得呢？你还记得你第一次做手术的事情吗？"

莉莉摇着头，想要摆脱那种眩晕的感觉，然后她啐了银鱼教授一口。

银鱼教授擦擦脸。"哎哟，哎哟，我亲爱的孩子。你真是很不礼貌啊！"他转向约翰，说："斯克林肖小姐在学校里什么也没教会她吗？"

"请不要伤害她，求求你了。"约翰喘息着哀求道。

"现在说这些太晚了。"银鱼教授说，"七年前你就不该带着属于我的东西跑掉，一开始，你就不该食言毁约。"

"可我当时并不是要留给自己用，"约翰说，"我本想毁掉它，但是你袭击了我们，杀死了格蕾丝，莉莉也因此生命垂危。我别无选择。我就不应该让你看到齿轮之心。无论你怎么说，我都不会把它给你的。我那时候就已经看出你是个邪恶的人。是的，你也帮助过别人，帮了一些小忙，但是你会索要高昂的代价，会为了私利而利用他们。当我们一起工作的时候，你曾帮过那些士兵，但你利用他们对你的感激之情，组建了你的秘密杀手团。如果你唯一在意的只有自己，你出卖所有的朋友，杀害他们心爱的人，就只是为了让自己活下去，我只能说，我之前对你的判断是准确的——你的生命根本不值得挽救。"

银鱼教授笑了。"你以为你是谁，轮得到你来判断我值不值得活下去吗？你没资格参与决定，约翰。就像这个世界一样，适者生存才是永恒的法则——也许我在生物机体层面不能算作适者，但是我在精神层面是绝对的适者。

"也许你觉得我活不到看见你后悔的那一天，但是你看，你错了：生命是可以想办法争取的。而现在，你要为毁约而付出代价——而这个代价就是你女儿的性命。"

银鱼教授用他粗大的手指捏住莉莉的脖子，说："我亲爱的孩子，过去的这一切，至少有一件事还是挺好的，你已经替我测试了设备的安全性。这东西在你体内已经运行了七年，足以证明它性能良好。而且看看你，你的身体多健康——你真幸运啊！"他摸摸她的脸，"这可是真真正正的永动机。你已经骗过了两次死神，这要感谢我的齿轮之心。你差点就可以永生不死了，但是现在，你就要死了，这种感觉怎么样？"

莉莉迷迷瞪瞪地眨了眨眼睛。"没有人能永生不死，"她轻声说，"每个人都有死的一天。你为什么非要长生不死呢？"

"除了拥有齿轮之心的人，每个人都会死。"银鱼教授更正道，"我花了许多钱委托人制造它，又花了更多钱和时间去把它找回来。你知道我为了它做了多少事情吗？我买下了你爸爸名下的所有财产，研究了他的每一篇论文，付钱雇人跟踪他，找到他，把他带回来。我为什么要这样做呢？这开销大得几乎让我破产了。但是这一切都是值得的。因为我知道，一旦我拿到了齿轮之心，只需要一个简单的手术，我就可以永生不死了……"

银鱼教授的笑声突然变成一阵气喘吁吁的咳嗽。他努力平静了一下，然后拿起几块毛巾，铺在莉莉胸口，挑了一把手术刀，准备动手。

第二十四章

罗伯特踉跄站起，环顾四周，发现自己正站在飞艇气囊内部一条窄窄的纵穿通道上。他笨手笨脚地解开湿透的护具背带，脱掉滴水的外套，把芒金放了出来。芒金的四只小黑爪扑通一声落在地上，他把鼻子凑到通道的金属栅栏上，细细寻找着莉莉的气味。

待罗伯特的眼睛习惯了昏暗环境之后，他看得更清楚了一些：在这里面，金属大梁横跨整个气囊的内部，提供支撑，让气囊的丝质外层能完全展开；这些金属大梁中间还嵌入了一排排支撑架，无数支撑架纵横交错，组合成一个巨大的几何框架，就像一张两端逐渐变细的巨大而坚硬的蜘蛛网。在中间庞大的空间里，装满气体的袋子飘在燃料罐上方，鼓鼓囊囊的皮水袋用带子系在大梁上。

罗伯特和芒金沿着狭小的通道往前走去。走了一会儿，他们看到右舷方向有一块伸出去的平台，平台上连着一架螺旋式楼梯，可以通到地上的舱口。罗伯特猜测顺着楼梯往下可以通往艇身甲板和客舱部分。

芒金抢先跑到了平台上，沿着楼梯飞奔下去。罗伯特一瘸一拐地跟在后面，试图尽力跟上狐狸，从衣服上滴下来的水洒了一路。等他走到平台上，伸手去抓楼梯扶手的时候，听到下面传来狐狸像被掐住了脖子的尖叫声。

"芒金？"罗伯特喊道。他等了几秒钟，没有听到回答，周围一片寂静。

然后，他听见了沉重的脚步——两双靴子的声音，还有嗒嗒嗒的手杖声。章朗和梅俊沿着楼梯走了上来。

芒金在梅俊的手里拼命地挣扎着扭动着，但是梅俊粗大的手指头捏住了狐狸的嘴，以防被狐狸咬到，同时，他的胳膊紧紧夹着芒金的腰。他往前走了一步，庞大的身躯把罗伯特的去路挡得严严实实。

章朗的镜面眼睛在眼窝里闪着光。"我们听到你们的动静了，小子。又来找事了，是吗？想来救你的朋友们？这么大的胆子，别人会误以为你才是那个装了金属心脏的人呢。"他挪到梅俊的身前站定，慢慢拧开手杖的骷髅头手柄，从漆面的手杖里抽出了一柄细长的双刃剑。

慌乱之下，罗伯特只能从口袋里抽出他的折叠小刀，展开最大的那片刀刃，汗湿的手紧紧握住刀柄，毫不犹豫地向对面两人挥去。

梅俊笑了。"你就只有这个吗？"

章朗的镜面眼睛紧紧地盯着罗伯特，手里的细剑破空而来，剑尖险险掠过罗伯特的鼻子。

罗伯特踉跄后退几步，飞快地看了看周围，试图找到可能的退路。他伸出手在背后摸索了一下，想找个能用的武器，这时，他摸到了几根缆绳。

这些缆绳穿过气囊支架上的一排排孔洞。他朝船尾看去，看见它们消失在越来越细的船尾的黑暗中。

对了，转向缆绳！在瓢虫号上的第一天，安娜就告诉过他，这些缆绳连接着转向部件和尾舵。

安娜当时的话突然清楚地回响在他耳边：

如果哪一根缆绳断了，整个飞艇就会掉下去。

就这么办吧！罗伯特先抓住一根挂着水袋的皮绳子保持平衡，然后用手中的小刀对着中间那根转向缆绳猛砍。

小刀被弹开了。他看了看缆绳，这全力一砍没有达到任何效果。他又试着用更大的力气砍了一下，但是这些成束的纤维是紧紧地编织在一起的，太结实了。

"别挣扎了，小学徒！"章朗对着罗伯特的胸口刺来。

罗伯特躲开了。细剑击中了他身后的金属架，差点刺中飞艇的丝质气囊布。

就让章朗来替他砍断缆绳吧！

罗伯特紧紧抓住手里的皮绳子，把全身的重量都放在胳膊上，然后双腿离地。

"去死吧。"章朗再次一剑劈来。

罗伯特直直望向对手银色的镜面眼睛，上面映着他衣衫褴褛的绝望的身影。"来吧。"他说，"用你最大的力气试试看。"

章朗咧嘴狞笑了一下，手里的细剑向罗伯特头上刺来。

罗伯特揪住绳索往旁边荡开了，剑几乎贴着他的耳朵劈到了旁边，正好砍中了缆绳，而且由于太用力，剑一下子扎进了金属架里。

被砍坏的缆绳发出可怕的嘎吱声，缆绳的纤维渐渐松散，断裂开去。章朗咒骂着想把自己的剑拔出来，但是卡得太紧了。

罗伯特将身体紧紧贴住墙面，感觉通道开始颤抖。

梅俊手里还抓着芒金，这时他纳闷地向四处看去。"到底怎——"

啪！缆绳断了，断开的缆绳先是重重甩过章朗的脸颊，从梅俊的镜面眼睛里掠过，然后无可挽救地荡过气囊的整个内部滑落下去。梅俊大喊一声，丢下芒金。章朗还在使劲往出拔他的剑，满脸是血。这时，只听见一声刺穿耳膜的呼啸，随即整艘飞艇把他们全都甩到了半空中。

罗伯特一把抓住芒金的后脖，塞到了自己怀里。

断开的缆绳像一把刀子一样划开了气囊的侧面，从艇尾甩了出去。它在风里扭得像一条蛇，嗖嗖地盘到了尾舵上，把飞艇硬生生卡成了右转。

罗伯特听见了一阵钟声，隔着气囊布，还能看见一座塔楼的影子——他们正在快速接近那座塔楼，塔楼上端的每一侧都挂着一面圆圆的钟。

罗伯特握紧了手里的绳索，把芒金搂得更紧一点。"爪子抓紧，"他对狐狸说，"我们估计要撞到塔楼上了！"

刀尖抵着莉莉胸口的伤疤。她满眼泪水，牙关紧咬。突然间，伴着一声尖啸，飞艇剧烈地颠簸起来，那声音就像一千把金属叉子同时刮在黑板上一样，但是这声音并非来自她面前的手术刀，也不是来自她体内，而是从头顶上的飞艇气囊里传来的。

银鱼教授撤回了刀子，回头看去。莉莉长出了一口气，在此之前，她都没意识到自己屏住了呼吸。

舷窗之外，是一面明亮的钟，钟上大大的罗马字眼看越来越大。他们马上要撞上大本钟了！

巨兽号突然往后一仰，面前的钟消失了。随着一声巨响，飞艇撞到了钟楼的顶上。舷窗碎了，玻璃向内炸开，玻璃碎片和灰色的屋瓦碎片如急雨一般落进舷窗，飞溅到墙壁上和地板上。

莉莉抓住床边的扶手，握得紧紧的。整个房间都晃动起来，飞艇侧翻过去，桌上的灯、碗盘和各种工具统统滚落下去，噼里啪啦地全砸在了地上。

银鱼教授丢下刀子，抓住了窗户栏杆。各种零碎杂物合着尘土打在他胸口还在嘀嗒嘀嗒作响的沉重机器上。

重重的咔嚓一声之后，飞艇彻底不动了，飞艇的前端深深扎进了钟楼的顶层。

这次撞击撞松了莉莉身上的绑带。她坐起身，差点从桌子上滚了下来，但是她成功地稳住了身体，随后看向爸爸的方向，只见他正被挂在一根绳子上摇来晃去——之前他的两只手腕都被捆在墙上的一根管道上，现在墙壁变成了天花板，他被扯住双手，悬在半空。莉莉觉得她要是能想办法再靠近一点，应该可以把他放下来。

莉莉挣开身上的绑带，粗粝的皮带边缘划得她皮肤生疼，但是她成功地挣脱出来，滑下桌子，伸长手臂去够倾斜的墙面。

费了九牛二虎之力，莉莉终于松开了爸爸脚踝上的绳索。眼前还是有些模糊，不知道是枪击的后遗症，还是因为银鱼教授刚刚对她用了药。她被烟雾呛得咳嗽起来，这才意识到：房间着火了！

突然，有人从后面把她打倒了。是银鱼教授冲了过来。他紧紧握住莉莉的手腕，拖着她走到破碎的舷窗边。她还没来得及挣扎，就被他从窗户里推了出去——他们两人扑通一声落在了大本钟倾斜的屋顶上。

随着一声刺耳的爆炸声，大本钟笔直的尖顶扎透了飞艇气囊，外界的空气随之汩汩涌入气囊内部，然后短暂地停顿了一会儿，罗伯特觉得气囊好像在调整呼吸。

尖顶继续刺入气囊内部，穿透了弯折的金属支撑框架，也刺穿了第一层充气层。

咔——砰！威力惊人的爆炸炸塌了整条舷梯，燃烧的石油和燃料喷涌而出，整艘飞艇歪到了一边。

罗伯特还紧紧抓着那根已经岌岌可危的皮索，低头护着芒金，将湿漉漉的外套披在最外面抵挡火苗。

梅俊身上已经着火了，他的镜面眼睛在眼窝里融化成了水银泪滴。他猛地抓住了章朗的衣服后摆。章朗跟跄了一下，想推开梅俊，但他干瘦的手指一下子没握紧剑柄，无处着力。此时，飞艇翻了个身，身上着火的两人猛地向后栽倒，顺着冒烟的气囊丝布径直滑向那个撕裂的大口子。

"快抓住点什么东西，章朗！"梅俊紧紧抱着自己的搭档喊道。

"放开我，蠢货！"章朗叫道，"你太重了！会把我们两个都扯下去的。"

章朗张开手臂，盲目乱抓，想抓到一段护栏或者钢架什么的。但是金属部件现在都已变得滚烫，他没法握住，于是，这对冒着火苗的搭档一路滚出了裂缝，和大堆玻璃尘土混在一起，落了下去。他们叫喊着，在烟雾里坠入了下面的深渊。

罗伯特紧紧拉住那根带子，也紧紧搂住芒金。他胸口开始阵阵作痛，恐惧让他汗流浃背。他的湿衣服早就在热浪里被烘干了，烧着的金属碎片不时从他头顶坠下。他护住眼睛，四处打量。

飞艇气囊的内部支架都已经被烧黑了，开始弯折，慢慢坍塌下来。空气热得像在烤炉里一样，火舌已经开始舔上他毫无遮挡的脸。

这绝对不是故事的结局，一定还有办法，他不会让他们就这样把他困死在这里，不会让他们对他爸爸做出的恶行再次得逞。

有东西滴到了他的鼻子上。他抬头看去。他头顶上挂着一大袋压舱水。对啊，怎么把这个忘记了。他伸长胳膊，用刀划开水袋，满满一袋水哗地一下淋在了他和芒金身上，再次把他们浇得湿透，顺着通道流淌下去的水熄灭了小路上的火焰。

罗伯特再次捂紧了胸口的小狐狸，用力拽着皮索前后荡了几下，够到了一根管子抓稳了。沿着淋湿的小路，他们终于走回了螺旋楼梯。楼梯已经有点变形了，但是罗伯特还是成功地走到了底部。他打开舱门，进了船里。

他们一起滑下倾斜的地板，穿过燃烧的舱门和窗洞，跌跌撞撞地来到中庭的入口。

有两只脚在空中来回踢打。"罗伯特，芒金！"一个声音在喊。罗伯特抬头看去，约翰·哈特曼两手被缚，正挂在屋顶上垂下的一根绳索上。

罗伯特丢下芒金，狐狸飞奔到约翰的脚边。旁边有张用螺栓固定在地上的轮床，罗伯特踩上去，踮起脚尖，用小刀割断了绳索，把约翰放了下来。

约翰顺着倾斜的墙壁往破碎的舷窗口滑去。"快来！"他对他们俩大声吼道，"银鱼教授把莉莉带到钟楼里去了——我们快跟上去！"

第二十五章

罗伯特、芒金和约翰从破损的窗口跳了下去，在雨中贴着飞艇腹部爬上了大本钟滑溜溜的屋顶。

庞大的飞艇气囊在他们头顶燃烧着，很快坍塌成一片冒着烟的喷火地狱，腾起巨大的烟圈，火焰舔舐着残余的帆布和丝质气囊碎片，飞灰残片飘飘荡荡升入夜色之中。

依然耸立的只剩下飞艇的金属框架和附着在艇身上的密密麻麻的金属尖刺，替屋顶上的罗伯特等人挡住了不少坠落的碎片。除此之外，此时的风把火焰吹向了另外一边，大火没有烧到塔顶上来。不过，即使这样，屋顶上仍然热气逼人，一阵阵热浪熏得罗伯特简直无法思考。

浓烟弥漫中，罗伯特终于辨认出，在陡峭的屋顶斜坡上，银鱼教授已经拖着莉莉爬了一半了。莉莉尖叫着踢打着，但是银鱼教授还是拖着她翻进了一个阳台，穿过一座装饰着金色叶子的拱门，消失在大本钟的尖塔内部。

罗伯特、芒金和约翰急忙追了过去。在他们绕过一条排水沟的时候，飞艇的充气层再次爆炸，发出了一声巨响，逸出的火苗烫到了罗伯特的脸颊。巨兽号烧得滚烫的金属框架里爆射出无数铆钉，这些铆钉向四周迸射，掠过他们的身边。

他们弓身贴在屋瓦上。罗伯特往下看了一眼，塔楼底下，消防员和警察们正穿过国会广场向这边跑来。

往下看的这一眼让罗伯特头晕目眩，他差点从屋顶边缘一头栽下去，但是约翰抓住了他的胳膊，把他拽了上去。

他们在暴雨中奋力向上爬，终于爬到刚刚银鱼教授和莉莉进去的那个阳台。他们也翻了进去，朝那座金叶装饰的拱门跑去。

屋顶下面也热得像熔炉一样，汗顺着罗伯特的后背直往下淌。他们沿着螺旋楼梯一路往下，循着银鱼教授的脚步声传来的方向，朝着钟楼前进。顺着楼梯每转下去一圈，斜顶下方的情况就看得更真切一点，大钟里的机械运转声也变得更大一点。

他们路过了大本钟，它巨大的铜钟本体和四个小一点的钟一起挂在拱形屋顶上。他们一路向下，走到钟楼的底座部分，在这里，他们不仅听到了一直传到楼里的嘀嗒声，还听到了楼下更深处传来的震耳欲聋的齿轮咬合转动声。

罗伯特的脉搏合着无数齿轮的声音怦怦跳动。钟表齿轮的合奏声让他回忆起爸爸的钟表店里的样子，在那场可怕的火灾之前，在一切还没发生之前的样子——当然，这个声音要比钟表店里的大一千倍。他看看四周，想要找到银鱼教授和莉莉的身影。

在这些钟的后面，四个一模一样的钟盘挂满了墙壁。从他们所站的金属底盘往下看，还有四套机械装置与中央计时器相连，它们巨大的齿轮和弹簧嘀嗒作响，齐齐转动。

突然，一枚子弹擦过罗伯特的耳边。罗伯特赶紧躲到大本钟的边缘下面，也把约翰和芒金拖了过去。巨大的钟外又接连爆发出四枚子弹的声音，然后枪声就消失了。

"应该是子弹打完了。"约翰说。

他们从藏身之地走出来，昏暗光线里一抹红色吸引了罗伯特的视线——那是莉莉头发的颜色。

在离他们几米远的地方，她和银鱼教授就站在最近的那个钟盘上，看上去就像魔术灯影秀里的人物剪影，从几扇带有精巧图案的巨大窗格前走过。银鱼教授一手摆弄那把打空了子弹的枪，一手还捂着莉莉的嘴。莉莉拼命挣扎，踢向他的小腿。

罗伯特跑向银鱼教授，撞掉了他手里的枪。他抓住银鱼教授胸前的机械盒子，想要用力拽，把管子拽松，但是银鱼教授立刻予以反击。罗伯特跟跄了一下，他的胳膊肘重重地撞在了钟座护栏上，痛得他龇牙咧嘴。

约翰就跟在罗伯特身后——他握紧拳头，猛地给了银鱼教授一下。银鱼教授把莉莉推开，也挥拳反击。约翰后退一步想要躲闪，但是银鱼教授一记右勾拳打中了他，让他一头撞到了钟面上，发出了咣的一声巨响。约翰跌倒在地，用手捂住太阳穴，血从指缝间滴了下来。

莉莉晃了晃，一手捂住心口。罗伯特正要伸手去扶她，银鱼教授飞快转身，又扯住了莉莉。芒金飞奔上去，对着银鱼教授的小腿狠咬一口。

"滚开，讨厌的机械兽！"银鱼教授一脚踢开狐狸，将莉莉死死扯住。

罗伯特再次冲向银鱼教授，揪住他胸口那个笨重的装置，对准接缝处猛力击打，莉莉也揪住上面的管子用力拉扯。银鱼教授咒骂着拼命抡动胳膊，可他们坚持抓住不放。银鱼教授往后退了一步，抓住了旁边的半截护栏。可是护栏一下子断掉了，三个人一起掉了下去。

罗伯特摔得七荤八素的。他有惊无险地落在一个狭窄的台子上，喘着气，挣扎着站起来，发现自己脚下是一条细细的金属横梁，只有一脚宽，横梁的一头连着塔楼里巨大的机械装置，另一头连着外面的钟表的正中心点。

在罗伯特的正前方，银鱼教授慢慢爬起身来。在罗伯特的背后，莉莉正挣扎着站起来。罗伯特是银鱼教授和莉莉之间唯一的阻挡。

银鱼教授向他逼近。"你知道你斗不过我的。你没有那个能力。"

熟悉的恐惧感再次冒头。也许这男人说中了？罗伯特从金属横梁的边缘向下瞥了一眼，下面是可怕的深渊。身后的莉莉在咳嗽，似乎有点喘不过气来。

罗伯特拉住她的手。在他们脚下，时钟尖锐的指针咔嚓咔嚓地走着。

经历过那么多事情之后，罗伯特不知道自己能不能做到，他感觉自己还有很长的路要走。这时爸爸的话回响在他耳边：克服恐惧对谁来说都不是件容易的事，罗伯特。必须有一颗勇敢的心，才能在真正的战斗中获胜。

"我有的。"罗伯特低声说。

"什么？"银鱼教授问道。

罗伯特大声说了出来："我说，我会打赢这场战斗。"

他摆开架势，用肩膀使劲撞上银鱼教授。但是银鱼教授力气更大，他灵巧地挪动着脚步，逼着罗伯特和莉莉沿着横梁往后退去，直到他们俩的背部抵上了玻璃钟面。

"小心。"莉莉说。罗伯特感到她的胳膊搂住了他的腰。两人挨得很紧，他能感到莉莉的心跳非常剧烈。大本钟的两支巨型指针高悬在他们头顶，阴影投在已经被高温烤坏的裂开的玻璃外墙上。

银鱼教授猛冲过来，摁着罗伯特的头把他抵在一块三角形的窗格上，想要把他推下横梁。但是莉莉死死拽住罗伯特不放手，她不会让他掉下去的。

咔！罗伯特的头压碎了窗格，玻璃碎片割破了他的耳朵，血顺着他的脸滴到了鞋子上。无路可逃了。罗伯特又往下看了一眼，高度让他眩晕。

从他们站的这里到钟面最下方的 VI¹ 字至少有六七米的距离，而到塔楼正中心转动着的尖锐的机械装置和齿轮还有十米左右的距离。

这时，他突然注意到：他们站的这根横梁是从表盘中心的一个孔里穿过去的。从前看过的那些爸爸拆开的时钟内部突然浮现在罗伯特的眼前。

传动装置……中心轮……里面那根杆可以移动表盘上的指针。肯定就是这个了——他们站的横梁就是这根杆！下一秒这根杆可能就会翻动，带动分针往前……

罗伯特咬紧牙关，伸出手紧紧抓住破裂的玻璃窗格。"抓紧我，莉莉。"他低声说，"随时可能……"

"闪开，小子。"银鱼教授扑向了罗伯特。在他扑过来的时候，罗伯特都可以闻到从他那口黄牙后面冲出来的难闻气味。银鱼教授没有扶着任何地方……

这一分钟肯定已经快走到最后几秒了。罗伯特把窗格握得更紧了，手被破裂的窗框扎得生疼。

咔嗒！

横梁带动钟的指针在他们脚下转动了一下。

银鱼教授顿时跟跄后退，脚底一滑，胳膊在空中挥舞着，

---

1. 罗马数字 6。

失去了平衡。他那沉重的心脏装置让他一下子歪倒了。银鱼教授吓得瞪大了双眼，伸长的手指尖都快碰到罗伯特的胳膊了。

银鱼教授掉了下去。

罗伯特听见银鱼教授下坠时的喊叫声在钟楼里回荡。

然后是扑通一声闷响，随即还有齿轮碾动的声音。

钟的嘀嗒声和齿轮的转动声，震动着，停了下来。

罗伯特和莉莉向下方的黑暗望去。银鱼教授的尸体和那个机械心脏一起卡在了大钟巨大的齿轮里。

"他好像死了。"莉莉打了个哆嗦，长出一口气，松开了抓着罗伯特的手。罗伯特觉得自己终于又开始呼吸了。他深吸了一口气，放开了手中紧紧抓着的破窗框。

钟停了。齿轮转动的声音也没有了，整个空间显得异常安静。罗伯特拉住莉莉的手，两人跌跌撞撞地沿着不再转动的横梁回到了安全的底座层。

"芒金和爸爸去哪儿了？"莉莉问道。罗伯特帮着她爬上来坐好。

像是为了回答她的这个问题，约翰从钟身后面站了起来，揉着自己的头。芒金叫了几声，围着他转圈，轻轻推着他。

"莉莉！"约翰喊道，"你们没事吧？"他跑过来拥住莉莉，将她紧紧抱在怀里。芒金的耳朵竖得高高的，毛茸茸的尾巴一通乱摇，围着他们疯狂地转着圈，蹦得老高，高兴得嗷嗷直叫。莉莉赶紧把芒金也搂起来，好好抱了抱。

"噢，我心爱的宝贝，"约翰说，"你平安无事真是太好了。"

莉莉也放下心来，笑了。这时，她看见罗伯特脸上流下两行眼泪。

约翰和莉莉把罗伯特拉过来，几个人抱在一起。芒金被挤在中间，用力舔着罗伯特的鼻尖，那热情的力度都快把他的鼻子舔脱皮了。大家都笑坏了。

"太多事情要感谢你了，罗伯特。"莉莉说，"你这次又救了我们。当时，你怎么知道那个横杠会转动的？"

罗伯特耸耸肩。"我就是想起来了，"他说，"其实，爸爸还在的时候教过我很多东西，除了告诉我钟表是怎么咬合在一起的，还教了我人要如何生活。还有，要想赢得战斗，除了脑子要动得快，还需要有一颗勇敢的心。"

泪水在莉莉眼里闪动。"是啊，这些你都做得非常好。"

"你爸爸也非常优秀。"约翰对他说，"我刚刚才知道他去世了。他一直是个好人。"他再次用力拥抱了孩子们，亲吻了罗伯特的头顶。罗伯特抽泣着，感到一阵温暖的柔情，心里燃起了新的希望。

芒金大声叫唤着。"我们先离开这里吧！"他说，"免得又有别的麻烦找上门来。"

"对啊，我们走吧。快点带路吧。"约翰牵起孩子们的手，从大钟下面钻过去，走出了钟楼。芒金乐颠颠地跟在他们脚边。

他们四个慢慢沿着台阶朝塔楼底部走去，下面的新宫院里人声鼎沸，国会广场上已经挤满了消防员、救护车和蒸汽车。

　　几天后，罗伯特和芒金从 39 路公共汽车上跳下来，沿着威斯敏斯特繁忙的街道往前走。罗伯特的手上打着绷带，伤口恢复得不错，但感觉还有点痒痒的。

　　今天是集市日。冬日灰蓝的天空下，许多商店撑开鲜艳的阳篷抵挡 11 月的阳光，人行道光影交错。碎石铺地的街道中间，小摊位和隔板桌一圈圈摆开，每个摊位上都层层叠叠地摆着许多各不相干的商品：煤气灯旁边是飞艇用的锚，再旁边则是冬青和常春藤的花环；一捆捆手杖旁边是一排排表链和嘀嗒作响的怀表。旁边的小巷里，一群群卖齿轮结构的人正敲着蒸汽马车的后盖，处理着破损的机械零件。

　　芒金垂着尾巴，穿梭在推车之间，时时小心不要被小贩们踩到，偶尔看见烂苹果或者胡萝卜之类的东西，就忍不住上去闻一闻。

快走到摊位的尽头时，罗伯特才看见一个水果摊，他停下来给莉莉和她爸爸买礼物。安娜之前给过他几个硬币。在等约翰和莉莉出院的这段时间里，他一直待在安娜那边，陪着锈夫人和其他机械人朋友。

罗伯特选了几个又脆又红的苹果，这些苹果看起来熟得刚刚好。机械人摊主帮他用一个棕色纸袋装好，然后用他夹子形状的手指捏住袋子轻轻一扭，就封好了口。

在等着找零钱的时候，罗伯特听见卖报的孩子在街对面吆喝着报纸头条："大本钟还在修理！卡在齿轮上的神秘尸体！"

罗伯特感到有点不自在。幸亏他们赶在警察和消防员到达之前离开了塔楼。飞艇撞上去之后，地面上的新宫院就乱成了一锅粥。他们当时被救护车送到了河对岸的圣托马斯医院。在去医院的路上，他们三个决定不对外人提及他们和这次飞艇事故的关联，尤其不能告诉官方人士。不然，莉莉、银鱼教授和齿轮之心就会成为舆论的焦点，会有穷无尽的问题需要解释。

好在，地面上也没有任何人受伤，甚至大本钟的损伤也不是太严重——如果不算屋顶上的那个洞的话，呃，可能还需要修复一下机械装置。不过，罗伯特尽量让自己不再去想这些事。就像他爸爸以前说的那样：坏了的钟总是可以修好的，坏了的心却很难挽救。

芒金的叫声打断了他的思绪。"快点吧，"狐狸叫道，"不然我们要迟到了。"

"就一分钟。"罗伯特说着，买了一份报纸。

在继续往医院走的路上，罗伯特飞快地看了一遍头条报道。

本报记者安娜·奎因为您揭秘。肇事飞艇巨兽号的真实主人已经找到。记者根据现有文件多方查找，认定此飞艇属于一位伦敦居民、知名发明家银鱼教授——他也是机械师协会成员。据信，他近日把飞艇注册在了两位失踪的前军队警察——章朗和梅俊先生的名下。伦敦警方尚未披露事故当天在钟楼发现的死者的身份以及该死者缘何跌入大本钟内部。该死者的遗体由于毁损严重，无法辨认身份。此外，附近的泰晤士河中也发现了两具尸体。

近日，警方已经传讯并拘留银鱼教授的仆人及密切往来人士，以期对此次国会和大本钟遭受的可怕袭击有更多了解。

罗伯特读完了这一小段，剩下的部分他只是快速地扫了一眼，因为他不想再想起那天的任何细节。他把整个事情经过详细地告诉了安娜——所有的真相——然后请安娜对此保密。

安娜非常守信。这篇文章里完全没有提到约翰、莉莉或者罗伯特和这次事故的关联，也没有提到事故发生的真实原因。安娜也没有透露，其实银鱼教授是因为追杀他们才跌下去的。

罗伯特也知道安娜对他们只有一个要求：等到罗伯特和莉莉都长大了，等到一切都过去之后，他们要同意让安娜以这个惊险刺激的故事为蓝本写一本书。罗伯特答应了，因为他觉得如果要写的话，没有比安娜更合适的人选了，而且这也会成为对爸爸的一种纪念。

罗伯特把报纸折好夹在胳膊底下，跟着前面蹦蹦跳跳的芒金，走上台阶，来到圣托马斯医院。

在九号病室，他们找到了已经换好衣服的莉莉和约翰，后者正在收拾东西准备出院。约翰在打包箱子，莉莉则忙着把床头上那些妈妈留下的小东西收到口袋里去，这些东西还是芒金在她住院期间专门回了银鱼教授家一趟找回来的。

"罗伯特，芒金！"莉莉一看见他们就高兴地叫了起来，"又见到你们真是太让人开心了！"

"我们也很开心呀。"芒金答道。

"你感觉怎么样？"罗伯特问道。

"本来就已经恢复得差不多了，看见你们就全好啦。"莉莉说道。约翰也点头表示同意。

罗伯特看向那个红木匣子，发现莉莉把他给的那顶帽子和他爸爸衣服上的一颗扣子也算作了纪念物。

罗伯特走到窗边，视线掠过河面看向钟楼。一队队小蚂蚁一样的工人挂着安全绳攀在塔身上修理钟面。罗伯特估计塔里修理机械部分应该是差不多类似的景象，只不过，站在外面的人是看不见钟表内部的心。

他转过身来，正好看见莉莉合上了她的行李箱箱盖。

她把行李放在地板上，走过来张开双臂拥抱了罗伯特。"我真高兴你来接我们，罗伯特。还有你，芒金。"她揉揉狐狸的毛，"我觉得我现在准备好了，可以回家了。"

罗伯特面色一沉。他多希望他也能同样说出这句话。在过去的这几天里，在被各种惊险刺激激发出来的肾上腺素慢慢消退之后，他好几次都想回家看看他家的店还有爸爸，但是，他明白再也不可能了。他已经没有任何能回去的地方了。

"那我呢？"他问道，"我去哪儿呢？我没有家了。如果我知道我妈妈在哪儿的话，倒是可以去找她。但是，我已经很多年没有听到过她的消息了。"

约翰的手抚上罗伯特的背。"我以为我们之前已经说好了，罗伯特，你会跟我们一起回欧蕨桥的家。"

罗伯特摇摇头。"谢谢您，先生。"他说，"但是您不需要这样做，别因为您觉得必须这么做而勉强收留我。"

莉莉双手握住他的手。"不是那样的，罗伯特。根本不是那样的。"

这时，约翰再次开口了。"罗伯特，我们刚一缓过劲儿来，莉莉就不断跟我说你爸爸是个多么多么优秀的人，他是多么勇敢，多么聪明，他救了莉莉和芒金，也救了你。我们欠他的太多了。我们也欠你很多，罗伯特，没有勇敢的你，我们不可能安安生生站在这里。你很像你爸爸，他一定会为你做的这一切而感到骄傲的。"

约翰坐到床边，这样他的眼睛就可以平视罗伯特，认认真真地看着罗伯特继续说。

"你可能不知道，其实你爸爸和我算是朋友。七年前，我们刚刚搬到欧蕨桥，他经常来我们家，帮我调钟，后来他还帮我订购用来修理机械人的零件。每次他来，我们都会一起坐在工作室里讨论各种话题，还有他手头上正在做的各种发条装置。

他经常跟我说起你，说起你们的相处，你在学什么手艺，你有多棒，能有你这么好的孩子他有多骄傲。我那时候就告诉过他，如果你以后有这方面的天赋，我可以帮你，教你怎么制造机械人、机械动物，把我会的都教给你。你爸爸当时也表示你应该会很愿意学习这些。所以，如果你愿意来跟我们一起生活，我一定会倾囊相授。而且，我也很愿意让你做我的儿子。"

"我也很愿意喊你哥哥。"莉莉说。

"我也很愿意让你做我的好朋友。"芒金说，"虽然你还只是个幼崽。"他嫌弃地补充道。

罗伯特不知道该说什么好。泪珠涌上眼眶，他抬手用衣袖擦了擦，"谢谢你们，但是我还得考虑安娜。"他补充说，"我康复之后一直跟着她，在瓢虫号上帮忙。一直是她在照顾我。"

"安娜也可以一起来的，如果她愿意的话。"约翰说，"她可以把飞艇泊在花园里，想停多久就停多久。如果她想出去冒险了，只要你也想去，你就可以跟她一起去。有一个想回就能回的家，还有爱你的家人们，冒险总是很有意思的。我希望你能记在心里，罗伯特，你有欧蕨桥的家，还有我们。"

罗伯特笑了。"那我们回家吧。"他说。

他们当天下午就出发了。罗伯特帮着安娜准备东西，带着所有人一起坐瓢虫号往欧蕨桥飞。他和安娜一直忙着修修补补，还给瓢虫号安了一个全新的、静音的发条推进引擎，这样往北飞的时候就会快得多，甚至还可以中途停靠一个晚上，让莉莉和约翰好好休息。他们也带上了锈夫人、弹簧船长、嘀嗒小姐和螺帽先生。芒金一个劲抱怨这种旅行方式太可怕了，莉莉只说稍微有点挤，罗伯特则觉得挺有意思的——有朋友们陪在身边，罗伯特发现自己都忘记了时间的流逝。

安娜和约翰处得很好，而且安娜告诉大家，再也不用亲自铲煤这一点简直让她太开心了，虽然她有点想做饭。"不过我很高兴，"她加了一句，"终于可以专心在空中探险了，也可以专心观赏伦敦的天空，完全不用操心别的。谁能想到我有这么一天呢？"

天黑了之后，他们停下来，在星空下的田野里扎营。人类都把自己严严实实裹在羊毛厚外套里，机械人则四处收集木头生火。

莉莉呼吸着凉凉的空气。这里没有伦敦的雾霾味，无比清新。她和罗伯特忙着帮安娜挑引火的细柴火，但是她还是感觉有点迷茫。她一抬眼，罗伯特正看着他。

"怎么了？"他问道。

她摇了摇头。"我说不好。好像还是缺了点什么。"

他耐心等她说下去。

"我真希望，"她说，"我真希望爸爸当时选择救我只是因为他爱我，而不是因为他答应了妈妈，或者"——更可怕的念头袭来——"或者是因为他想要留下他的发明。"

她摇了摇头想要忘掉这个想法。"但是实际上,"她继续说道,"齿轮之心说不定可以帮助很多人,对世界做出巨大贡献什么的。但是他却选择了保密。我不太明白为什么,我是说,这个真的会很危险吗?"

罗伯特耸耸肩。"也许我们没法知道答案。"他说,"也可能拥有它的你最终会找到答案的。"

"我一直在想,"她对罗伯特说,"因为这个,妈妈死了,我不知道我有没有资格带着它活下去。我以后能不能变得足够好,好到让人觉得她没有白白死去?"

"说起来,有一次,"罗伯特说,"我在店里帮忙修一个音乐盒,结果弄得一团糟。爸爸把我带到一边,让我像看待生活一样看待这个音乐盒:'所有的零件分开看可能会显得很复杂,但是音乐盒的作用只是演奏动听的音乐。你只要记住要怎么安装才能让它演奏就行了。生活也是一样的。'你要做的就是生活下去。就这么简单,你只需要:活下去,快快乐乐地活下去。"

莉莉笑了。"那可能需要费点功夫。"

"我知道。"罗伯特说,"其实,我心里也有类似的想法。"

他们看向约翰,他正坐在结霜的田野的另一边。这个莉莉曾经以为自己很熟悉的人,救过她,但是也把她随随便便交到许多家庭教师和监护人的手上,还送她去了那所寄宿学校。她很确定爸爸很爱她,但是也许,只是也许,有时候她会想爸爸是不是也后悔过,后悔当时是不是应该救妈妈。

"即使发生了这么多的事情,"她对罗伯特说,"在我心底深处，我不确定他到底是个什么样的人，不确定他的想法。在某种程度上，他对我来说还有点陌生。"

"那你应该把这些告诉他。"罗伯特说，"趁着还有机会说。"

莉莉点点头。

之后，他们围坐在火边，安娜和锈夫人忙着做饭，其余的机械人则坐在一根原木上打牌。罗伯特和芒金起身去附近的田野里散步，莉莉趁着这个机会单独和爸爸聊了聊。

"当时你为什么选择救我？"她靠近一点，开口问道，"而不是救妈妈？"

约翰揉揉脖子，若有所思地看向莉莉。"因为我和你妈妈都很爱你，莉莉。如果你妈妈处在我的位置上，她也会选择救你。"

莉莉的手放在腿上，但是她交握的手指一直扭过来扭过去。"但是你怎么能这么确定呢？"她终于低声说了出来。

"噢，莉莉，"爸爸搂了搂她。"在一切都还没发生之前，在你还非常小的时候，你妈妈和我就讨论过，我们约好了万一发生不测，我们都要先救你。我知道，这种预先讨论，说起来有点恐怖，但是我们总得考虑各种情况。尤其我的工作——我们的工作——非常危险。坏事的发生也总是存在一定几率的。"

"妈妈也参与了你的工作吗？"莉莉震惊地问道。这是另外一桩她不知道的秘密了。"为什么你从来没有告诉过我？"

"我很抱歉，莉莉。很抱歉我对你隐瞒了这么久，但是过去的这些回忆真的太痛苦了，而且我太傻了，总以为我假装过去不存在，痛苦就会消失。"他摇摇头，"你妈妈是个了不起的机械师，伟大的发明家。因为我们的工作性质，我们不得不格外小心谨慎。我们每次出门，都会让锈夫人陪着你，然后我们两人分头走，以防万一。你妈妈永远把你放在第一位，莉莉。她最关心的就是你。所以，在那个可怕的时刻，你们俩都生命垂危，我不得不做出选择，我没有犹豫，因为她也会做出同样的选择。我永远也不会违背她的意愿。她是这个世界上我最心爱的人。你也是。"他抹去眼角的一滴泪水。

莉莉笑了，亲亲他的脸颊。"谢谢你。"

他们看着远处罗伯特丢出一根棍子，试着训练芒金去叼回来给他。但是每次都被机械狐狸无情地摇头拒绝了。

"他们两个啊，"爸爸说，"真不知道谁更固执。"

"是啊。"莉莉表示同感。

第二天一大早，他们飞到了欧蕨桥庄园，安娜在花园南端降落飞艇，地面满是白霜。

朋友们从飞艇上下来，沿着台阶往前走，莉莉一个人跑在最前面——她想第一个到达，这样她就可以迎接大家进门了。

她用爸爸的钥匙打开了前门，但是一踏进门廊，她吓了一跳：满地都是空箱子，箱子上面贴的地址标签上全都写着任特和森德公司几个大字。所有最好的家具都堆在过道里，一群机械搬家工人正四下里忙忙碌碌，用毯子和防尘布打包各种东西。铜绿夫人站在台阶上指挥着，森德先生跑来跑去，把包好的东西放进箱子里。"这个里面是用来拍卖的吗？"他从走廊里推了一个箱子过来，把地板都刮花了。

"我记得这个里面是要丢的东西。"铜绿夫人说道。她忙着用报纸把花瓶包起来，抬头一看，突然发现莉莉站在面前，她吓得一松手，花瓶砸碎在地上。

"Mon Dieu（我的神啊），ma cherie（我亲爱的），你之前都跑到哪里去了？"铜绿夫人说道，"我们都担心得不行了。你看，我们现在不得不把这些卖掉。要是你能交出你爸爸做的永动机，我们就不用这么麻烦了。"

莉莉双手抱胸站定。"我看出来了，"她说，"现在，在你离开之前，最好把所有东西都放回原位去。"

铜绿夫人大笑起来。"Zut alors！（那可真要命了！）别开玩笑了，莉莉，我现在是你的监护人——是你唯一的家人——如果我决定卖掉这些东西，你只能看着。就算你爸爸在这儿——"

"你可不是我的家人。"莉莉打断她，"你永远也不会是我的家人。他们才是我的家人……"

莉莉用力把门廊里的箱子都推到旁边，拉开了双层门，外面的台阶上站着爸爸、罗伯特、芒金、安娜，还有她亲爱的锈夫人。他们身后的车道上站着其他机械人：螺帽先生、嘀嗒小姐和弹簧船长。全部都上足了发条，摩拳擦掌，蓄势待发。

他们在家已经待了几个星期了。这天，莉莉坐在厨房里吃着配了蜂蜜的茶饼早餐，罗伯特、芒金、爸爸和锈夫人都在这里。她真喜欢这间屋子，这里简直是她最喜欢的地方了。

芒金蜷在她脚边，像个毛茸茸的脚凳。爸爸正读着昨天的报纸，手里的咖啡喝了一半。锈夫人在他背后忙来忙去，挥舞着她闪亮的银色手臂各种煎炸炒煮。

罗伯特学着莉莉的样子，把脚放在炉围上暖着脚指头，手里忙着用小刀给一片吐司涂黄油。有他陪在身边，莉莉感觉很开心。一起经历了那么多事情之后，大家能像一家人一样聚在一起真是太好了。

她从桌子中间闪闪发光的大盘子里抓起一个茶饼，厚厚涂满黄油和蜂蜜，对折一下，张大嘴巴狠狠咬了一大口。

"我的齿轮和大衣架啊！"锈夫人喊道，"至少用个盘子接一下吧。"

"罗伯特也没有用嘛。"莉莉的嘴巴被塞得鼓鼓囊囊的，奋力回了一句。

"我用的。"罗伯特说，"我只是还没选好用哪一个。"他从桌上拿了个空碟子，把吐司砰一下丢了上去，"看。"

有意思的是，大家都会唠叨莉莉的礼仪，却无视罗伯特的随心所欲。但是呢，他是个男孩嘛，大家对男孩总是有点不一样的——给他们更多自由，允许他们做更多想做的事情——不像莉莉。

不过最近不一样了，准确说来，就是大家回家之后，又谈了几次，爸爸终于决定不再送她去斯克林肖小姐那个可怕的学院了，他亲自教她和罗伯特学习各种机械和动力相关的东西。莉莉对这些可感兴趣多了，终于不用再忍受那些没完没了的账目核算课、刺绣课和盘发讲座什么的了。如果她能让爸爸在教学大纲里再加上一本杰克·德沃的开锁课，那就完美了。

"听听这个。"爸爸举着《齿轮日报》说道，"受雇修复大本钟的伦敦钟表制造联合会表示，修复工作已经完成……"

"真是个好消息。"莉莉嘴里还塞着茶饼，嘟囔着回道。她看了看下面的署名，是安娜。也许就是因为要写这些稿子，这位飞行家过去四个星期都没怎么来看他们，或者还有其他事情绊住了她？

但是莉莉没时间多想了，罗伯特已经吃完了他的吐司。"走吧，莉莉。"罗伯特说着站起身，把裤子上的面包渣掸了掸。"差不多十点半了。我们上课前出去走一走吧？"

"真是个好主意。"爸爸说，"你们说不定可以顺便看好下个星期我们该砍哪一棵树作为圣诞树。你们两个人都记得穿厚实一点。"他补充说，"外面比冰箱里还冷。天气预报说待会儿可能还要下雪。"

"一路上小心弹簧和水桶！"锈夫人念叨着，"不许再踩一脚雪跑进屋子里。这会儿我可不想再擦一遍地板了，今天早上我已经都擦过一遍了。"

莉莉点点头，从椅背上拿下自己的外套。她和罗伯特用力穿上靴子的时候，她看着锈夫人正从那一排替换手臂里挑出一柄长把煎锅，爸爸戴着眼镜翻看着报纸。自从爸爸回来之后，一切又恢复到了从前的样子。

只有一样不一样了：莉莉已经知道了自己身上的秘密。

她一一扣好大衣上的扣子，拉开了后门。昨晚又下了雪，空气寒冷刺骨。罗伯特和芒金走在她身边。莉莉冲进了白色的花园，在雪地里留下新的脚印。

她跑起来的时候脉搏加快了。莉莉抬手抚上胸口，感觉着藏在无数层衣服下的齿轮之心。

怦怦——嘀嗒——

怦怦——嘀嗒——

怦怦——

它就在那儿。这几个星期以来，它的声音有些变化，听起来更强壮更洪亮了。她几乎相信它确实可能永永远远运转下去了。虽然她还是不太确定，拥有这么一颗心是福是祸，但是她清楚地知道一件事：这心跳声是生命的音乐，是活着的节奏。

这心跳声，对她来说，宛如天籁。

·好奇小词典·

内含各种有趣而不常见的词汇

巨兽： 一种巨大且强壮的怪物。巨兽号这个名字非常适合章朗和梅俊乘坐的巨大的银色飞艇。

仪态： 一个人站立或者走路的姿态。在莉莉的学校里，她被要求头顶书本保持平衡，以锻炼出最适合年轻淑女的身体姿态。

飞叉： 一种类似长矛的武器，可以在空战中用来刺穿对方飞艇的气囊。

改造人： 身体有一部分由机械构成的人（比如章朗和梅俊）。

章鱼怪： 传说中的巨大海怪。通常被描绘成一种有着又长又大的触须的乌贼状生物。巧的是，玛可瑞肯夫人（Mrs McKracken）的名字和它很像……

机械动物： 纯机械制成的动物，比如芒金。

《惊魂便士》： 刊载惊险故事的杂志，通常是关于著名的罪犯（比如臭名昭著的杰克·德沃）、侦探或者超自然神秘现象的故事。每星期发行一次，只卖一便士，因此而得名。通常被视为不正经读物，但是如果你胆子够大，你可以偷偷夹在书里看。

齐柏林飞艇： 飞船的一种。飞艇上方呈椭圆的气球形状，里面用金属框架做支撑，塞满一袋袋气囊，以此保持船体飘浮在空中。乘客和船员所搭乘的船体，通常悬挂于气球的下方，乘坐空间可以相当宽敞。（不过，如果你搭乘的是瓢虫号，那就会比较狭小了。）